KB137750

삼키기
연습

삼키기
연습

박지니 지음

스무 해를
잠식한
거식증의 기록

글항아리

나의 사랑하는

다비에게

현실 속에서 경험은 지식이 아닌, 붕괴로 닥친다.

_닉 랜드, 『소멸에 대한 갈증The Thirst for Annihilation』(Routledge, 1992)

머 리 말

세 번째 퇴원은 단출했다. 나는 무릎이 헐렁한 실내복 차림으로 띄엄띄엄 거실에 선 여자아이들을 두고 문을 나섰다. 간호사들도 더 이상은 배웅하지 않았다. 처음엔 엄마 손에 이끌려 왔지만 두 번째 세 번째는 제가 싼 짐을 택시에 싣고 와서 재입원을 자청했으면서 매번 곧 다시 나가겠다고 쇠고집을 부린 통에 간호사들도 심기가 불편했을 것이다. 나는 일기장과 책과 압수됐던 화장품 병 따위를 넣은 배낭을 왼쪽 어깨에 걸치고, 겨울옷이 한 짐 든 가방을 오른손에, 책과 음악 테이프가 한가득 든 종이가방을 왼손에 들었다. 학교와 공원이 인접한 한적한 주택가다. 5분쯤 걸어 나가 큰길에서 택시를 잡으면 된다. 3월의 햇살이 제법 따뜻해서 손톱 같은 가로수 가지 틈틈이 얼어 박혀 있던 공기가 창창창 바닥으로 쏟아져 내렸다. 시멘트 포장된 길에 반사된 빛이 눈부셔 반쯤 감은 눈으로 걸을 때마다 외투 앞섶에 레몬색 그림자가 일렁이는 것을 보았다.

먼저 퇴원 수속을 밟은 것은 혜정 언니였다. 갓 개원한 입원병동에 마수걸이 손님처럼 들어와 원장 선생님이 유럽에서 사 왔다는 퍼즐을 맞추거나 사진집을 읽으며 보내던 어느 날, 자정쯤 두 번째 거식증 환자가 들어올지도 모른다는 얘기를 들었다. 낮에 근무한 동료로부터 인수인계를 받고 느긋하게 저녁 일과를 보던 간호사가 전화를 두어 통 받고 나서 병실 공기는 갑자기 꽉 죄고 불안해졌다. '구급차' '강제 입원' 같은 단어가 들렸다. 그러나 혜정 언니가 병원에 들어온 것은 그로부터 일주일쯤 뒤의 일이었다. 부모님과 원장 선생님과 함께 들어와 거실에 섰는데 앰뷸런스 소리는커녕 인기척도 없었다. 솜사탕같이 부푼 오리털 점퍼 속에 단발머리를 한 앙상한 아이가 들어 있었다. 아동복이 틀림없을 황갈색 코듀로이 바지는 허수아비에 걸친 옷처럼 헐거워 보였다.

퇴원하던 날도 언니는 한참 울어 빨갛게 부푼 눈이었다. 부모님 곁에서 예의 그 커다란 오리털 점퍼를 입고 입을 꽉 다물고 있었다. 병원에서 맞은 내 생일날 누군가 보내온 곰 인형을 작별 선물로 언니에게 주었더니, 오리털 품으로 곰 인형을 감싸 안고 스르륵 현관 밖으로 사라져버렸다.

병원으로부터 메일이 왔다. 석인이다.

"네가 가고 나서 병원 분위기는 더 우울해졌어. 어젯밤에는 연주랑 같이 누워서 한참 얘기했어. 연주가 그러더라. 이건 정답 없는 시험 같다고. 정말 그렇다. 아무리 생각해도 답이 안 나와."

스물세 살의 나는, 다음 끼니때가 돌아오기만을 기다리며 이불 속에 묻혀 시간을 흘려보냈다. 이를테면, 아직 11시를 가리키고 있는 저 시계가 낮 12시 정각을 가리키면 이불장 위에 쌓아두던 뻥튀기를 꺼내 먹으리라 골몰하고 있었다. 언젠가부터 우리 아파트 단지에 들어오기 시작한 트럭에서 냄비 하나 크기만 한 희고 얇은 뻥튀기를 큰 봉지에 담아 팔았다. 그걸 서너 봉지씩 사서 이불장 위에 두었다가 고대하던 끼니때가 되면 한 봉지를 꺼내 서너 조각만 빼놓고 나머지는 다시 묶어 도로 올려놓았다. 꺼내놓은 뻥튀기를 뜨거운 생강차와 함께 반 입씩 녹여 먹었다. 그게 내 점심이고 저녁이었다.

　　어느 날 나는 안방 옷장 구석을 비집고 거기 있을 게 틀림없는 수동카메라를 더듬더듬 꺼내 화장대 거울에 비친 내 모습을 몇 장 찍었다. 소매가 없는 얇은 원피스를 입고 있었다. 발목까지 내려오는 원피스는 큰 흰색 꽃무늬가 점점이 찍혀 있고 색이 바래 희끄무레한 갈색이었다. 옆으로 앉으니 어깨끈 밖으로 튀어나온 어깨뼈가 거울에 비쳤다. 그 밑에 가늘게 이어진 위팔은 다른 쪽 손바닥 안에 가뿐히 들어온다. 브래지어 하지 않은 가슴은 쇄골 밑으로 떨어지는 원피스 아래서 거의 드러나지 않는다. 등 쪽에서 원피스가 살짝 팔랑인다. 나는 거리 맞추는 법을 몰라 황급히 셔터만 두어 번 눌렀다. 사진이 제대로 찍혔는지는 알 수 없다. 그러고 나서 카메라를 옷장 깊숙이 도로 집어넣었다. 엄마한테 들키면 안 될 일이다. 그런데도 카메라에 그런 자취를 남기다니 무슨 용기였을까. 오래 쓰지 않은 카메라를 엄마가 기억해내기 전에 내가 먼저 사진관에 다녀와야 하나? 왜 일부러 필름을 인화했다고 하지?

/

이 책은 짧게 보면 20년, 길게 보면 40년에 걸친 고투의 이야기다. 잘 돌아가지 않은 일들에 대한 이야기, 연속된 실패담, (블랙)코미디. 우울증에 빠져 칸막이 처진 심화반 교실 자리에 숨어 손목에 칼자국을 내던 우등생이 결국은 대학생활에 실패하고 가족에게 되돌아오는 이야기, 여러 심리학자와 정신과의사, 의료진에 관한 이야기, 병과 강박과 생활부적응으로 묶인, 같은 '아이덴티티'를 지닌 여자아이들의 우정에 관한 이야기. 사회 속에서 좌표를 갖기 위해 필요했던 이중생활의 이야기이자 자살미수 이후의 두 번째 20년을 살고 40대가 되어 새로 갖게 된 시각과 입장에 관한 이야기이기도 할 것이다.

한 평범한 젊은 여성이 쉽지만은 않았던 한 해 한 해를 겪어나가는 이야기, 삶이 어떻게 굴러가고 세상이 어떻게 움직이는지를 조금씩 이해하게 되는 이야기. 단순하게 이름 짓자면 우울증과 자해, 자살 충동, 거식증과 섭식장애에 관한 이야기, 그러나 실은 내가 어떤 사람일 수 있는지를 찾아가는 한 사람의 이야기이자 자신의 몸을 어떻게 해도 받아들일 수 없는, 그러나 납득하기 위해 싸우는 여성의 이야기이기도 하다.

2년 전 MBC 라디오의 한 정신건강 팟캐스트 방송에 초대받았을 때, "이젠 많이 회복되셨겠다"는 진행자의 말에 "회복? 된 건지는 잘 모르겠지만" 하고 웃으며 말을 돌린 적이 있다. 지금도 마찬가지다. 스무 살 자살미수 이후 20년을 더 살았고, 이제 마흔두 살이지만, 벌써 스무 해 넘게 섭식장애와 함께하고 있다. 나는 결코 '깨끗이' 낫지 못했다. 언젠가 입원병동에 있었을 때 의사 선생님이 말씀하셨던 것처럼 '4-3-2-1' 법칙이 적용되는지도 모르겠다. 섭식장애 환자 중 40퍼센트는 완전히 회복해 정상적인 삶을 살고, 30퍼센트는 부분적으로 회복해 생활에 적응하며, 20퍼센트는 고질적인 환자로 남고, 10퍼센트는 사망한다는. 그럼 나는 그중 30퍼센트에 해당될 것이다.

어쩌면 나는 과거의 나를 위해 이 책을 쓰고 있는지도 모르겠다. 과거의 내게 전해주고 싶은 말을 쓰기 위해. 그때의 나처럼 방황하는 여자아이들, 젊은 여성들이 이 글을 알아봐주었으면 좋겠다. 그들과 함께 갈 수 있었으면 좋겠다. 그들이 한 걸음을 걸으면 내가 다른 한 걸음을 디뎌주는 식으로. 그렇게 이야기를 엮어갈 수 있었으면 좋겠다. 내 책이 누군가에게 작은 의미라도 된다면.

이 책은 회복이 없을지 모르는, 아마 기승전결이라는 것도 없을, 삶에 관한 이야기다.

차 례

1장

슈퍼바이즈드
테   이   블

테이블에는 오늘의 소박한 만찬이 차려져 있다. 식탁보를 덮은 유리 위에 얼룩이 진 대나무 발 매트, 그 위엔 음식이 담긴 그릇 몇 개. 밥그릇에는 뚜껑이 덮여 있다. 나는 뚜껑을 연다. 정확히 반 공기가 평평하게 눌려 담겨 있다. 그 오른쪽 국그릇 된장찌개의 갈색 국물 속에는 애호박, 두부, 조개 같은 건더기가 올라가 있다. 배달 온 뚝배기에서 하나하나 조심스레 건져낸 티가 난다. 밥그릇 뒤에는 접시가 있다. 거기엔 통상 너덧 가지의 반찬이 조금씩 나뉘어 담긴다. 오늘은 배추김치, 계란말이, 전 두 조각, 미역줄기볶음이다. 숟가락이 있고 포장된 나무젓가락이 있다. 정수기에서 따른 찬물이 종이컵에 담겼다. 내 몫의 '반 인분 식사', 소위 '2분의 1 포션'이다.

테이블을 빙 둘러, 아이들이 자기 메뉴를 보고 자리를 찾아 앉는다. 오늘 먹을 메뉴는 모두 스스로 지난 시간에 선택한 것이다. 몇몇 아이는 바로 식사를 시작하지 않고, 겉옷만 벗어 의자에 걸

쳐둔 채 체중계가 놓인 방 한쪽 구석으로 천천히 모인다. "○○도 오늘 재는 날이구나?" 간호사 선생님이 묻는다. "네." 기어 들어가는 목소리. 두어 명의 아이가 체중계 뒤로 줄을 선다. "○○, 올라가 보자—그래, 됐고." 간호사 선생님은 차트에 한 명 한 명 체중을 기록한다. 체중 측정을 끝낸 아이는 자리에 돌아와 밥을 먹을 수 있다.

나는 서른여덟 살이다. 같이 앉은 아이들과 나이 차이가 많이 난다. 드물게 30대 환자도 보이지만, 대개는 학생들이고 학기 중에는 교복을 입고 온다. 식사를 하는 동안 부모님이 로비에서 기다리는 아이도 있다.

아이들과 부모님 모두 혼란에 빠져 있을 것이다. 아이는 주눅 들어 있고 부모님은 겁에 질려 있을 것이다. 이 아이들은 모두 '급성$_{acute}$' 단계에서 병원으로 달려왔을 것이다. 반대로 나는 '만성$_{chronic}$' 환자다. 내 왼쪽, 테이블 끝에 앉은 A 간호사 선생님을 나는 16년 전에 처음 뵈었다. 지금은 없는 입원병동에서. 선생님은 그곳에 갓 채용된 간호사였다. 우리는 그러니까 16년째 알고 지낸 사이였다.

16년 전에는 나 역시 20대 초반의 어린 환자였다. 당황하고 겁에 질리고 주눅 든 채로 입원병동에 들어섰다. 이튿날 아침 식사 치료 테이블의 첫 메뉴가 무엇이었는지도 기억난다. 미역국이었다. 새까만 미역국. 그리고 고봉밥 한 그릇이 옆에 놓여 있었다. '원 포션'. 가차 없는 1인분 분량.

10여 년 만의 식사치료다. 절차를 다 알고 있음에도 어색하다. 식사를 시작해도 되는지 눈치를 살핀다. 밥부터가 아니라 국부터 먹어도 되나? 접시에 놓인 반찬은 다 먹어야겠지? 설마 국그릇을 싹 비울 필요는 없겠지? '먹어도 돼요?' 나는 선생님께 눈으로 묻는다. "응, 먹어도 돼." 선생님이 미소 지으며 대답하신다.

나는 된장찌개에 들어간 애호박을 건져 먹는다. 감자와 두부는 평소라면 기피하는 음식이지만, 지금은 어쩔 수 없으니 집어 먹는다. 젓가락으로 밥알을 조금 떼어 입에 넣는다. 김치와 미역줄기볶음 같은 건 편하게 먹을 수 있다. 전은 먹기 싫지만, 그래도 먹어야 한다.

A 선생님은 식사를 마친 아이부터 말을 걸기 시작해 본격적인 식사치료 상담을 이어간다. 한 사람 한 사람 상담이 진행되는 동안 다른 아이들도 자리에 앉아 그 얘기를 같이 듣고 있게 되는, 일종의 그룹 치료다. 상담이 일찍 끝난 아이는 먼저 짐을 챙겨 자리에서 일어날 수 있지만, 나머지는 자기 차례가 돌아올 때까지 자리를 지키고 있어야 한다. 화장실에 가는 것은 그래서 문제가 된다. 입원병동에서의 규칙은, 식사가 끝난 뒤 한 시간 동안은 무조건 거실에 머물러 있어야 한다는 것이다. 그 한 시간 동안은 아무도 방에 들어갈 수 없다. 화장실 문도 잠가놓았다. 몰래 숨어서 먹은 것을 게워내지 못하도록 하기 위해서였다. 외래의 식사치료 세션에서도 마찬가지였다. 체중 체크를 하기 전에는 물을 마시면 안 됐고 미리 화장실에 다녀와야 했다. 식사를 끝내자마자 화장실에

가겠다고 서둘러 일어나는 아이가 있으면 선생님은 눈치껏 재빨리 붙잡았다. 어떤 때는 화장실에 가는 아이와 동행하기도 했다. 문밖에서 낌새를 알아채기 위함이었다.

물론 화장실에 못 가게 하는 것만으로 모든 게 순조로워지는 건 아니었다. 순순히 자기 몫의 식사를 마치는 아이들이 있었던 반면, 어떻게든 선생님의 눈을 피해 음식을 일부러 흘리거나 입에 넣었던 것을 휴지 속에 뱉는 아이도 있었다. 싸움이 심각해지는 일도 있었다. 나는 보지 못했지만, 식탁 앞에 앉은 아이가 죽을 듯 소리를 지르며 왜 자신의 인생에 끼어드느냐고, 치료는 자신의 의사에 반하는 것이라 항변하고, 어쩔 줄 모르는 보호자 앞에서 A선생님이 설득의 기술을 발휘하는 식의 실랑이도 드물잖게 벌어진다고 했다. "내가 얘기했지? 지난번엔 아동학대 신고가 들어와서 경찰도 왔었다고." 선생님은 언젠가 지나가는 투로 그렇게 말씀하셨다. 나는 들은 적 없는 이야기였지만, 아마도 이웃한 상가의 누군가가 밖에서 비명 소리만 듣고 아동학대로 착각해 경찰에 신고한 모양이었다.

나는 착한 환자에 속했다. 입원병동에 있었을 때도 그랬고(적어도 '슈퍼바이즈드 테이블supervised table'에서만은) 16년 만에 돌아온 자리에서도 그랬다. 나는 어차피 걸릴 짓은 하지 않았고, 지금 먹는 것이 가능한 한 제대로 소화 흡수되지 않기만을 바라며 비워야 할 양만큼은 다 비웠다. 된장찌개 속에 잠긴 조개는 건드리지도 않고 모른 체했지만. 밥알이 소화 흡수되는 비율을 최대한 줄이고 폰 마음에 제대로 씹지도 않고 삼켜버렸지만. 아니, 나는 겉모습만 착한 환자였지 실은 그 반대였는지 모른다.

/

2017년 7월, 나는 다니던 출판사를 그만두고 당분간 프리랜서로 지내야겠다고 생각했다. 번역 일을 맡았고 이전에 다니던 회사와 함께 기획자로 입찰에 참여하기로 했다. 하지만 몸이 아프기 시작했다. 책상 앞에 자리 잡고 앉았지만 오래 있을 수가 없었다. 기운이 빠져서 옆으로 쓰러져 누워버리기 일쑤였다. 때로는 두개골에서부터 발끝까지 온몸의 뼈에 통증이 생겼다. 기획회의를 하고 묵직한 자료 더미를 얻어 들고 돌아온 날에는, 그 무게와 잠시의 걸음이 몸에 충격을 줬는지 몸살이라도 난 듯 끙끙 앓아야 했다. 묻고 물어 이것저것 영양제를 사 먹어보기도 했다. 문제가 뭔지 도무지 알 수가 없었다.

체중이 많이 떨어졌음을 안 것은 가을이었다. 한 의사 선생님이 먼저 이를 지적했다. (내가 장난삼아 '곰돌이 선생님'이라는 별명으로 부르곤 했던 섭식장애 전문 신경정신과 원장으로, 그를 찾아뵌 것 역시 12년 만이었다.) "왜 이렇게 살이 점점 빠져?" 선생님이 의자에 몸을 뒤로 기대며 짐짓 볼멘소리로 물었다. "아니에요." "뭐가 아니야? 지금 몇 킬로야?" "몰라요." "그러지 말고 말해." "정말 몰라요. 저 체중 안 재요. 체중계도 없어요." 사실이었다. 살찌는 것에 대한 두려움에 강박적으로 체중계에 오르는 사람이 있는 반면 체중 재는 걸 아예 회피하는 사람이 있고, 나는 후자였다. 건강검진이 있는 해에 병원에 가서 재는 게 고작이었다.

나는 내가 '다시' 저체중 상태로 '돌아가고' 있다는 걸 알았다. 모르는 사이 판도가 바뀐 것이다. 내 발밑에 액셀러레이터가 놓여 있었다. 발을 한번 까닥였는데 액셀러레이터의 압력이 느껴진 격이었다. 한동안 다시는 '예전' 몸으로 돌아갈 수 없으리라 생각했다. 167센티미터의 키에 49킬로그램의 몸무게(건강검진 때 측정한 수치)로 만족하며 살아야 할 줄 알았다. 이미 BMI 17.6의 저체중 상태이고 전 직장에서는 사장님으로부터 직접적으로 '살 좀 찌우라'는 걱정 어린 권고를 받기도 했지만, 내 눈에는 100퍼센트 '정상 체중'이었다. 그리고 '정상'이란 내게 '과체중'을 의미했다. 왼손을 크게 벌려 오른쪽 위팔 둘레를 잰다. 엄지와 가운뎃손가락 사이에 '무려' 2센티미터는 될 법한 틈이 벌어졌다. 거기서 나는 아예 단념해버린 것이다. 그 틈을 이젠 좁히기 힘들 거라 생각했다. 30대 후반은 20대 초반 때와 신진대사가 다를 수밖에 없고, 여전히 '정상 식사'(평균 세끼를 1인분씩 챙겨 먹는 것을 '정상'이라 한다면)를 하지 않고 있는데도 이 정도라면, 일을 하면서 그 이상 체중을 줄일 수는 없을 거라 생각했던 것이다.

그런데 뜻하지 않게 놀라운 일이 벌어졌다. 집에 돌아온 나는 오른쪽 소매를 걷어 올리고 위팔 둘레를 왼손으로 재보았다. 아직 틈은 벌어졌지만 1센티미터가 채 되지 않았다. 와, 이럴 수가. 나는 왼손을 쫙 펴서 틈이 어디까지 다물어지는지 몇 번 더 재어보고, 심지어 스마트폰을 바닥에 놓는 발가락으로 어찌어찌 조작해 왼손으로 오른팔 둘레를 재는 사진을 찍어두기까지 했다. '이것 좀 보세요!' 하고 나는 글쓰기 선생님께 메일로 사진을 보냈다. 11년 전 글쓰기 합평 수업을 들은 뒤로 몇 차례 수업을 더 들으며 연락을 이어온 소설가 선생님이었다. '아, 너무 말랐잖아! 쓰러지지 않을 수가 없네. 어쩌려고.' 답장이 돌아왔다. 일종의 '현실 검증reality check'에서 인정을 받았다는, 제삼자가 보기에도 체중이 많이 빠진 게 확실하다는 흐뭇함이 밀려왔다. 쓰러졌던 건 사실이다. 하지만 그건 약 때문이었다. 결코 체중이 떨어져서라든가 몸이 쇠약해져서는 아니었다. 그것은 내 확고한 믿음이었고, 내겐 그게 사실이었다.

그다음 할 일은 분명했다. 나는 온라인 쇼핑몰에서 전자 체중계를 주문했다. 오래 망설이다 자정이 지나 속옷만 입고 체중계에 올라섰다. 41.3킬로그램. 나는 이 기록을 곰돌이 선생님과 글쓰기 선생님께 이메일로 보고했다. 내 발은 액셀러레이터를 꾹 밟았다. 11월 중순의 일이었다.

/

@ReadingJeannie Dec 29, 2017
식사하는 법을 배우러 왔다. 오늘 메뉴는 된장찌개, 소시지, 어묵볶음, 배추김치.

16년 만에 돌아온 A 간호사 선생님의 병원(공식 명칭은 '섭식장애 센터')에는 예전의 자취가 가득 남아 있었다. 입원병동은 개원한 지 몇 년 지나지 않아 문을 닫았고 그사이 외래 병원도 대로변 빌딩에서 이면도로의 작은 건물로 옮겨 오면서, 식사치료실 한쪽 벽의 긴 수납장은 마치 다락이나 창고처럼 오래된 책과 물품을 보관하는 곳이 되어 있었다. 난방이 되지 않아 춥디춥던 입원병동의 꼭대기 층에서 보았던 '의사의 책들', 원장 선생님의 안목과 취향이 그대로 반영된 스무 권 남짓한 단행본이 거기 그대로 있었다. 정신건강에 관한 뻔하디뻔한 의사의 에세이, 역시 우리나라 옛 세대 정신과의사가 썼을 법한 프로이트와 한국문학에 관한 책, '화병'에 관한 책, 『로마인 이야기』 시리즈, 『비만의 제국』, (뜻밖에) 『제2의 성』, 내가 반가워했던 크누트 함순의 『굶주림』, 미셸 투르니에의 『뒷모습』, 그리고 『국제섭식장애학회지International Journal of Eating Disorders』 같은 학술지들이 2000년대 초반 전후 발행된 것만 차곡차곡 꽂혀 있었다. 입원병동이 운영되던 시절의 것들이었다.

『해리 포터』 시리즈는 어쩌면 혜정 언니가 두고 간 책일지도 몰랐다. 입원병동에서 룸메이트로 만난 혜정 언니는 울적한 일이 생기면 코바늘을 집어 들거나 『해리 포터』부터 꺼냈다. 야간 근무를 서는 간호사가 방마다 불을 다 끄고 이제 자야 한다고 문을 닫으면, 언니는 한참 기다렸다 슬금슬금 이불 속을 거꾸로 기었다. 그러고는 방문에 난 유리창을 통해 주황색 조명등 불빛이 들어와 닿는 침대 발치 쪽으로 고개를 내밀고 몰래 『해리 포터』를 읽곤 했

　　　　　　　　　　　슈퍼바이즈드 테이블

다. 언니가 치료를 포기하고 집에 돌아가기로 결정했을 때, 어쩌면 그 책들을 병원에 두고 갔는지도. 그렇지 않다면 병원에 저 책들이 놓여 있을 까닭이 없지 않을까.

반 고흐의 화보집도 거기 그대로 있었다. 원장 선생님은 새로 개원한 입원병동의 첫 환자로 들어온 내가 적적해하기라도 할까봐 해외여행 중에 사 왔을 커다란 양장 화보집들과 퍼즐, 종이를 조립해 만드는 괘종시계 같은 신기한 것들을 종종 가져오셨다. 갑자기 중상층 가정의 따님이 된 나는 그런 호화로운 장난감들을 혼자 누리는 수혜를 입었다. 고흐의 화집, 그리고 앙리 카르티에브레송의 사진집이 내가 가장 좋아한 책이었다. 나중에 다른 아이들이 뜨개질을 하거나 코바늘뜨기를 할 때 나는 일기를 쓰거나 그림을 그렸는데, 고흐의 그림이나 카르티에브레송의 사진을 자주 모사의 대상으로 삼곤 했다.

책이 없는 수납장 칸에는 때가 탄 봉제 인형들과 체중계 몇 개가 버려진 물건처럼 쌓여 있었다. 나중에 A 간호사 선생님께 여쭤봤더니 체중계들은 선생님이 환자들에게서 '빼앗은' 것이라고 했다. 체중에 집착하는 아이에게 집에서 체중계를 가져오라고, 선생님이 보관하고 있겠다고 했다는 것이다. 나는 웃으며 물었다. "또 사면 되잖아요?" 정말 그랬다. 체중계는 얼마든지 다시 살 수 있지 않은가? "그런데 안 사더라고." 선생님은 그렇게 대답했지만, 나는 믿을 수 없었다. 식사치료실 한쪽 구석에 놓인 육중한 금속 체중계도, 방 한가운데에 놓인 커다란 식탁도 모두 입원병동에 있던 것이었다. "다 재활용하고 있지, 뭐." 선생님은 말씀하셨다. 나는 휑하고 낯선 식사치료실에 깃든 10여 년 전의 공기를 한껏 들이마셨다.

나는 식사치료를 '다시' 시작하기로 했다. 퇴원한 지 16년 만에! 정량의 식사를 마쳐야 한다는 두려움에 망설이는 나를 설득한 건 A 선생님의 제안이었다. 점심 식사치료를 끝내고 식탁이 치워지면 그 자리에서 노트북을 켜고 일을 해도 좋다고 했다. 집에서 일이 안 된다면 병원에 가져와서 해라, 저녁 식사치료가 시작되기 전까지 그 방을 혼자 써도 좋다는 말이었다. 사실 나는 일을 통 못하고 있었다. 번역 작업은 지지부진했고, 그나마 실시간으로 통화하며 고치고 새로 구상해야 하는 외주 카피라이팅 일만 어찌어찌 해내고 있었다. 집에서 PC 대용으로 쓰고 있던 노트북은 크고 꽤 무거웠지만, 그걸 들고 병원을 오갈 가치가 있는 제안이었다.

예상보다 어색한 일이었다. 내원하는 환자들의 연령 자체가 16년 전과는 사뭇 달라져 있었다. 16년 전 입원병동에 모인 우리는 대부분 20대 초중반이었다. 그러나 지금, 식사치료에 참석한 아이들은 대개 10대였다. 그 애들은 방학과 학원, 급식에 대해 이야기했다. 나중에야 그중 30대 환자도 있었다는 걸 알았지만, 나와 같은 30대 후반은 '만성'의 드문 케이스였다. 그 아이들 속에 끼어 앉아 있으려니 차마 고개를 들 수조차 없었다. 다른 아이들과 눈을 마주치는 건 물론 아이들의 얼굴을 쳐다보는 일조차 결례로 느껴졌다. 나는 누구와도 눈을 마주치지 않고, 가끔 선생님 쪽으로 고개를 돌려 눈짓으로 얘기하면서, 고개를 박고 묵묵히 식사를 했다.

내가 무려 서른여덟 살이고 16년 전에 입원까지 했던 환자인 걸 알면 아이들이 과연 어떤 생각을 할까? 한편 아이들에게 그 사실을 대놓고 알리고 싶어지기도 했다. 그럼 아이들이 환멸을 느끼지 않을까? 거식증적 습관 혹은 '생활 방식'을 도피처로 선택한 아이들은 성인이 됐을 때 감당해야 하는 귀결이 어떤 것인지 상상하지 못한다. 내가 무직 상태로 돈 되는 일도 제대로 못 해내고 있고 식비로만 돈이 얼마나 들어가는지, 내가 엄마의 바람대로 좋은 대학교에 들어갔지만 결국 '계층 상승'을 이루지 못해 엄마에게 얼마나 큰 실망을 안겨드렸는지, 그리고 다 상해버린 내 치아까지…… 그걸 전부 다 까발려 보여주면 아이들이 회복 쪽으로 마음을 돌리지 않을까? 그 아이들의 미래가 나락으로 떨어지지 않도록 미리 떠받쳐줄 수 있지 않을까?

하지만 왕왕 울리는 건 내 머릿속일 뿐, 슈퍼바이즈드 테이블은 조용했고 오직 수저질하는 소리만 들렸다.

/

식사치료를 재개한 이유가 물론 그뿐만은 아니었다. 맡은 일을 제대로 하지 못했던 건 일상이 카오스로 휩쓸려버렸기 때문이다. 나는 하루에 여섯 번 소화시킬 자신이 없는 것을 먹고 곧바로 토해냈다. 회사를 그만두면서 사회적 스케줄이나 타인의 시선을 의식하지 않아도 되는 시간이 늘어난 탓에, 하루 치 에너지를 위해 간식을 먹거나 대충이라도 점심 식사를 때우는 식의 '직장인 루틴'을 지키지 않게 된 것이 화근이었다. 기운이 나지 않을 때는 마음대로 이불 위에 누울 수 있으니 굳이 간식을 챙겨 먹지 않아도 됐다. 점심을 챙겨 먹지 않는다고 뭐라 할 사람도 없으니 끼니 시간도 일정할 필요가 없었다. 배가 고파지면 내가 정한 '허용 가능한 음식'(작은 요거트 얼린 것, 한 봉지에 80칼로리밖에 되지 않는 유아용 인스턴트 죽, 봉지당 100칼로리인 인스턴트 양파 수프 등)을 조금씩 먹었고, 식욕이 거기서 멈추면 다행이지만 그러지 않을 때는 '허용 가능한 음식'을 허용 불가능할 만큼 먹거나 다른 '허용 불가능한 음식'을 거의 억지로 먹어치운 다음, 그 모든 걸 반사적으로 게워냈다. 그렇게 잠재운 식욕은 배 속이 빈 탓에 오래지 않아 다시 불씨처럼 살아 일어날 수밖에 없다. 하루에 여섯 번씩 이 과정을 반복하면서 녹초가 되어버리는 탓에, 번역은커녕 책상 앞에 앉아 집중해야 하는 일은 거의 아무것도 할 수가 없었다.

번역 일정이 촉박해지면서 나는 다시 입원하는 일까지 진지하게 고려했다. 식사 패턴을 감시해주고 하루 대부분의 시간을 책상 앞에 앉아 일하도록 독려해주는 '환경'이 필요했다. 곰돌이 선생님께 이야기를 꺼내봤지만 선생님은 반대하는 입장이었다. 선생님의 생각도 이해가 갔다. 섭식장애의 입원 치료 부작용은 스스로 경험해 알고 있었다. 정신과 입원병동은 어떤 면에서 교도소와 흡사하다. '인메이트inmate'들은 그 안에서 서로에게 좋은 영향을 미치기도 하지만 '나쁜 버릇'을 가르치기도 한다. 내 경험상, 그들은 단순

슈퍼바이즈드 테이블

히 '기술skill'만 배워 오는 게 아니라 일종의 '마인드셋mindset'까지 동화되어 온다. 또 선생님에게는, 환자가 위관 영양 같은 '포스드 피딩forced feeding'이 필요할 만큼 저체중이거나 폭식, 구토 증세가 걷잡을 수 없는 지경일 때를 제외하고는 입원 치료보다 통원 상담 치료가 더 효과적이라는 믿음도 있었을 것이다.

나 역시 진심으로는 완전히 통제받는 것을 두려워하고 있었다. 허황되게도 '끼니때마다 정해진 양을 먹어야 한다는 강제가 없다는 한에서' 감독당하길 원하고 있었다. 곰돌이 선생님은 안타깝다는 듯 희미한 미소를 띠며 고개를 저었다.

A 간호사 선생님의 제안은 그때 이루어졌다. 나는 오래 생각하고 결단을 내렸다. 점심 식사치료를 한 뒤 저녁 식사치료가 시작되기 전까지만 있을 예정이지 저녁 식사치료에까지 참석한다고는 하지 않았다. 그리고 일주일에 한두 번, 하루에 한 끼를 '2분의 1 포션'으로 먹는다고 급격하게 살이 찌지는 않을 터였다. 나는 한번 해보기로 했다.

커다란 구식 노트북을 검정색 전용 가방에 넣어 옛적 회사원처럼 손에 들거나 어깨에 메고, 나는 강남대로의 언 겨울 길을 걸었다. 점심 식사치료 때까지 시간이 많이 남아 있었으므로 병원 근처 카페로 올라가 뜨거운 아메리카노를 시켜놓고 앉았다. 동그란 일인용 테이블 밑으로 드러난 허벅지를 내려다보며, 오래 입은 스키니진에 얼마만큼 여유가 있는지 살펴보았다. 그리고 '현실 검증'을 위한 사진을 찍었다. 10여 년간 계속된 버릇이었다. (맨눈으로 보는 것과 거울에 비춰 보는 것, 또 사진으로 보는 건 서로 다르기 때문이다.)

그 길을 처음 걸었던 것은 2001년 겨울, 역시 12월이었다. 나는 자살기도로 이미 한 차례 휴학과 복학을 거친 대학생이었고, 섭식장애라는 증상이 생긴 지 6년째 되던 해였다. 폭식 욕구와 어설픈 구토 시도로 지칠 대로 지친 나는 스스로 병원을 알아보기 시작했고, 학교 전산실에서 적어 온 주소와 약도를 보고 강남대로의 큰 빌딩에 있던 그 병원을 찾아갔다. 원장 선생님이 나를 보셨다. 인터넷에서 사진으로만 봤던 같은 학교 의대 선배였다. 정신과 '병원'을 방문한 건 그때가 처음이었다. 나는 임상심리학자들에게 상담받은 경험을 되살려 이야기를 꺼냈고 원장 선생님은 상담 마지막에 내게 "아직 학생이지?"라고 물었다. 다음 상담을 잡아줄 테니 그때는 엄마와 함께 오라고 했다. 병원비는 몇만 원 나왔던 것으로 기억한다. 10만 원 이상 나오면 어쩌나 겁이 났었는데 안심이었다.

나는 엄마에게 어렵게 이야기를 꺼냈고, 엄마는 서울로 올라오셨다. 엄마가 자취방으로 찾아왔었는지 병원으로 가는 길 중간에서 만났었는지 따위는 기억나지 않지만, 한 장면만큼은 뚜렷하다. 나는 로비에 앉아 있었고 내 바로 옆 문으로 들어가는 원장실 안에서는 엄마가 원장 선생님과 상담 중이었다. 그때 문이 열리더니 들어오라고 나를 부르는 소리가 들렸다. 엉거주춤 들어가니 엄마 옆에 앉으라고 했다. 의자에 앉자마자 엄마는 손을 뻗어 내 한쪽

슈퍼바이즈드 테이블

손을 꼭 쥐었다.

"입원하자." 원장 선생님은 거의 애원하는 듯한 눈빛으로 나를 보며 말했다. 잠시 뜸을 들이다가 엄마가 나를 보며 말했다. "응. 그러자. 지금 입원해야 치료 기간을 줄일 수 있대. 입원하자. 응?" 원장 선생님도 고개를 끄덕였다. "네." 나는 얼떨떨해서 조그맣게 대답하며 고개를 끄덕였다. 웃어야 할지 울어야 할지 알 수 없었다.

그 모든 것이 순식간에 이루어졌다. 생각이 바뀌기 전에 그날 당장 입원 수속을 밟기로 했다. 나와 엄마를 마지막으로 원장 선생님은 진료를 끝냈고 간호사들이 병원 불을 껐다. 건물 아래 주차장에서 모래를 밟으며 다가오는 세단 위로 길고 가느다란 빛이 미끄러졌다. 우리는 새로 지은 입원병동으로 출발했다. 원장 선생님이 운전대를 잡았다. 뒷좌석에서 엄마는 내 한 손을 자신의 두 손 안에 꼭 쥐고 놓아주려 하지 않았다. 그때 갑자기 앞차가 후진을 시도했다. 원장 선생님은 급히 브레이크를 밟았다. 충돌은 면했다. 잠시 세 사람의 침묵이 어색해졌다.

차는 쌓인 눈과 추위와 네온사인으로 어릿어릿 빛나는 강남대로를 달렸다. 붉은색 코트를 입은 여자가 차도로 몸을 내밀고 손을 뻗었다. 밖에는 눈 혹은 비가 오는 것 같았다. 그녀는 택시를 잡으려 했다. 추위에 목을 움츠리고 있었다. 나는 추위에 떠는 일 없을 곳을 향해 가고 있었다. 앞으로 얼마 동안은 택시 잡을 일도 없을 것이다.

부츠를 벗어놓고 들어선 현관은 어두웠다. 늦게 연락을 받은 당직 간호사들이 검은 옷을 입은 모녀를 허둥지둥 맞았다. 엄마는 내가 쓸 물건 몇 가지를 챙기러 간 동생을 마중하기 위해 자리를 떴다. 원장 선생님도 곧 떠났다. 간호사는 미처 불도 켜지 않은 방 침대 위에서 내가 메고 온 가방을 열었다. 유리로 된 것이나 거울이 붙은 것은 압수됐다. 가위, 눈썹을 손질하는 작은 칼, 손톱깎이는 이곳에 들일 수 없는 물건이었다. 안경집을 두고 간호사는 망설였지만 곧 침대 위에 내려놓았다. 휴대전화도 압수 품목이었지만 갑작스러운 입원이라 통화할 곳이 많을 테니 내일 아침까지는 갖고 있어도 좋다고 했다. 옷을 벗고 간호사가 가져다준 가운을 입었다. 주방에 놓인 전자 체중계에 올랐다. 식탁에 마주 보고 앉아 체온과 혈압도 쟀다. 간호사가 숫자를 기록했다.

엄마와 동생은 비닐봉지 소리를 내며 들어왔다. 그제서야 방에 불이 켜졌다. 발소리도 없이 들어온 두 사람은 서두르느라 가쁜 숨소리를 냈다. 속옷과 옷가지 몇 개, 세면도구, 로션과 빗과 머리끈 같은 것들을 가져왔다. 검은 비닐봉지에는 빵 두어 개와 우유가 들어 있었다. 빳빳한 새 시트가 덮인 침대 위에 비닐봉지, 빈 빵 봉지, 먹다 남은 우유 팩이 흐트러졌다. "여기 되게 좋은데?" 동생이 속삭였다. "나도 여기 이사 와서 살까?" 셋이 소리 죽여 키득 댔다. 언니가 병원에 들어갈 거라고 엄마가 말했을 때 동생은 아무것도 묻지 않았을 것이다. 동생만은 내 일에 개입시키지 말자는 것이 엄마와 내가 합의한 내용이었다. 눈치 빠른 동생도 엄마와 내가 입에 올리지 않는 일은 없는 일처럼 피해갔다. 병원에 들어왔는데도 병에 대해서는 한마디도 하지 않았다. 건드리면 안 될 것을 건드렸다간 나 혼자만이 아니라 모두가 무너지고 충격이 우리의 시력과 청력을 앗아갈 것이다. "우선 이거 가지고 살다가 면회 올 때쯤 뭐가 필요한지 알려줘. 빨래도 그때 모아서 주고." 엄마가 속삭이는데, 자꾸 원래처럼 성대를 울리려고 해서 나는 웃다가도 정색을 하며 손사래를 쳤다. 엄마와 동생이 떠났고, 나는 유리병에 든 화장품을 마저 뺏겼다.

자기 전에 약을 받아먹었다. 비스듬히 누우니 푹신한 베개에 얼굴이 반쯤 파묻혔다. 방문 위쪽에 가로로 긴 창이 나 있었다. 주황색 엷은 빛이 흘러 들어오다가 침대 발치에서 흐지부지 죽었다. 잠들기 전 한두 번 간호사의 안경이 창밖에 머물다 지나가는 것을 보았다.

2장

주택가의
입원병동

하마터면 못 찾을 뻔했다. 건물은 전체 외벽이 검은색으로 바뀌어 있었다. 전에는 미색 타일로 전면을 덮고 벽에도 미색 페인트를 칠한 전형적인 병원 느낌의 건물이었다. 그러나 이젠 아니다. 겉으로 보이는 구조는 그대로였다. 1층 입구의 둥근 기둥, 3층과 4층의 테라스, 지붕 아래 다락방 같은 5층까지. 계단 쪽의 통창 구조도 여전했다. 리모델링이 아직 진행 중인지 건물 주변엔 공사 부산물들을 담은 흰색 자루들이 바리케이드를 쌓은 듯 치워져 있었다. '철거공사 알림판'이 건물 앞에 거꾸로 기대 세워져 있었다. 공사 기간은 작년 7월부터 8월까지다. 그때 외벽을 다 뜯어냈으리라. 이제 건물은 '그래핀'이라는 신소재 섬유를 개발해 항균 마스크를 만드는 회사 소유가 됐다.

나는 벽면 유리에 비친 내 모습을 찍었다. 건물의 특징이었던 벽의 둥근 창도 같이 촬영했다. 멀찍이 뒷걸음쳐서 5층짜리 건물 전체를 화면에 담았다. 나중에 다시 지나칠 때는 바닥에 기대어 있던 철거공사 알림판도 촬영했다. 온라인 지도에서 검색해 거리뷰로 봤던 대로라면 얼마 전까지만 해도 이곳은 통째로 한의원으로 사용됐다. 그런데 그 몇 년 사이 한의원도 폐원을 하고 건물 전체가 전혀 다른 업종의 회사 사무실로 쓰이게 된 것이다.

　건물은 한 블록의 끝에서 두 번째 건물이었고 거기서 2차선 도로만 건너면 근린공원이었다. 병실 창밖으로 마을버스가 지나가는 걸 지켜보던 기억이 났다. 그리고 식사를 성실히 하고 체중이 조금씩 올라가기 시작한 아이들에 한해 '산책' 허락이 떨어지면, 오후에 당직 간호사와 함께 조금은 흥분해서 깔깔대며 노래를 흥얼거리면서 걸어 들어갔던 공원 입구도 기억에 또렷했다. 고요하고 살기 좋은 동네였다. 주민인 듯한 사람들이 여유롭게 맨손체조를 하고 테니스를 치고 있었다. 시장 변이나 유흥가의 상가 건물 위층에 세를 얻어 사는 대신 이런 곳(풍요한 동네의, 말 그대로 '주택가')에 산다면 어떨까 상상해보려 애쓰며 숨을 내쉬었다. 이곳에 먼저 자리 잡은 선배의 정신과 병원 건물에 공간을 얻을 수 있었던 덕에 주택가 사람들의 항의를 받을 걱정 없이 정신과 입원병동을 새로 시작할 수 있었다는 원장 선생님의 얘기를 회상했다. 이제야 그 뜻을 헤아릴 수 있었다. 나는 새로 조성한 듯한 근린공원의 표지판과 그때처럼 양지바른 잔디밭과 오솔길에 무리로 모여 흙을 쪼고 있는 비둘기들을 카메라에 담으며 그 길을 다시 걸었다.

　겨울 코트 차림으로는 사뭇 더운 날씨였다. 평년보다 기온이 높은 3월 초순이었다. 18년 전 이맘때쯤 나는 세 번째 퇴원 수속을 밟고 병원을 나서고 있었다. 복학할 새 학기에는 아무 문제 없이 빛나는 모범생으로 학교를 다니리라는 희망에 부풀어, 전공 수업은 뒷전으로 하고 문학과 심리학 수업으로 꽉 찬 시간표를 짜놓은 참이었다. 나는 퇴원해야겠다고 이야기했다. 다시 여기 있을 수는 없다고 했다. 전화 통화 허락을 얻어 엄마에게도 간곡히 말했다. "지난번에도 잘할 수 있다고 나갔다가 도로 들어왔잖아. 이번에 또 그러면 안 돼. 이번엔 잘 지낼 수 있겠어?"라고 묻는 엄마의 물음에 얼굴을 붉히며 그렇다고, 그럴 거라고 대답했다. 수간호사는 "입원은 장난이 아니"라고 엄하게 말했다. 친절했던 간호사들도 이젠 내게 질린 눈치였다. 나는 카펜터스와 줄리 런던, 얼래니스 모리셋, 피오나 애플 같은 앨범 카세트로 한가득인 종이봉투를 포함해 짐을 네 개나 들고 별다른 배웅도 없이 병원을 나섰다. 그땐 아직 겨울 날씨였다.

나는 아마 그 블록을 나서서 주유소를 지나 다리 위의 '대로'로 나왔을 것이다. 지금 보면 그리 큰길이 아니지만 그때 내게는 끝없이 펼쳐진 수 차선 도로처럼 보였다. 걸을 때마다 너펄대는 내 카키색 재킷 끝자락에 차가운 공기가 붙어 깜박였다. 나무들도 벌거벗은 채로 가지 사이사이에 하늘 빛깔의 얼음이 굳어 있는 듯 창, 창, 창 하는 소리를 냈다. 나는 거기서, 희망과 두려움에 휩쓸릴 것 같은 마음을 붙잡으며, 네 개의 짐 가방으로 몸을 무장한 채 택시를 기다리며 서 있었다.

나중에 물어봤을 때 A 간호사 선생님은 입원병동이 그 뒤로 그리 오래 지속되진 않았다고 했다. 병원은 처음부터 적자로 운영을 시작했고 그런 상태를 오래 이어갈 순 없었다. 영국에서 섭식장애 분야의 권위자 아서 크리스프에게 사사하고 모즐리병원의 섭식장애센터에서 연수를 마치고 돌아온 원장 선생님은 그곳과 같은 전문 섭식장애 치료 시설을 갖추고 싶다는 야망을 갖고 계셨다. 섭식장애 전문병원을 개원한 건 1998년, 본격적으로 입원병동을 설립한 것은 2001년 겨울이었다. 한편, 곰돌이 선생님은 일본에서 공부한 뒤 1995년 섭식장애 전문병원을 열었다. 우리나라에서 본격적인 섭식장애 전문 치료는 1990년대 중반부터 젊은 전문의들에 의해 시작됐다고 해도 좋다.

／

참으로 시원한 광경이었다. 낮 근무조로 출근한 수간호사는 집에 가져가 손수 세탁해 온 침대 시트며 새하얀 커튼 같은 것을 한 보따리 가져왔다. 다른 간호사와 함께 그것을 식탁 가운데 두고 널찍이 마주 잡고는 있는 힘껏 잡아당겨 파득파득 펴는 것이었다. 여자애들은 거실 이곳저곳에 앉아 텔레비전 아침 프로그램을 보고 있거나 털실이 못 굴러가게 붙잡으면서 뜨개질 삼매경에 빠져 있거나 아니면 나처럼 간호사들이 일하는 모습을 지켜보고 있었다.

"이것 봐. 가운도 이렇게 메이커 붙은 걸 사더라고!"

주방 테이블 위에 갓 세탁한 가운을 탁탁 털어 개어놓으며 수간호사는 미간을 찌푸렸다. 체중을 잴 때 정확한 수치를 얻기 위해 갈아입히는 가운이다. 스물몇 살 여자아이들이 입으면 무릎까지 오는 얇은 옷감 한 장인데 원장 내외가 고른 가운에는 왼쪽 가슴팍에 새끼손톱만 한 그림이 반질반질하게 수놓여 있다. 5000원이면 그만큼 괜찮은 가운을 산다. 동네 시장을 돌아보면 싸고 좋은 물건이 얼마나 많은지 모른다. 젊은 시절 독일까지 건너가 간호사 일을 하다 돌아온 그녀는 돈이 줄줄 새는 소리에 기겁을 했다. 반사적으로 혀를 찼다.

"여기 인테리어 하는 데는 돈을 얼마나 썼다는 줄 알아?"

나는 벌써 텔레비전에서 눈을 떼고 있었다. 건너편 의자에 기대서서 듣고 있는 간호사는 수간호사의 며느리가 된 것 같다. 평소에는 묽게 끓인 수프 같은 목소리가 냄비에 넘칠 듯이 찰랑댔으나 직장 동료에서 며느리가 되는 순간 그녀는 말수가 줄었다.

"1억 들었어, 1억."

수간호사는 목을 빼고 속삭였지만 숨소리에 웬만큼 힘이 들어가 텔레비전에 몰두한 아이들까지 한 귀로는 1억이란 말을 들었을 것이다. 나는 양손에 펼쳐 쥐고 있던 양장본 사진집을 살짝 내려놓았다. 원장이 해외여행에서 사 온 기념품을 병원에 비치해둔 것이다. 싱크대 하수구에서 밤낮으로 뜨듯한 악취가 올라오는 반지하방에서 지내던 내게, 부츠를 한쪽씩 벗어놓고 들어선 현관에서부터 이곳은 드라마 세트장 같았다.

수간호사는 수완이 좋은 사람이었다. 이곳의 나날이 제대로 돌아가도록, 그러니까 이곳에서의 낮과 밤이 차질 없이 바뀌고 착착 넘어가는 데 필요한 모든 일을 찾아서 완수해냈다. 처음 입원병동을 내고 본격적으로 실내를 꾸미기 시작할 때부터 그녀는 앞장서서 팔을 걷어붙이고 손을 많이 들였다. 그녀가 다른 간호사들과 주방에 있다든가 할 때 엿듣게 되는 한담 속에는 그녀가 집 근처 재래시장에서 색색으로 짝을 맞춰, 그러나 아주 싼값으로 이곳 찬장을 채울 그릇들을 산 얘기, 저렴하지만 꽤 쓸모 있는 모델의 진공청소기를 마련한 얘기, 벽에 걸 시계가 모자라 집에 남는 것을 가져온 얘기, 그러나 원장님은 세상 물정을 모르셔서 쓸데없이 집 꾸미는 데 돈을 많이 쓰셨다, 텔레비전이며 오디오며 이런 것들 다 적당한 가격에 살 수 있는데 죄다 고급으로만…… 하는 푸념 따위가 들어 있었다. 그녀가 집에서 만든 반찬이라든가 고향에서 가져온 젓갈 같은 것을 일부러 챙겨와 식탁에 내놓는 일도 있었다.

참 근사한 가정집이었다. 이렇게 좋은 집에서 이만한 대접을 받으며 살아본 사람이 있을까? 다른 여자애들은 모르겠지만, 적어도 나는 아닌 것 같았다. 어쨌든 나는 그 희고 푸르스름한 물결과 파득파득하는 소리가 기분 좋았고 제법 따스한 색을 띤 햇볕이 벽과 바닥 일부를 동그랗게 쬐고 있는 발코니에서 그 빨간 머리 간호사가 오전에 출근한 간호사와 맞붙어 서서 인수인계하는 모습을 넋 놓고 보고 있는 게 편했다.

2002. 1. 6.

우습게도, 여기는 아빠의 자궁이네요.

내 사랑하는 두 번째 자궁.

가끔 드는 생각으론

더 이상 다시 배 속으로 빨려 들어가 보호받을 필요는 없으니

여길 나서면 끝장을 보자고

그러니 좋은 추억을 만들어두자고

그래서 저는 다 좋다고 생각합니다.

항상 가족들이 있고 사람들이 있어요.

싸우는 엄마 아빠, 농담을 주고받는

엄마 아빠가 있어요.

(원장) 선생님은 이상한 존재예요.

선생님이 벨을 울리고 현관에 들어서실 때

간호사 선생님은 책상 앞에 앉으시고

남자 선생님은 스타크래프트를 꺼버리니까요.

선생님은 마치 신 같아요.

엄마 아빠가 있는 집에 안 어울려요.

선생님은 마치 더 큰 아빠, 하나님,

되살아난 먼 조상, 아빠의 아빠 같아요.

선생님께는 이상이 있고 목적이 있어요.

선생님께는 옳은 것과 그른 것을 가르는 기준이 있어요.

이 집은 불안하답니다. 원래 가난한 가족이에요.

정말 가족이에요. 사람들이 여기 그렇게 있어요.

그중에 선생님은 정말 이상한 분이세요.

선생님은 이상하게 오시고

나가셔도 이 집은 이상하게 남겨져요.

원장 선생님이 오시기 전날 밤부터 여자애들은 뛰거나 종종걸음을 하며 돌아다녔다. 간호사들이 이젠 잠자리에 들어야 한다고 독촉하기 직전까지 한 침대에 모여 둘러앉고 드러눕고 해서는, 내일 원장 선생님이 여기 오면 누구부터 면담을 할까, 내 차례가 되면 나는 무슨무슨 이야기를 하겠노라는 이야기에 빠져 있었다. 그는 꽤나 근사한 정장을 차려입고 향수까지 뿌리고 찾아올 것이다. 무슨 얘기를 해서 그를 화나게 만들까? 석인이가 그 예쁘장한 얼굴에 뾰로통한 표정을 하고 머리를 굴리기 시작했다. 그 애는 원장 선생님의 말이나 언어 습관을 날카롭게도 기억했고 표정 변화나 행동거지를 복제해 선보였다. 그럴 때마다 우리는, 심지어 간호사들까지, 배를 잡고 웃지 않을 수 없었다.

"얼굴 빨개지는 것 봤어?"

석인이가 관객인 우리를 웃기기 위해 한껏 과장한 몸짓으로 상황을 재연해가며 말했다.

주택가의 입원병동

"어쩜 그렇게 잘 빨개지니. 귀까지 빨개지잖아? 화가 나서 이렇게 막, 이렇게, 의자 팔걸이에 올린 손이 들썩들썩하고 바르르 떨리는 게 보이는데, 화 안 내려고 엄청 참잖아?"

우리는 와, 하고 웃었다.

"저번엔 이러더라. 더 이상 못 참겠는지, 지금 당장 네 뺨을 한 대 갈겨주고 싶지만 지금 얘기하는 게 진짜 내가 아니고 거식증인 걸 아니까 참는 거라고. 내가 하는 말이 내가 하는 게 아니라는 거야!"

바로 그 점이, 원장이 아이들의 분노를 산 이유였다.

내가 만약 석인이었다면, 이 쨍쨍 울리는 여자아이처럼 원장 선생님이 화를 내도 눈 깜짝하지 않을 기량이 있었다면, 나는 이렇게 따져 물었을 것이다. 선생님의 치료는 엑소시즘이냐고. 그러나 누굴 성나게 하는 것이 두려운 나는, 다시 말해 자잘한 말대꾸로 원장 선생님의 속을 긁는 맛은 즐기지만 정말 아플지도 모를 곳에 냉정하게 시위를 당길 용기는 없었던 나는, 더 정확히 말해 자신만만하며 초연한 원장의 상像을 죽일지도 모를 말을 도저히 입 밖에 낼 수 없었던 나는, 이 얘기를 애매하게도 K 간호사에게 해버리고 말았다. 그것도 내가 아주 정확한 불평을 하고 있다는 듯 삐기는 태도를 숨기지 못하며.

A 간호사 선생님이었다면 내 말은 무시한 채 나를 달랬을 것이다. 그러나 K 간호사는 분명하게 화를 냈다.

"너도 알잖니. 그게 중요한 게 아니란 걸."

그녀는 아주 새카만 머리카락을 짧게 잘랐고 얼굴은 암말처럼 생겼으며, 눈과 늘 부르터 있는 큼직하고 두툼한 입술에는 어떤 절실한 심정이, 그러나 그보다 훨씬, 훨씬 커져버린 단호함 같은 것이 고집스럽게 서려 있었다. 나는 그녀의 손길이 특히 미더우면서도 때로 그녀가 소파에서 내 곁에 바짝 붙어 앉거나 아주 가까이서 짐짓 더 상냥하게 들리려는 어투로 내게 말을 걸 때면 그만 소스라쳐서 식도가 굳어버리는 걸 어쩔 수가 없었다.

"선생님, 선생님은 꼭 우리 엄마 같아요."

나는 한숨을 쉬며 말했다. 진심이었다.

간호사는 앵하고 내게서 몸을 뗐다.

"그거 좋은 말 아니잖어! 나도 다 알아!"

그녀에게는 그녀 나름의 가족사가 있었던 것이다. 나는 그녀의 이야기를 전부 들었다. 잠이 오지 않는 어느 밤, 당직을 서는 그녀와 나란히 어둑한 거실 소파에 앉아서. 아니면 책상 밑에 밀어둔 의자를 끌어와 앉은 그녀 옆 침대에 누워서. 그것도 아니면 식사를 마친 뒤 거실에 모여 있을 때 그녀에게서 뜨개질을 배우면서.

나는 뜨개질을 새로 배웠다. 내 맘에 드는 뜨개실과 바늘을 사기 위해 그녀는 일부러 나를 데리고 외출을 했다. 대낮의 풍경이 얼음장같이 쪼개 떨어지던 겨울이었다. 그녀는 나를 단골 실집에 데리고 갔다. 오래된 상가 건물 모서리 한쪽에 간신히 공간을 내어 꾸민 가게로, 전면을 가린 유리 진열장뿐 아니라 비좁게 각진 양쪽 벽까지 틈틈이 색도 질감도 다양한 털실을 진열해놓고 있었

주택가의 입원병동

다. 나는 그 다양한 털실 꾸러미로, 어떤 것은 가늘고 매끄럽고, 또 어떤 것은 느슨하고 부드러우며, 보드랍게 폴폴대는 잔털이 달렸거나 두 가지 색 이상의 실을 묘하게도 꼬아 만든 그 수십 가지 물건으로 배가 부르도록 눈요기를 하면서, 왼쪽 벽 모서리 쪽에 진열된 아주 진한 검정색의 앙고라 털실을 수줍게 가리켰다. "저걸로 주세요"라고 K 간호사가 나를 대신해 말했다. 보통은 내가 맡겨둔 예치금에서 계산을 하는데 그녀가 이번만큼은 손수 값을 치르고 싶다고 했다. 내게 선물을 하고 싶다는 것이다.

"뭘 짤 거니?"

돌아오는 길에 그녀가 물었다.

"목도리요."

"누구 목도리?"

"원장 선생님…… 드릴까요?"

"원장 선생님한테 목도리 만들어드린다고? 진짜 감동하시겠다, 얘."

나는 부끄러움에 온몸이 달아오르고 돌연 모든 기운이 빠져버려 더 이상은 아무 말도 할 수 없을 것 같았다. 그래서, 마치 조금 전에 어떤 말도 한 적 없다는 듯이, 잔뜩 풀이 죽어 아주 얌전하게도 간호사의 곁에 꼭 붙어 집으로 돌아왔던 것이다.

K 간호사에게 코 만들기부터 배우고, 두어 차례 콧수를 늘리고 줄이고 하면서 라면 면발처럼 꼬불꼬불해진 실을 도로 풀어버리기를 반복하다가, 드디어 내 목도리는 제 꼴을 갖춰가기 시작했다.

다른 간호사가 누구에게 줄 목도리냐고 물었다. 이번에는 얼른 말을 고쳐 아빠에게 부쳐드리겠다고 했다.

그리고 정말 아빠를 위한 것이라 생각하며 검고 포근한 한 뼘 길이의 단들을 직조하기 시작했다. 책도 읽지 않고 그림도 그리지 않았다. 일기를 쓰지 않고 며칠씩 지날 때도 있었다. 그러는 사이 내 짙고 검은 물줄기는 도무지 목에 두를 수 없는 것이 되고 말았다. 아무리 어깨까지 돌리려 한대도 말이다. 내가 짠 것은 아빠의 목도리가 아니라 몰래 철창을 떼어내고 탈출하기 위한 라푼첼의 머릿단이나 교살용 밧줄에 더 가까웠다.

그리하여 목요일.

모두가 미리 와 있었다. 밤 근무로 눈이 부은 간호사 둘, 일찌감치 출근해서 교대 준비를 마친 간호사 둘, 가끔가다 볼 수 있던 여자 심리학자와 사회복지사까지 이리로 출근해 상사를 기다리고 있었다. 여자애들도 식사를 마치고 소파에 앉았다. 오늘은 평소보다 조용한 것이, 마치 치과 로비에서 잇몸을 쩰 순서를 기다리며 초조하게 일렬로 앉아 있는 사람들 같았다.

원장이 왔다. 그의 다소 가냘픈 체구를 감싼 어두운색 정장이 현관을 가린 벽 밖으로 빼꼼 보였다. 한 손으론 벽을 짚고 다른 한 손으론 구두를 벗고 있으리라. 수간호사가 활짝 웃으며 그를 맞았다.

"아이고, 얼마나 좋으세요. 이렇게 예쁜 딸이 여럿 기다리고 있고."

　　　　　　　　　　　　주택가의 입원병동

주름이 많고 양쪽 뺨이 옴폭하게 팬 원장의 얼굴이 처진 눈을 빛내면서 환하게 웃으며 등장했다. 주방 쪽에 몰려 있던 수많은 여자(간호사 넷과 심리학자, 사회복지사까지 여섯이나 되는)가 너 나 할 것 없이 자리에서 일어서며 거실을 향해 한두 발자국씩 다가왔다. 텔레비전 앞을 가리고 선 원장을 보며 우리도 얼떨결에 다 같은 미소로 맞았지만, 곧 묽게 만든 물감으로 가득한 팔레트를 부주의하게 흔들었을 때처럼 우리 표정은 제각각으로 묘하게 흐트러졌다. 이제 무슨 일이 벌어질 것인가. 우리는 하려던 말을 꺼낼 수 있을까? 우리 뜻대로 이룰 수 있을까?

내가 여기서 그만 나가고 싶다고, 뚱뚱해지느니 차라리 죽어버리겠다고 한다면?

언젠가 원장 선생님의 대답은 이랬다. "쯧쯧. 넌 정말 철이 없구나." 한발 물러서서 이렇게 대답한 적도 있다. "여길 들어올 땐 네 서명을 우선 받았지만, 나갈 때는 가족의 동의가 있어야 돼. 엄마 아빠가 동의하시겠니?"

나는 어딘가에서 찾은 사진집에서 빅토리아시대의 여자 사진을 발견하고 스케치북에 따라 그린 다음 수채 물감으로 채색까지 한 그림을 그의 앞에 내밀었다. 여백에는 'I'm not wealthy like her(나는 그녀처럼 부유하질 않아요)'라고 썼다. 그는 그림이 마음에 든다면서, 그러나 마치 내 아버지가 된 듯 나를 타이르며 말했다. "'wealthy'보다 중요한 건 'healthy'한 거야."

그때, 나는 '건강해요'라고 말했을까? 아마 정현 언니나 혜정 언니가 먼저 그렇게 말했을 것이다. 석인이도 그렇게 말했을 것이다. 아니, 내 상상일까?

그날은 정현 언니 대신 혜정 언니가 울음을 터뜨렸다. 너무 발 버둥을 쳐서 자칫 졸도라도 할 것 같았다. 빨간 머리 간호사가 서둘러 두툼한 수건에 얼음을 넣어 가져왔다. 다른 여자애들은 몇 마디 붙이다가 점점 입을 다물어버렸다. 텔레비전은 혼자 태연히 떠들고 있고 언니는 완전히 지쳐 가끔씩 흑흑 흐느끼기만 했다. 우리가 아침까지 하다 놓아둔 것들, 뜨개실과 뜨다 남은 모양 없는 것들, 아무렇게나 펼쳐져 바닥에 흩어진 책들, 작은 스케치북, 두어 개 색깔이 밖으로 나와 있는 크레파스 상자 같은 것들이 마치 100년 전의 물건인 양 차갑게 식어서 사방에 널려 있었다. 내 뜨개실은 누가 발로 건드렸는지 그 어마어마한 목도리가 거실을 가로질러 텔레비전이 놓인 장식장 구석까지 펼쳐져 있었다.

3장

엘리제를 위하여

2002. 2.

나는 환자인가? 내 어느 곳이 병들었나? 객관적으로, 나는 매주 외래 진료를 받고 있다. 입원도 했었고, 약도 복용한다.

나는 의사를 만난다. 의사는 이것저것을 묻고 내 얘기를 듣는다. 그런데 의사가 고치려는 건 무엇일까? 나는 왜 환자가 됐을까?

굳이 아픈 데를 말해야 한다면, 내 가슴이다. 뼈가 아픈 건지 신경이 아픈 건지는 모르겠다. 하지만 너무나 자주 두 어깨 사이에 통증이 온다. 나는 그걸 '고통'이라 부르는데, 때때로 그건 목까지 차오른다. 나는 원체 눈물이 없어 '고통'을 느끼면 어떻게 할 도리가 없다. 가끔 눈물샘이 터지면 울 수 있게 되고 한 시간쯤 울고 나면 좀 시원해진다. 눈물이 안 나오는 대부분의 경우, 나는 음악을 틀어놓고 방 안을 맴돈다. 몇 시간은 걷고 뛰며 방바닥에 원이나 마름모를 그린다.

의사는 내 병이 그 '고통'이라 생각할까? 그 '고통'이 과연 병일까? 의사는 나를 치료할 수 있을까? 내가 그 '고통'을 느끼지 않게 해줄 수 있을까?

그는 대체 뭘 치료하려는 걸까?

　안 좋은 일이 있었다. 아침에 뭘 좀 분질렀다. 대단한 건 아니었다. 고작 눈썹 그리는 연필이었으니. 눈을 뜨고 고개를 들어 올릴 때부터 얼굴이 뻣뻣한 것 같았고, 송충이 털 비슷한 것으로 잔뜩 뒤덮인 거추장스러운 벽 하나가 숨통을 턱 막는 것처럼 느껴졌다. 그러나 나는 말없이 일어났다. 차례를 기다려 씻고 머리까지 새로 감고 드라이어로 말렸다. 주방 식탁에서 피로해 보이는 눈으로 기다리는 당직을 선 간호사의 건너 자리에 마주 앉아서 그나마 상처가 적은 오른팔을 걷어 내밀고 혈압과 체온을 재고는 멀쩡히 돌아왔다. (언젠가 드물게도 수간호사가 측정 당번이었을 때 그녀는 마치 죄가 있나 없나 보려는 듯 입꼬리만 올려 웃으면서 내 손목을 잡아당기더니, 너무나도 따사롭고 자애로운 태도로 완대를 둘러주고 노련하고 재빠른 손놀림으로 가압기를 다루는 것이었다. 그러더니 하, 하고 웃으면서 "우습다, 여기 있는 애들은 수치가 100을 넘기는 애가 없어"라며 안타깝다는 듯이, 어쩌면 이런 네가 가엽고 부끄럽다는 듯이 내 눈을 물끄러미 쳐다보았다.)

　침대에 앉았다. 몸은 구름 같고 눈은 빨래판 같았다. 밖에는 눈이 쌓여 있었다. 창도 온통 눈으로 덮인 것 같았다. 그러나, 아니다. 내 부루퉁한 마음이 유리창에 사정없이 눈덩이를 던지고 있었을 뿐. 희끄무레하지만 맑고 차디찬 1월의 아침 빛이 창백한 길과

잎이 누렇게 바랜 나무의 어설픈 빛깔을 몸에 걸고 '만卍'자 모양의 녹색 쇠창살에 고여 있었다. 그 끈질기고 칫내 나는 모양이 마음을 자극했다. 나는 울고 싶은가? 꼭 그렇진 않은 것 같았다. 화장품 뚜껑에 붙은 작은 거울을 보며(소지품을 압수당하면서 내게 유일하게 남은 유리로 된 물건이다) 화장을 시작했다. 오늘따라 손이 굼떴다. 눈썹이 마음대로 그려지지 않자 팔이 바들바들 떨리며 울화가 치밀기 시작했다. 당장에 머리를 벽에 박아 부숴버릴까? 응? 쿵, 하고 말이다. 얼룩덜룩한 벽이 어질어질 맴도는 순간, 내가 비명을 지르는 대신, 가장 가느다란 힘줄까지 팽팽해진 두 손이 연필을 와작 동강 내버린 것이다.

화장은 왜 하는 거지? 나는 내가 미워 죽겠어서 머리를 풀어 헤친 채로 도로 누워버렸다. 여기선 아무도 화장 같은 건 하지 않는다. 아무도. 나는 다만 여길 집처럼 여기지 않을 뿐이다. 집처럼 살고 싶지 않다. 나는 그냥 손님일 뿐이다. 그러나 그건 나 혼자만의 고집이고, 나 혼자만 뽀오얗게 화장을 하고 밖에서 외출할 때 입던 옷을 가져와 입고 머리까지 완벽하게 묶고는 아침 식탁에 앉을 뿐이다. 아무도 그렇게 하지 않는다. 화장이라니 우습다. 다들 파자마만 입고 돌아다닌다. 우리는 정말 한 식구인가?

건물이 통째로 진동하기 시작한다. 하루 세 차례 끼니때마다 일어나는 일이다. 베개 위로 머리카락을 헝클어뜨린 채 아무렇게나 누운 나는 벌써 한참 전부터 그 소릴 듣고 있었다. 문밖에서 목소리들이 들린다. 맨발로 뛸 때 발꿈치가 바닥과 부딪쳐 나는 작은 발소리들. 내 동갑내기들과 언니들이 아침 먹을 준비를 하려는 것이다. 누군가 내 이름을 불렀을 것이다. 나와서 밥 먹으란 소리일 것이다. 번개 모양이 시신경을 긁고 눈이 쏟아져 얼음에 몸이 갇히고 흰 가루약 같은 것이 빡빡하게 목구멍을 막고 누군가 실로 발가락을 동여맸는데, 어떻게 아침을 먹으란 말인가. 어떻게.

벌컥, 문이 열리더니 A 간호사 선생님이 등장했다. 침대 중간에, 내 눈앞에 있다.

"왜 그래? 응? 화장도 다 안 하고."

그때 열린 문밖에서 「엘리제를 위하여」의 첫 소절이 요란한 기계음으로 반복되기 시작했다. 끝을 알 수 없는 저 지하 조리실로부터 우리의 아침 식사가 소형 승강기에 실려 올라오고 있다는 신호였다. 정신이 없는 사이 파자마를 입은 여자애 하나가 열린 문으로 들여다보며 밥 어쩌고 하곤 사라졌다. 나만 식탁에서 쏙 빠질까봐 겁이 나는 게다. 눈물이 찔끔찔끔 나는 것 같더니 힘이 쪽 빠졌다.

"화장을 못하겠어요."

"왜, 어디 아프니?"

"잘 되질 않아요……." 나는 고개를 돌려 울먹였으나 눈물은 나오지 않고 마치 금붕어처럼 입만 벙긋벙긋할 뿐이었다.

"우선은 아침을 먹자." 선생님은 진정이 담긴 손길로 나를 일으켜 앉혔다. 겨우 눈썹 두 쪽만 그리고 머리를 풀어 헤친 나는 파자마 차림의 자매들 틈에 끼어 식탁의 정해진 자리에 앉았고 연필을 분질러버린 오른손으로 수저를 집어 들었다. 아멘.

간호사들의 인수인계 시간이다. A 간호사 선생님과 그녀와 함께 밤을 지킨 동료가 돌아가고 수간호사와 K 간호사가 지금부터 우리 모두가 잠들 때까지 여기 머무를 것이다. 그 두 사람 중 한 명이 오전 중에 원장에게 전화를 걸어 밤사이의 일과 아침의 간단한 사정을 보고할 것이다. 그러면 몇 가지 새로운 혹은 수정된 지침이 내려오겠지만, 우리가 알 바는 아니다.

A 간호사 선생님이 퇴근하기 전 종종걸음으로 내게 다가와 말했다.

"원장님께 전화드릴 거야. 어제 처음 먹었던 약이 부작용을 일으켰던 것 같아."

나는 여자애들이 이 말을 듣고 있을까 퍼뜩 긴장이 됐다. 우리는 하나같이 항우울제와 항불안제를 처방받는다. 그 외에는 기껏해야 소화제가 처방되거나, 정 잠이 오지 않을 때에 한해 수면제를 한 알씩 받는 정도다. 그런데 내게 어제 다른 약이 더 처방됐다는 것이다. 그것도 처방한 까닭이 의심스러운 약이. 나는 웃을 수도 울 수도 없이 얼떨떨해서 그저 듣고만 있었다.

"우선 그렇게만 알고 있어. 원장님 얘기가 있으면 약을 줄이거나 빼거나 할 테니."

나는 얌전히 고개를 끄덕였다. 정현 언니는 내가 '진짜' 미쳤다는 걸 알면 가까이 앉으려고도 하지 않을 것이다. 언니의 옆얼굴이 초승달인가 그믐달인가처럼만 보인다. 그 의미심장한 표정은 간호사의 얘기를 듣고 골똘해졌기 때문이다. 그러나 아무것도 캐묻지 않는다. 입을 꼭 다물고 발가락만 내려다보고 있다가 곧 무슨 일이 있었냐는 듯 텔레비전에 집중하는 것이다. 자, 상황은 이렇다. 내가 문제를 일으켰다. 나는 아마 다른 애들보다 '좀더' 미쳤는지도 모른다. 원장은 이제 나를 어떻게 할까? 이것이, 아무도 화제로 꺼낼 생각은 않지만 우리 모두(정현 언니와 석인이와 연희와 혜정 언니)의 초미의 관심사가 되었다. 그것이 우리가 조바심 내며, 안달하는 마음을 감추면서 기다리는 거의 유일한 관심사다.

/

밤이다.

저녁에는 원래대로 약을 두 가지만 받았다. 그 '진짜 미친 사람이 먹는 약'은 처방에서 제외됐다. 내가 기면증 같은 증상을 겪을 때 적은 일기를 본 원장 선생님이 필요 이상으로 염려했던 탓이다. 괜히 눈썹연필만 분질러먹었다. 나는 작게 오그라뜨린 왼쪽 손바닥에 오른쪽 손가락을 얹고 가만히 누워 어스름 속에서 그걸 바라보았다. 감시창을 통해 침대 발치까지만 겨우 들어오는 엷은 주황색 빛이 살짝 어둑해졌다가 다시 갠다. 그건 누군가가, 그러니까 밤 근무 중인 간호사 하나가 우리 방문 앞에 얼굴을 들이댔다가 떠났다는 뜻이다.

혜정 언니는 조용하다. 언니에게는 말을 거는 게 늘 편치만은 않았다. 언니는 너무 작고 연약했다. 치와와 강아지 같았다. 언니는 원장 선생님이 자기 말을 전혀 믿어주질 않는다고 발을 구르며 그 아슬아슬한 몸을 마구 떨면서 분노하곤 했다. 오해가 아니었다. 말 그대로, 원장은 언니가 거짓말을 하고 있다고 생각했다. 정확히는 언니가 아니라 '거식증'이. 거식증에게 조종당하며 자기 말엔 귀를 닫고 나쁜 길로 이끌리고 있다는 것이다.

"언니."

언니의 신경을 건드리지 않으려고 조심해서 불렀다. 무슨 산맥처럼 험산준봉을 파도치듯 몰아놓은 이불뿐이었다. 저 속에 언니가 들어 있나? 머리까지?

"언니, 자요?"

"……책 읽어."

역시 썩 좋지 않은 목소리다. 발치를 내려다보니 물결치던 이불의 파도가 거기서 포효하는 입을 벌린 채 멈춰 있고 작은 동굴 속에서 바깥의 희미한 빛을 받으며 사그락, 하는 책장 넘기는 소리가 났다. 나는 웃음을 참으며 침대 위를 비비적대며 기어가 내 머리와 발치의 자리를 바꿨다.

"잠 안 와요?"

"그냥 이렇게 책 읽으면 돼. 이렇게 누우면 글씨를 볼 수 있다. 불 좀 켜달라고 해도 왜 안 된다고만 하는지."

언니의 눈은 위아래가 바알갛게 부풀어 있었다. 그리고 반짝이는 것이 눈썹을 적신 게 틀림없었다. 나는 언니가 가여웠다. 언니는 자신이 왜 여기 와 있는지 몰랐다. 그렇다고 집에 돌아가기는 또 싫단다. 다행히 나를 좋아하기는 해서, 하루에 한 번씩은 색색의 메모지에 소위 '러브레터'를 써서 건네곤 했다. 내용인즉, 나와 '의자매를 맺자'는 것이다. 언니가 내 친언니가 되고 나는 진짜 동생이 되고. 언니에게는 친동생이 있지만 그보다 더 좋은 '진짜' 동생이.

내가 크레파스나 수채물감으로 그림을 그리면 언니는 그걸 모조리 가져다 침대 머리맡에 붙여놓았다. 그래도 괜찮을까? 좀 걱정이 됐다. 내 꿈이 언니의 꿈이 되어도 괜찮을까?

한번은 같이 언니의 옷을 구경하며 파자마 대신 내가 맘에 드는 옷을 골라 입혀주기로 했다. 똑 둘이서만, 외출복을 입고 등장하자는 것이다. 언니는 아기처럼 내 손길을 받아들였다. 하나도 부끄러워하지 않고 아무것도 신경 쓰지 않았다. 나는 조금 감격했던 것 같다. 부드럽고 우아한 밤색 터틀넥 스웨터가 있었다. 나는 언니의 조그만 머리 위로 조심해서 스웨터를 입히고 가느다란 두 팔을 양 소매에 천천히 끼웠다. 소매는 3분의 2나 남아 탈춤 출 때 쓰는 한삼이라도 손에 씌운 것 같고 코를 덮는 목 부분은 밖으로 도르르 말아놓으니 이젠 가슴까지 자꾸 흘러내리는데도, 언니는 마치 혼자서 햇빛을 끌어모아 쥐고 있는 사람처럼 놀랍도록 환한 얼굴로 웃었다. 나는 언니를 품에 안았다.

기상 시간이 되어 일어나면 나는 제일 먼저 언니 침대의 흐트러

엘리제를 위하여

진 이불을 크게 들고는 정성껏 세 번 개어 네모지게 만든 다음 정확히 발치에 놓아두었다. 내 이불 정리는 그다음이었다. 며칠을 그렇게 했을 때 수간호사가 우리 방에 들어오더니 기막히다는 표정을 지었다.

"왜 자꾸 이렇게 해놓는 거니? 일부러 개어놓을 필요 없어. 얘는 추위를 너무 타서 몸을 덥혀야 한다고. 이불을 개어놓으면 온기가 다 식어버리잖아."

그러면서 내 서툰 선물을 도로 펼쳐 시트 위에 납작하게 깔고 그 노련한 손으로 위아래까지 잘 펴는 것이다. 나는 몸 둘 바를 모르고 그 자리에서 구경만 할 따름이었다. 언니가 더 아프게 된다면 그건 내 탓일지도 모른다.

누군가 (죽는다면.)

한번은 언니가 파자마 바짓가랑이를 조금 걷어 애기 살처럼 뽀얗고 곳곳이 불그스름한 발과 발목을 보여준 적이 있었다. "배랑 발목이 이렇게 부었어. 부으니까 이제 좀 예쁘지?" 정말이지 위험한 상황이었다. 갑작스러운 영양 공급으로 부종이 생긴 것이다. 원장 선생님은 언니에게 소량의 이뇨제를 처방했다.

2002. 2. 17.

"Das Mädchen", 소녀.

소녀는 중성이고 소녀의 몸은 사물이다.

12월 말 혹은 1월 초였던가? 나는 혜정 언니와 함께 있었다. 쑥 들어간 뺨. 웃을 때는 그래도 주름이 잡히는, 알 수 없는 표정의 얼굴. 근육이란 근육은 모두 소진되어버린 듯, 노랗고 가느다란 팔과 다리.

혜정 언니는 옷장 앞에 옷을 늘어놓고 앉아 있었다. 언니를 위해 나는 보기 좋은 옷을 골랐다. 헐렁하고 올이 굵은 편물 풀오버를. 언니의 철사 같은 상체를 되도록 잘 가려줄 옷을. 언니는 물건같이 내 앞에 앉아서, 옷을 벗는데도 부끄러워하지 않았다. 혜정 언니는 하얀 팬티와 가느다란 다리를 다 내놓고 바지를 갈아입었다. (선생님, 그 몸엔 더 이상 수치심shame이 없는 거예요. 소녀가 이렇게 말하는 것 같아요. "나는 더 이상 죄의식을 느끼지 않아요. 더 이상은 내 몸을, 나 자신을, 부끄러워할 필요가 없어졌어요!")

/

나는 병원에서 그림을 그렸다. 엄마가 예치금으로 내놓고 간 적은 액수의 돈으로 간호사들은 내가 필요한 것들을 때마다 사다주었다. 추위가 조금 누그러졌던 어느 날, 수간호사는 나를 데리고 근처의 작은 문방구점에 가서 스케치북과 48색 크레파스를 사주었다. 아이들은 식사가 끝나면 거실에 모여 앉아 가내수공업 공장의 여공들처럼 뜨개질에 전념하거나 텔레비전이나 잡지를 보았고, 그 곁에서 나는 종종 그림을 그렸다. 뜨개질에 대한 열기를 해명하

엘리제를 위하여

자면 이렇다. 누가 먼저였는지는 모르지만, 언젠가부터 화장실에도 방에도 갈 수 없는 식후 한 시간 동안 아이들은 일제히 뜨개질을 하기 시작했다. 하지만 나는 그림을 그리는 쪽이 더 좋았다. 내가 크리스마스카드를, 역시 가내수공업 노동자처럼 한 번에 스무 장쯤 만들어내면 언니들이 탐을 내다 서로 나누어 가지곤 했다. 또 의사가 구비해놓은 사진집이나 화집을 보고 베껴 그리고, 이따금 병원에 있는 사람들의 모습을 재빨리 크로키로 그리기도 했다. (의사는 내 그림을 보고서 이렇게 물었다. "이건, 그러니까, 스냅숏인가? 찰나의 순간을 그리는 거지?")

모처럼 영화를 볼 때는 거실에 불을 껐다. 텔레비전 양옆의 스탠딩 스피커와 천장과 뒷벽에 붙은 스피커에서 둥둥둥 음악이 물처럼 쏟아져 거실 한가득 차올랐다가 빠져 내려갔다. 기기들을 만지는 것은 병동 행정을 담당하는 남자 선생님의 몫이었다. DVD가 제대로 돌아가고 번쩍번쩍 긴박하게 장면을 바꾸기 시작하면, 그는 슬그머니 어둑한 거실 뒤쪽이나 주방 쪽으로 빠지곤 했다. 오후 산책을 허락받은 아이들이 간호사와 함께 나가 동네 비디오 가게에서 DVD를 골랐다. 나는 여럿이 볼만한 영화를 고를 줄 몰랐다. 호기심에 두어 번 꺼내 들여다보던 DVD도 가게를 나가야 할 때면 조심스레 다시 자리에 끼워두곤 했다.

쿵, 쿵, 쿵, 쿵······

건물의 심박이었다. 발밑과 벽, 침대가 으스스 떨었다. 일주일에 한 번꼴이다. 창가의 벽에 귀를 대거나 침대 위에 엎드려 한쪽 얼굴을 매트 위에 대어보았다. 진동으로 전해지는 소리로 아래에서 무슨 일이 일어나는지 상상할 수 있다. 2층 사람들을 위해 열리는 카니발. 소음을 통해 파악한 바로는, 카니발은 우선 교육적인 프로그램으로 시작된다. 의사와 간호사들의 리사이틀. 피아노, 바이올린, 그리고 피치를 높이며 소프라노와 테너의 음성이 울렁거리도록 솟구친다. 그리고 곧장, 기다리고 기다리던 가라오케 타임! 사람들은 연주가 끝날 때마다 박수 맞추던 것을 멈춘다. 노래방 기계가 심장을 열고 포효하기 시작한다. 바깥세상을 사위던 겨울은 여름이 된다. 그리고 3층의 우리는 그 열광의 잉여를 엿듣는다. 그들은 대단한 성량으로 노래한다. 모두 템포가 빠른 트로트다.

"1층 사람들은 진짜 환자복을 입는다면서?"

누군가 말했다.

건물의 아래층은 원장 선생님의 학교 선배가 오래전부터 운영하던 또 다른 정신과 병원이었다. 2층은 입원병동이었고 거기서 때때로 콘서트를 열었다. 성악 애호가인 그 병원의 원장이 적극 주최하는 프로그램이었다.

우리는 움직이기 편한 옷을, 다소 허름하지만 각자 가져온 우리가 입고 싶은 옷을 입는다. 아래층 사람들은 개인 사물함을 두고 비좁게 생활하지만 우리는 이인용 침대가 놓인 평범한 방에서 두 명씩, 많아야 세 명씩 같이 머문다. 아래층은 혼돈 그 자체다. 그렇다면 우리 층은 연옥일까?

건물의 꼭대기 층인 4층은 천장이 좌우로 기울어 있어 다락 같은 느낌이 들었다. 텅 빈 데다, 차가운 계단을 다 밟고 올라가면 숨이 탁 막힐 만큼 썰렁해서 더 그랬을 것이다. 테라스에서 얼음처럼 차가운 빛이 쏟아져 들어왔다. 그 빛은 공간 한가운데 놓인 커다란 테이블 위에 네모지게 자리 잡고 앉아 한참 동안, 누가 들어오거나 해가 저물 때까지 한참 동안 거기 그대로 머물렀다. 미술치료 시간이 다가오면 우리는 천국행 계단을 올랐다. 미술치료 선생님은 테이블 가득 이리저리 신문을 깔고, 막 펼쳐놓아 데굴데굴 뒤말리고 있는 도화지며 물감, 붓과 팔레트, 크레용, 파스텔, 색연필, 사인펜, 반짝이풀 같은 것들 혹은 지점토, 고무찰흙, 색색의 빵공예 점토들, 본드, 철사, 은박지, 무게 없는 구슬, 가짜 보석, 손에 묻으면 한 달이고 지워지지 않는 각양각색의 물체들을 쏟아놓은 채 기다리고 있었다.

그 시간엔 언제나 커다란 카세트 겸 CD플레이어를 구석에 가져다놓고 음악을 틀었다. 내가 가져온 스무 개 남짓한 카세트테이프 중에 줄리 런던의 베스트 앨범이 있었다. 「Fly me to the Moon」이 흘러나오자 누군가, '아, 내가 좋아하는 노래야' 하고 탄식하듯 말했다.

나는 예치금으로 산 파스텔로 틈틈이 고흐의 그림을 베꼈다. 연필로 카르티에브레송 사진집의 인물들을 모사했다. 철학자였는지 정치가였는지 기억나지 않는 어느 섬세하고 우아한 남자를 따라 그리기 시작했지만, 어느 순간부터 그림은 사진 속 주인공보다 원장 선생님을 더 닮기 시작했다. 미완성의 그림을 보고 한참을 혼자 키득대다가 아이들에게 그림을 돌렸다.

그곳은 추웠다. 방이 몇 개 있었으나 잠겨 있었다. 가끔 청일점인 행정 담당 선생님이 밤 근무를 하러 올 때면 4층에 올라가 눈을 붙였다. 올라가기 전에 나에게 와서 들으면 저절로 눈이 감기는 음악은 없냐며 내가 추천할 카세트테이프를 기다리곤 했다.

/

아이들은 어떤 음식도 숫자로 번역해낼 줄 알았다.

혜정 언니는 침대 속에 파묻혀 정맥이 또렷이 드러난 상아 같은 이마만 내놓고 있었다. 처음 왔을 때 언니는 이곳 식단에 대해 물었다. 매 끼니의 반찬을 부러 되새기는 틈에, 언니는 필요한 것은 간식 메뉴뿐이라고 말했다. 저녁 식사와 아침을 이미 같이했으므로 하루 세끼에 대한 수치는 이미 갖고 있었던 것이다.

"소보로빵과 우유 아니면 주스. 초코쿠키 두 조각. 떠먹는 요구르트. 사과 아니면 귤."

"100. 45. 45. 45. 50. 200."

언니의 이마는 점점 투명해져서 계산 기능에만 온전히 바쳐진 것 같았다.

반면 나는 숫자엔 둔했다. 누군가 식사 시간에 김치를 바꿔 먹자고 말했다. 배추 잎의 시들시들한 부분을 배추의 뻣뻣한 줄기와 바꿔 먹자는 게 아니었다. 그가 찾는 것은 배추 잎의 아직 새파란 부분이었다. 덜 익은 배추와 다 익은 배추 사이에 칼로리 차이가 있을까? 나는 초조해졌다.

오늘 점심 식판엔 크로켓이 나왔다. 모두가 좋아하는, 모두가 혐오하는 크로켓!

주방 아주머니들은 위층에 새로 꾸며진 병실에 젊은 여자 환자들이 지낸다고 일부러 뜨거운 기름을 올려 이걸 튀겨내셨을 것이다. 우리를 위해 새로 마련된 하얗고 아름다운 식판, 식탁을 덮은 유리판에 부딪히면 딱, 딱, 맑고 또렷한 소리를 내는 단단한 플라스틱 식판 한가운데의 오목한 자리에, 동그란 모양, 네모난 모양, 별 모양, 하트 모양의 크로켓이 세 개씩 공평히 놓여 있었다. 식탁 끝에 앉은 누군가가 예쁘다고 감탄했다. 그러나 버쩍 그걸 집어 먹는 사람은 없었다.

"자, 크로켓도 먹어야지? 하나도 남기면 안 돼요. 알았지?"

슬프고 지친 간호사의 말은 잘 들어야 한다. 누구라도 토를 달거나 안 먹으려고 수를 썼다면 나는 화를 참지 못했을 것이다.

그러나 내 앞에 비스듬히, 그 풍만한 배를 내놓고 누운 하트 모양의 크로켓을 두고, 나는 차마 젓가락을 가져다 댈 수 없었다. 항의해야 할 일이 아닌가? 갑자기 훅 더워지고 속이 부대꼈다. 차라리 별 모양이었으면 좋았을 것이다. 별은 '배니티vanity(허영)'니까. 공격적인 외양이지만 속은 틀림없이 비었으므로 위험하지 않다.

어린 시절 읽은 『초원의 집』이라는 미국 소설에서 로라의 엄마는 로라와 친구들에게 꼭 약과를 튀기듯 밀가루 빵을 큼지막이 튀겨내 양은 컵에 담은 갓 짠 우유와 함께 대접했다. 그러면서 말했다. "이 케이크의 이름은 '허영'이란다. 겉은 불룩하지만 속은 텅 비었지." 공처럼 부푼 볼품없는 케이크에 설탕을 뿌려 굳힌 것이 얼마나 맛있었는지 로라는 자랑스럽게 썼다. 친구의 생일 파티에서 레모네이드와 같이 먹었던 크림 케이크보다 훨씬 더 맛이 좋았고, 모두 그렇게 생각했노라고. 그들은 다만 튀김옷을 잘라 먹고 그 안의 뜨겁게 데워진 공기를 조금 들이마셨던 것이다.

그러나 하트 모양 크로켓은 그 반대편에 있다. 외양은 겸손하지만 속은 알 수 없다. '사랑'은 그 어떤 말보다 다의적이기 때문이다. 자기희생, 눈물, 종속, 침이 그렁그렁한 치아를 드러내며 집어삼킴, 식인, 무경계, 무치無恥, 타의적인 함구緘口와 실어失語, 긁을 수도 없는 뼛속이 간지러워 실실 웃는 웃음, 붉어진 살갗, 허벅지 안쪽의 장밋빛 살갗, 과식, 뒤엉켜 물고 뜯는 싸움…… 내가 먹어야 했던 것은 바로 그런 것이었다!

먹지 않겠다고 할 순 없었다. 그랬다간 세 조각의 크로켓을 먼저 눌러 삼킨 아이들이 죽을 때까지 나를 증오할 것이며, 내내 점화되기만을 기다려왔던 식탁 주위의 기류가 괴수가 아가리 벌리듯 느닷없이 파고波高를 솟구칠 터였다.

　나는 마지막 크로켓을 집어 먹었다. 위장은 다만 주먹 쥔 손처럼 막막할 뿐. 삼키기 전에 입안에서 음식을 모두 소멸시켜버리려는 듯 백 번 천 번 천천히 씹고 있는 아이들이 가만가만 수저 부딪는 소리를 냈다.

　주방은 건물 지하에 있었다. 우리는 가끔 영양사와 조리사 아주머니들에 대해, 대개는 그들의 메뉴 선택과 음식 솜씨에 대해 얘기했으나 그들을 직접 본 적은 없었다. 2층 사람들의 끼니를 챙기는 것이 주방에서는 제일 큰일이었다. 가장 많을 때도 예닐곱 명이 다였던 우리를 위한 식사 준비는 곁가지에 불과했다.

　지정된 식사 시간이 오기 한 시간 전부터 무언가를 끝없이 방사하는 듯한 소음이 건물을 매개로 일정하게 진동하기 시작했다. 화력을 끌어당기는 소리, 걸신을 달래기 위해 하루 세 번 쉴 새 없이 불을 피워 올리고 날것을 익히고 향연을 준비하는 뇌성이었다. 인원수에 맞춘 식판은 예정된 시간에 임박해 주방용 승강기를 통해 지하로부터 올라왔다.

　우리는 주어진 것을 모두 씹고 삼켰다. 싹싹 비운 식판은 층층이 쌓아 다시 지하로 내려보냈다.

입원해 있던 시간을 가늠해봤을 때 턱없이도 몸무게가 늘지 않는 축이 있었다. 그들을 제외하고는 대부분 조금씩 일정하게 체중이 불었다. 나 역시 마찬가지였다. 입으로 넣는 모든 것, 육즙에서부터 나물에 밴 양념까지 꼼꼼히도 몸 구석구석에 그대로 축적되고 마는 게 틀림없었다. 대부분이 변비를 앓았다.

아프리카 어느 부족은 소똥으로 벽을 바르는데 바싹 잘 마른 소똥은 냄새를 풍기지 않는다고 한다. 그렇다면 내 몸이 통틀어 오물 더미일지 모른다는 생각도 그렇게 허무맹랑하지는 않을 것이다. 보름쯤 화장실에 가지 못하면 마침내 좌약을 받았다. 약은 파라핀으로 싸여 매끄러운 로켓 모양이다. 간호사는 약을 받은 아이가 화장실 문을 닫기 전에 비닐장갑을 하나 뽑아 재빨리 문틈으로 집어넣었다. 간호사도, 손에 로켓을 쥔 아이도 웃음을 터뜨렸고, 거실에 앉아 그 광경을 지켜보고 있던 아이들 모두 배를 잡고 웃었다.

로켓 발사! 성과 없이 귀향하는 일 없도록 괄약근을 단단히 단속할 것!

아이들이 일제히 겪어내고 있던 것은 '초고속 성장'의 고역이었다. 기껏해야 아홉 살, 열 살쯤으로 보이는 여위고 쪼그라든 몸으로 들어와서는 고작 두세 달 만에 성인의 몸을 껴입어야 했다. 결코 견디기 쉬운 일은 아니었다. 누군가는 달래고 달래도 이틀 내

내 침대에서 꿈쩍하지 않았고, 누군가는 나절 내내 방문을 잠그고 울다 눈가가 짓무른 채 모습을 드러냈고, 또 누군가는 입원할 때 살짝 숨겨둔 지폐 몇 장을 몰래 챙겨 산책을 나선 틈을 타 택시를 잡아타고 도주해버리기도 했다.

집에서 모자에 털이 둘린 새하얀 겨울 점퍼를 보내왔다. 산책을 나갈 때면 그 점퍼를 입고 지퍼를 목까지 잠가 여몄다. 늘 입던 검은색 바지는 살 오른 엉덩이와 허벅지로 탄탄히 찼다. 어깨 아래까지 곱슬곱슬 헝클어진 채 늘어진 검은 머리칼과 턱 아래 바짝 여민 후드의 엷은 갈색 털 사이로 얼굴은 더없이 뽀얗게 빛을 뿜었다. 그러나 거울을 보면 드러났다. 기쁨 없이 발광하는 검은 눈동자엔 감춰 키우는 어떤 의도가 깃들어 있음이.

원장 선생님이 입원병동을 방문하는 날, 내 차례가 되어 상담실에 들어가 앉았을 때, 나는 곧장 이제 퇴원하고 싶다고 말했다. "여기는 인큐베이터 같아요. 푹푹 쪄요. 어떻게, 환기 좀 안 돼요? 숨이 막혀서 미쳐버릴 것 같아요." 나는 애걸했다.

"방이 세 개나 되고 침대가 모두 일곱 개니 일곱 명 지내는 게 딱 맞겠다 생각했는데, 어째, 지금 입원 환자가 다섯 명인데도 북적북적하지?" 원장의 목소리는 부드러웠다.

고개를 끄덕였다. "밀도가 너무 높아요. 이제 입을 열면 예민하고 날 선 대화만 오갈 뿐이에요. 이곳은 모두에게 견디기 힘들어요. 제가 누구예요? 저는 다 지워졌어요. 내보내주세요."

원장이 내 이름을 불렀다. "지금 여기서 제일 몸무게가 적게 나가는 사람이 누구지?"

순간 뺨이 달아올랐다. 나는 그의 눈을 피했다. 서로 다른 방에 머무는 두 사람을 떠올렸다. 아이들이 떠드는 중에 얼핏 그 둘의 몸무게를 들었다. 그러나 지금 그 수치가 어떻게 변했는지는 모른다. 일부러 관심을 두지 않았다. 내게 왜 그들의 몸무게에 대해 묻는 걸까. 수치는 의사인 그가 훨씬 정확히 알고 있을 것이다. 나는 대강이나마 누가 우리 가운데 가장 가벼운지를 추측할 수 있었지만 일부러 다른 쪽 아이의 이름을 댔다. "아닌가요?" 하고 말끝을 흐렸다.

원장은 의미심장한 미소를 띠며 의자 등받이에 몸을 깊숙이 기댔다. 나를 응시하는 시선이 길어졌다. 그가 입을 열었다. "아이들은 서로 경쟁을 하고 있는 거야. 누가 도망을 쳤지? 바로 지난번에 고집부려 퇴원한 사람이 누구였지?"

잠시 뜸을 들였다 말을 이었다.

"자기 몸무게가 이 중에서 제일 무겁다 싶으면 나가려고 드는 거야."

나는 모든 것이 싫어졌다.

그리고 누군가의 폭탄선언. 식사 시간이었다. 김치를 쪼개 먹느라 젓가락 끝에 집중하고 있을 때였다. "우린 다른 환자들하고 달라! 난 우리가 정신과 환자라고 생각하지 않아." 누군가의 새된 목소리가 수저질 소리 가운데 쨍그랑 부서져 튀어 올랐다. 고개를 들어 둘러보니 모두들 그대로 굳어 눈치만 살피고 있다. 목소리의 주인공인 미주 언니는 곧 울음이라도 터뜨릴 것 같았다. 모처럼 얻은 외출 허가에 미용실에 가서 손질하고 온 숱 많은 단발머리가 치렁치렁, 철사를 꼬아놓은 것 같은 어깨 위를 풍성하게도 덮고 있다. 나는 가만히 수저를 고쳐 쥐었다.

그렇지, 빼먹을 뻔했다. 우리는 여기서 크리스마스를 보내고 섣달그믐을 꼬박 났으며 바뀐 해가 밀어 올리는 여명을 보았고 설날 아침 떡국을 먹을 때는 공깃밥을 먹지 않아도 돼서 좋아했다.

12월 31일 밤에는 식탁에 둘러앉아 촛불만 하나 켜놓고 새해의 소망을 이야기했다. 아이들이 말하고 또 말한 소원은 (나로선 믿기지 않았지만) '건강'이었다. 건강해지는 것. 그래서 다른 사람들처럼 평범한 삶을 사는 것. 결국 어른의 몸을 감당해야 하더라도 아무런 아쉬움 없이, 성큼성큼 바깥세상의 삶으로 복귀하는 것. 우린 장래에 대해 이야기했다. 나는 '아름드리 고목이 되고 싶다'고 쓴 걸 읽으며 웃었다. "아주 거대하고 뿌리가 울퉁불퉁 튀어나온 고목이 되고 싶어요." "우람한 나무는 좋다만, 왜 하필 고목이야?" 간호사가 물었다.

나는 낭창낭창 썩어가는 나무가 되고 싶어요. 부글부글 끓고 썩으며 밖으로는 허공을 뚫고 미친 듯 발화하는 나무가 되고 싶어요.

시 읽기에 대해. 어느 날 문득 기형도의 시가 떠올랐고 그의 시를 읽고 싶어졌다. 하나뿐인 컴퓨터에 자리가 났을 때 인터넷을 검색해 찾아낸 시 몇 편을 노트에 받아 적었다. 나는 그림을 그릴 때마다 그 밑에 어울리는 시구를 한두 줄 같이 적어두었다.

    저녁의 정거장에 검은 구름은 멎는다

"언니, 언니. 이것 좀 보세요."
    나는 이제 막 방문을 열고 들어온 혜정 언니에게 노트에 베긴 시 한 편을 내밀었다.

    그러나 추억은 황량하다, 군데군데 쓰러져 있던
    개들은 황혼이면 처량한 눈을 껌벅일 것이다

    언니는 손으로 이마를 짚고 잠시 멈칫했다. "있잖아, 집 떠나는 얘기 나오는…… 그 부분 읽을 때 머릿속이 핑 돌았어." 나는 언니가 내려놓은 노트를 다시 들여다보았다.

    물방울은 손등 위를 굴러다닌다, 나는 기우뚱
    망각을 본다, 어쩌다가 집을 떠나왔던가
    그곳으로 흘러가는 길은 이미 지상에 없으니
    추억이 덜 깬 개들은 내 딱딱한 손을 깨물 것이다
    구름은 나부낀다, (…)

엘리제를 위하여

우리는 날아오른다. 날아오른다, 겨울 햇살이 하늘을 쪼개고 우리는 그 속으로 몸을 던진다! 눈을 감아라, 감은 눈 위로 샛노랗거나 붉은 빛이 불붙어 춤출 것이다. 그넷줄은 얼음장 같고, 녹슨 쇠고리들이 살짝 떨어졌다 다시 팽팽히 맞물릴 때는 칼날 부딪는 소리가 요란히 났다. 나는 혜정 언니가 갖고 있던 여분의 장갑을 빌려 끼고 그넷줄을 단단히 붙잡았다. 있는 힘껏 발을 구른다! 철커덩, 그네는 얼음진 하늘로 팅겨 오르고 내 몸은 그 꼭대기에서 부서질 것이다. 공원 모래밭을 쪼던 비둘기 몇 마리가 푸드득 날아올랐다. 아, 내가 여기서 손을 놓는다면. 손을 놓는다면 나는 어디까지 던져질까. 우리는 경쟁하듯 발을 굴렀다. 언니는 그네를 정말 잘 탔다. 두 발로 힘껏 허공을 차면 그 반동으로 줄넘기 돌리듯 획획 아주 높은 곳까지 날아올랐다. 언니는 추운 하늘 속으로 사라졌다. 따라 나온 간호사는 당황해서 두리번댔다. 언니는 어디 갔냐고 내게 물었지만 나는 모른다고만 말했다. 언니의 빨간 코트, 그네 쇠줄을 꽉 쥔 빨간 털장갑.

  물방울이여, 나그네의 말을 귀담아들어선 안 된다
  주저앉으면 그뿐, 어떤 구름의 비가 되는지 알게 되리
  그렇다면 나는 저녁의 정거장을 마음속에 옮겨놓는다
  내 희망을 감시해온 불안의 짐짝들에게 나는 쓴다
  이 누추한 육체 속에 얼마든지 머물다 가시라고[1]

얼굴 위로 떨어지는 빗물에 잠을 깼다.

정말 비가 내리고 있었다. 천장에서, 툭, 투둑, 툭, 한 방울씩, 두 세 방울 연이어, 다시 한 방울, 한 방울. 놀란 나는 얼굴을 닦고 일어나 앉았다. 침대와 침대 사이에 라디에이터가 돌아가고 있었다. 오늘따라 언니는 깨지 않고 자고 있었다. 죽은 듯이, 주위는 고요했다. 라디에이터는 벌벌 끓는 소리를 내며 발열했다. 문가의 탁자 위에는 가습기가, 사방을 가로막힌 증기기관차처럼 맹렬히도 수증기를 뿜어내고 있었다. 시익, 시익, 하는 소리. 결국 천장 가득 증기를 응결시켜 난데없이 한밤중의 비를 내리게 한 것은 저 가습기였다.

나는 잠시 가만히 앉아 있다가 천천히 침대에서 내려왔다. 생각지도 못하게 떠올랐던 것이다, 내게 마지막 남은 유리 제품이 무엇이며 마침 얄밉게도 얼마나 가까이에 놓여 있는지를. 침대에 딱 붙은 두 칸짜리 서랍장이 나지막이 놓여 있었다. 서랍 안에는 속옷과 양말을 넣어두었고 서랍 밑에는 가져온 책을 꽂아두었다. 그리고 말끔히 빈 서랍장 위에 나는 안경집을 올려뒀던 것이다.

안경을 꺼내보았다. 제법 최근에 다시 맞춘 날렵한 금테 안경. 그러나 안경을 쓰는 일은 드물었다. 평소엔 콘택트렌즈를 끼고 있었던 터라, 가끔 렌즈를 빼놓고 있을 때 시력을 보완하기 위해서만 썼다. 즉, 미련을 느끼지 않아도 될 잉여의 물건이었다. 안경을 꺼내 침대 위에 올려놓고, 이번에는 서랍장의 금속 손잡이를 쥐어보

엘리제를 위하여

았다. 작지만 찬 느낌이 꽤 묵직하다. 수돗물 틀듯 돌려보니 바로 돌돌돌 풀려 나온다. 손바닥에 떨어진 손잡이는 예상대로, 자칫 발등에라도 떨어뜨리면 제법 새까맣게 멍을 들일 것 같다. 나는 이 요상한 물건 두 개를 들고 침대 발치로 갔다. 침대 모서리는 뭉툭하니 단단하면서도 시트와 이불로 겹겹이 덮여 어떤 충격도 푹, 하고 삼켜버렸다. 바로 그 끝에 안경알을 가져다 대고 나는 서랍장의 금속 손잡이를 번쩍 들었다가 있는 힘껏 목표물을 내리쬈었다.

테 밖으로 살짝 굴러 나온 안경알은 두껍고 단단해 큰 조각 몇 개로 쪼개졌을 뿐 부스러지거나 하진 않았다. 이제 외눈박이가 된 다 휘어진 안경과 자잘한 유리 조각들을 모아 안경집에 쏟아 넣고, 안경집은 다시 서랍 속 깊이 집어넣었다. 나는 제법 큼지막이 잘 쪼개진 유리 조각 하나를 들고 침대 가에 걸터앉았다.

이튿날 수간호사는 굳은 얼굴로 내 침대 위 이불을 죄다 걷어 둘둘 말아 가지고 나갔다. 퇴근하면서 집에 가져갈 수 있도록 현관에서 제일 가까운 상담실 문 안에 놓아두려는 것이다. 시트도 없이 휑하니 빈 침대 위의 내 곁에 가까이 붙어 앉은 A 간호사 선생님은 사근사근히, 그러나 사이마다 오래 뜸을 들이며, 내게 말 걸기를 계속했다. "수간호사 선생님 말씀이 틀리지 않아요…… 자꾸 이러면 정말 폐쇄병동에 가야 할 수도 있어요……."

아, 나는 순간 장난스럽고 유쾌한 기분이 들었다. 다정히 대해주는 선생님 덕에 용기를 얻어서였는지도 모른다.

"저 그러면 2층으로 내려가나요?"

"2층? 응…… 그럴 수도 있고."

간호사 선생님도 눈을 찡긋하며 웃었다.

그러나 그저 2층으로 보내질 리는 없다. 대신 나는 어느 소도시 외곽 적막한 곳에 있을 국립병원에 가는 길을 상상해보았다. 그리고 그 안에서 지내는 생활이 아니라 거기서 퇴원한 뒤의 미래에 대해, 국립병원에서 방출된 내가 다음으론 어떤 생활을 붙잡을지에 대해 상상해보려 애썼다.

상상이 불통이 되는 지점도 있나? 거기에서는 말 그대로, 빛 한 점도 점화되질 않았다. 현재 인터넷에 연결할 수 없습니다. 오프라인, 다시 시도. 나는 물론 '다시 시도'를 클릭한다. 그러나 아무리 클릭해도 소용이 없으면 낙담한 채 '오프라인'을 눌러보게 된다. 그렇게 다시 제자리로 돌아오게 된다.

식사 시간이 가까워졌나보다. 지하에서 우리의 괴수가 그르렁대기 시작했다.

4장

사 라 져 가 다

하루 일과는 포옹으로 시작됐다. 새벽 예배에 가기 위해 부스스한 얼굴로 거실에 나온 엄마가 맨발로 댕그라니 서 있는 나를 발견하는 것으로. 5시가 지나면서부터 거실 안에는 감색의 서늘한 기운이 차올라 커튼 가장자리를 따라 갈라진다. 한여름에도 나는 덥지 않았다. 12층 집은 바람이 잘 들었고, 하루 종일 그 밖을 나서지 않는 내 몸은 최소한의 열을 쓰고 방출하며 생명 활동을 이어나가고 있었다. 첫 시도에 헐겁게 걸린 가죽 고리를 다시 조이듯, 엄마는 팔에 힘을 줘 나를 한 번 더 감싸 안는다.

문 닫힌 안방에서 들리는 헤어드라이어 소리는 약음기를 달아도 소용없는 관악기처럼 이른 시간의 평온을 깨고 일상의 아침을 때려 연다. 그 소리는 엄마가 잠에서 깨어났다는 것, 곧 생각을 하고(나에 대한 생각일 것이다) 기억을 하고(교인들과의 약속 시간을 떠올리시겠지) 내 생각을 밀쳐낸다는 것을 뜻했다. 다행이다!(계획을 세우고 있으리라는 신호다.) 아직 빛이 파고들지 못한 주방 구석에서 머그잔에 뜨거운 물을 잔뜩 부어 우린 생강차를 할짝대던 나는 움찔 놀란다. 그러나 사실 매일의 하루를 처음으로 여는 것은 전날 저녁부터 아무것도 먹지 못한 내가 맨발로 유령처럼 주방으로 가 커피포트에 물을 받고 전원 버튼을 눌러서 물이 끓기 시작하는 소리다. 엄마는 알람이 아니라 내가 물 끓이는 소리에 눈을 뜰 것이다.

나를 그냥 꼭 안고 있을 뿐인 엄마 품 안에서는 따뜻하고 비릿한 냄새가 난다. 헤어드라이어 바람에 빗어 대충 가라앉힌, 감지 않은 머리카락에서 노린내와 화장품 냄새가 난다.

엄마는 나를 장난감처럼 바닥에 내려놓는다. 새벽 예배에 가서는 첫째로 나를 위해 기도하실 것이다. 엄마의 애증이자 어쩌면 그 이상의 모든 것일 이 장난감은 가느다란 대나무 가닥을 성글게 엮어 만든 듯 무게가 별로 나가지 않고 걸친 옷이 너풀거린다.

그것이 바로 내 모습이었다.

처음 집에 돌아온 날, 나는 엄마가 못 입는 옷이라고 내어준 실내용 민소매 원피스로 갈아입었다. 엷은 갈색 바탕에 흰색 잎을 단 큰 꽃 몇 송이가 놓인 얇은 면직 원피스는 발목까지 내려와 몸 위에서 흔들렸다. 민소매 밖으로 드러난 어깨에는 쇄골과 견갑골이 튀어나와 있고, 피부가 얇게 감싼 손목뼈까지 혈관이 비치는 팔이 곁으로 비스듬히 내려와 있다. 나는 가끔 한 손으로 다른 쪽 팔꿈치 윗부분을 감싸 팔 둘레를 가늠해보았다. 팔이 손아귀 안에 쥐어지고 엄지손가락이 중지 첫 번째 관절을 너끈히 덮어야 마음이 놓였다. 신발도 언젠가부터 한 치수 작은 것을 신게 됐다.

엄마 손에 이끌려 집으로 돌아온 때가 5월 말이었지만, 엄마는 그 뒤로도 한참 동안 내게 긴팔 상의만 입히려 했다. 하의도 마찬가지였다. 엄마는 나를 데리고 소도시 지하상가를 헤매고 다녔다. 일단 제대로 맞는 치수의 청바지가 필요했다. 한 벌이라도 있었으면 좋았겠지만, 가장 작은 치수의 바지도 허리춤에서 흘러내렸다. 직원은 두어 번 옷을 찾아 보여주다 포기하고, 아동복이 아니면 맞는 옷은 다른 매장에서도 찾기 힘들 거라고 말하곤 돌아섰다.

얼굴도 변했다. 어느 날 욕실 거울 앞에서, 나는 그제야 내 얼굴이 그동안 한 귀로 흘려들었던 엄마의 핀잔대로 '추해진' 것을 깨달았다. 내 얼굴은 추했다. 하지만 그 단어가 이 모든 걸 담아낼 수 있을까? 거울 앞에 벌거벗고 선 내 몸은 야위었지만 어깨와 팔, 늑골, 골반의 도드라진 뼈들은 기둥과 들보, 서까래처럼 익숙하고 본질적이며 그래서 아름다운 구조를 이루고 있었다. 기괴하고 극단적이었지만 그 공식 자체엔 아름다움이 있었다.

그러나 눈길을 끄는 것은 얼굴이었다. 내 얼굴을 본뜬 가면 같았다. 눈이 푹 패고 피부가 쪼그라든 탓에, 이목구비가 자아내는 표정은 마치 깊이 새긴 인장처럼, 이가 없는 노파의 얼굴처럼, 뮤지컬 배우의 화장한 얼굴처럼 과장스럽고 어색해졌다. 추하다기보다는 매력이 없었다. 젊은 여자의 매력, 인간의 매력이 전혀 없었다. 그건 만들어진 얼굴이었다.

그리고 그걸 깨달았을 때 나는 내가 무척 편안하고 흐뭇하게 이 사실을 받아들이고 있는 것을 알고 놀랐다. 나는 만족스러웠던 것이다. 내게 아무런 매력이 없다는 것이. 길을 걸을 때 아무도 나를 의식하지 않으리라는 것이. 인파 속에서 아무도 나를 보지 못하리라는 것이. 나는 모든 관계의 외부인이었다. 누구와도 전혀 무관했다.

7시가 되어 엄마가 세 번쯤 깨운 뒤에야 일어난 막냇동생이 굴에서 끌려 나온 새끼 짐승처럼 씻으러 들어가면, 레인지 후드가 돌아가는 소리, 그릇 부딪는 소리, 싱크대 물소리, 텔레비전 아침 프로그램 진행자들의 수다와 웃음소리로 거실부터 주방, 동생이 문을 열어놓은 안방까지 공간 전체가 찌개 거품처럼 끓어오르기 시작한다. 동생과 엄마의 할 일이 많아지고 동선이 바빠지면, 집은 겨우 세 사람 있는 집이 아닌 것처럼 되어버린다. 나는 러시아워를 목전에 둔 교통순경처럼 긴장한 채 도로의 상태며 차들의 흐름 추이를 지켜본다. 곧 있으면 차들은 이 거리의 오직 선의뿐인 지휘자까지도 의도적 방해자로 여기고 화를 낼지 모른다.("왜 여기서 얼쩡거려?" 혹은 싸늘한 얼굴 등등.)

나는 아침 일과에 가능한 한 방해가 되지 않기 위해 최선을 다했다. 내 존재 자체가, 혹은 내 비정상적인 몸을 보는 것이 엄마와 동생의 마음을 불편하게 하고, 그래서 매끈하게 마쳐야 할 아침 일과에 균열이 가지 않게, 바쁜 동선을 피해 가능한 한 내 몸을 감

사라져가다

추었다. 그러다 지치고 지루해져서 결국 들어간 곳은 안방의 이불 더미였다. 침대 옆 바닥에 대충 밀어놓은 요와 이불 사이에 들어가 머리 위까지 이불을 끌어올려 덮은 것이다.

그 속에 있으면 동생은 아무 방해 없이 아침 식사를 할 수 있을 것이다. 동생은 얼마 전 중학교에 입학했다. 숱 많은 머리를 간수하기 힘든 단발로 자르고, 교복을 입고, 전보다 더 일찍 등교해야 했다. 이미 너무 많은 변화가 한꺼번에 그 애한테 들이닥쳤다. 그 모든 것을 극복하고 있는 이 이른 시간, 내 몸까지 눈에 띄면 밥이 넘어가지 않을 것이다.

얼마 뒤 옷을 꺼내러 서랍 쪽으로 가던 동생이 무심코 내가 누워 있던 이불을 밟고는 놀라 비명을 질렀다. "아아, 미안. 그냥 이불인 줄 알았어." 소스라친 마음도 잠시뿐, 웃음이 터진 내가 동생과 함께 엄마에게 상황을 설명하자, 엄마는 주방에서 고개만 돌린 채 외치듯 말했다. "너 거기 있었어? 언제부터 있었어? 그게 뭐야? 거기 누우니까 그냥 이불 같잖아." 나는 이 소동이 무척이나 흡족했다. 가슴이 벅찰 지경이었다. 나는 잠행할 수 있었고, 이 일은 그 증거였다. 나는 아무것도 아닌 것이 될 수 있었다.

／

그러니까, 두 번째 휴학이었다.

첫 번째는 스무 살 때였다. 어설픈 자살기도로 응급실로, 다시 중환자실로 옮겨지고 거기서 퇴원하면서, 나는 엄마와 고향으로 돌아가기 전 학교에 들러 쾡한 얼굴로 휴학계를 썼다. 그로부터 2년 뒤 나는 섭식장애 입원병동에 들어갔다가 3개월 만에 자진해서 퇴원했다. 증상이 태를 바꾼 것이다.

그러니까 막 스물한 살이 된 겨울, 나를 맡기로 한 소도시의 대학 심리학과 교수는 다시 자살을 기도할 위험이 있는 여자아이(이자 먼 대학 후배)를 방에서 기다리며 내심 초조했을 것이다. 그러나 엄마와 함께 방에 도착한 것은, 아뿔싸, 생각지도 못한 (그리고 흔치도 않은) 섭식장애 환자였던 것이다. 나는 그 상담 역시 4개월 만에 그만두고 학교로 돌아갔고, 매번 그렇게 복학한 뒤에는 학업도 생활도 비탈을 미끄러지듯 더 빠르게 악화되기만 했다.

자살기도 후 병원에서 전기충격치료까지 받았던 실비아 플라스는 학교로 돌아온 뒤 곧바로 다시 성공적인 경력을 이어갔다. 도스토옙스키에 대한 졸업논문을 썼고, 최우수 성적으로 졸업을 했으며, 장학금을 받고 영국 케임브리지대학에서 문학 공부를 계속할 기회를 얻었다.

그녀는 어떻게 그렇게 순식간에 에너지를 회복했을까. 혹은, 어떻게 공포가 자신을 추동하도록, 어떻게 그 포악한 들개가 삶을 돌진시키도록, 극기의 근육을 있는 대로 잡아당기도록 했을까. 나는 내가 그렇게 하지 못하는 것은 재능 없음의 증거라고 생각했다.

입원병동에서 환자와 간호사가 함께 사용했던 한 대뿐인 컴퓨터 앞에 앉아 기대에 부풀어 만들었던 강의 계획표는 학교로 돌

사라져가다

아온 뒤 일주일도 안 되어 온전히 쓸모를 잃어버렸다. 얼굴에 삶의 기운이 확연하고 생생히 빛나는 학생들 틈바구니에 마치 내가 그 일원이기라도 한 것처럼 앉아 머릿속이 하얘진 채 강의 시간을 버티는 공포는, 처음부터 뒷문 앞자리에 앉았다가 몇 분 만에 슬그머니 도망쳐버리거나 출석을 아예 포기해버리는 회피 반응으로 이어졌다.

나는 누구보다 일찍 아침 안개 자욱한 캠퍼스를 걸어 올라가서 그 끄트머리에 있는 사범대 건물로 들어서거나, 다시 비탈을 걸어 내려가 떡갈나무들 아래 이끼 낀 구석에 박혀 있는 인문대 건물의 빈 강의실에 가방을 풀었다. 안에 사람이 있다는 표시로 형광등을 켜놓기도 했지만 대개는 천장 밑으로 떨어지는 약하고 서늘한 빛만으로 충분했다. 나는 대형 강의실 입구나 인문대 강의실의 넓은 창가 자리에 가방을 놓고, 다시 건물 입구로 나가 자판기에서 커피를 뽑아 자리로 돌아와 앉았다. 매일 나는 소규모의 극기 실험을 진행했다. 커피 석 잔, 혹은 두 잔으로 하루를 버티는.

입원병동에서 퇴원하긴 했지만 외래 진료는 2주마다 계속 받고 있었다. 문제는, 매주 한 번 있는 상담을 억지를 부려 격주에 한 번으로 바꾼 뒤에도 병원에 도착하면 (미용실에서 겉옷과 가방을 맡기듯이) 제일 먼저 탈의실에 들어가 옷을 벗고 가운만 걸친 채 두 사람의 간호사가 지켜보는 가운데 체중을 재야 한다는 것이었다. 주기적인 체중 체크는 입원 생활로 불거진 내 오기를 자극했다. 원장 선생님은 퇴원 후에도 내 상태를 감독할 생각이었겠지만, 병원에서 꼬박꼬박 내 실험의 진도를 알려주겠다니 나는 격주마다 체중계의 수치를 조금씩이라도 계속 떨어뜨려 보일 생각이었다.

그건 가장 단순한 노력으로 내 뜻대로 뭔가를 움직여볼 기회, 그 언제보다 정확히 내 의지를 표현할 기회, 외롭게 묵묵히 인내하는 것만으로 현실로부터 나 자신을 갈라낼지도 모를 기회였다. 체중은 2주마다 조금씩, 천천히 떨어졌다. 더 이상 내버려둬선 안 되겠다고 생각했는지, 원장 선생님은 사뭇 간절한 어조로 내게 말했다. "다시 입원하자, 응?" 싫다고 말할 때 입가에 웃음이 비집고 나오는 걸 참기가 힘들었다.

나는 외래 상담마저 그만두었다. 입원병동에서 나오기 위해서는 몇 번의 망설임과 염치없는 말까지 내뱉을 각오와 돌이켜보면 아찔하기도 한 힘겨루기가 필요했다.(내 발로 걸어 들어간 곳이었음에도 그랬다.) 나는 의료진을 끈질기게 설득해 엄마와 통화할 기회를 얻어내고, 엄마의 상심한 목소리(그래, 네가 나오고 싶다면 나와야지…… 혼자서도 잘할 수 있지?)에도 주눅 들지 않으려 애쓰고, 환자들에게 애정을 쏟아준 간호사들을 실망시키면서도 뜻을 굽히지 않고, 마지막으로 조기 퇴원 시의 비관적 예후를 이야기하며 내게 겁을 주려 드는 원장과 싸워 이긴 다음에야 퇴원 허가를 받아낼 수 있었다. 하지만 외래 상담은 달랐다. 며칠 뒤 다시 오라고 하는 내과 원장의 얘기를 한 귀로 듣고 흘려보낼 수 있는 것과 마찬가지다. 의사결정권자는 오롯이 나였고, 나는 치료 중단을 선언할 수도, 혹은 아무 연락 없이 내원을 그만둘 수도 있었다. 내 몸이나 생활에 관한 한 더 이상 내 결정을 제약하는 건 아무것도 없었다.

걱정이 된 엄마가 연락도 없이 자취방을 찾아왔다. 마침 아침 일찍 학교 도서관에 갔다가 오래 버티지 못하고 돌아온 날이었다. 겉옷을 입은 채 문가에 앉아 무작정 나를 기다리고 있던 엄마는, 방으로 들어서는 나를 보자마자 와락 끌어안았다. 나중에 엄마는 그때의 일을 이렇게 이야기했다. 헐렁한 청바지 차림으로 들어오는 나를 보고(나는 청바지가 자꾸 흘러내려서 주머니에 주먹 쥔 손을 넣고 다니고 있었다) 가슴이 철렁 내려앉았다고. 내 딸이 해골같이 야윈 채 걸어오더라고 말이다.

/

내가 아는 우울증의 첫 증상은 읽을 수가 없게 되는 것이다. 그리고 모든 정신적 불구는 결국 우울증의 핵심 증상들로 수렴된다. 봄이 만개해 나는 무언가를 읽기가 다시 힘들게 됐고, 자취방에 남아 책을 읽겠다고 엄마에게 한 말은 당장 거짓이 됐다. 내가 언젠가 접어놓은 페이지의 문자가 이룬 행렬은 내게 말하려는 것이 없는 암호 무더기에 불과해졌다. 나는 그 암호를 평소와 거의 같은 속도로 판독할 수 있었지만, 판독하는 순간 퓨즈가 나갔다. 소리로 해독된 텍스트는 의미와 의도의 막을 뚫지 못했다. 나는 아무것도 이해할 수 없었다.

나는 대신 영어로 된 텍스트를 찾아 읽었다. 휘어서라도 자라는 덩굴풀처럼 말이다. 영어는 내가 자유롭게 읽을 수 있는 유일한 외국어였고, 읽는 능력이 완전히 엉망이 된 뒤에도 영문 텍스트는 꼭 죽을 먹는 것처럼 천천히, 조심스럽게 소화가 됐다.

의과대학이 다른 캠퍼스에 분리돼 있는 탓에 학교 도서관의 의학 서가는 초라하게 느껴질 만큼 소박한 규모였고, 정신의학 책은 그중 제일 뒤쪽 서가의 귀퉁이 일부만을 차지하고 있었다. 표지가 해지고 떨어져서 검은색 양장을 새로 입힌 책, 대출 카드가 꽂힌 노란 봉투가 쓸모를 잃은 채 그대로 붙어 있는 책, 판형이 큰 교재와 오래전에 출간된 외국 서적들이 책등 위쪽의 오목한 곳에 비단 같은 먼지를 얹고 빼곡히 꽂혀 있었다.

몇 권 되지는 않았지만 섭식장애에 대한 책도 있었다. 데이비드 가너, 폴 가핑켈이 쓴 『섭식장애 치료 핸드북Handbook of Treatment for Eating Disorders』은 1997년에 출간된 섭식장애 치료의 교과서다. 판데 레이컨과 판뎃이라는, 네덜란드 출신일 듯한 저자들이 섭식장애를 인문학적으로 분석한 얄팍한 책도 있었다. 『금식하는 성녀부터 거식증 소녀까지: 절식의 역사From Fasting Saints to Anorexic Girls: The History of Self-Starvation』라는 제목의 그 책은 거식증 혹은 거식증 증상 발현의 기원을 중세로까지 거슬러 올라가 찾고 있었다.(역시 1990년대, 1994년 출간작이다.)

구석진 서가에 숨어 그런 외서를 뒤적이고 있으면 불안한 기쁨과 고통이 나를 해부대 위에 올려놓고 몸의 안팎을 뒤집어놓는 듯

했다. 눈앞이 흐려지고 메스꺼웠다. 나는 서가에 오래 서 있지 못하고, 먼지 낀 책들을 들고 층계를 내려가 대출 신청을 하고 도서관을 나섰다.

군데군데 책 속 구절을 노트에 베껴 썼다. 아침 일찍 빈 강의실에 혼자 앉아 한두 시간쯤 했던 일이 바로 (고작) 그런 일이었다. 혹은, 전산실에 자리를 잡고 펍메드PubMed(미국 국립보건원 산하 국립의학도서관에서 구축한 의학 논문 데이터베이스)에서 논문 초록을 수집하기도 했다. 테두리 여백을 상하좌우 15밀리미터로 잡은 한글 문서에 9포인트 혹은 8포인트 글씨로 100페이지쯤 되는 텍스트를 몇 시간이고 정리해서, 프린터가 한가한 때를 틈타 인쇄해 집에 가지고 가기도 했다.

외국어를 처리하는 두뇌의 신경 경로는 모국어를 처리하는 경로와 전혀 다를지도 모른다는 생각을 했다. 그런 주제를 연구한 논문이 있지 않을까? 혹은, 내가 읽는 동안 내 뇌를 촬영해서 볼 수 있지 않을까? 최승자 시인이 번역한◆ 폴 오스터의 산문집 『굶기의 예술』에는 언어에 집착했던 조현병 환자 루이스 울프슨에 대한 글이 실려 있다. 모국어인 영어로 듣고 말하기를 거부하는 것이 그의 주된 증상이었다. 그는 엄마의 음식을 거부했고 엄마의 말이 자신을 침범하지 않도록 귀마개를 꽂은 채 외국어 공부에 몰두했으며(하지만 그의 엄마는 그가 미처 귀마개를 꽂기 전에 달려들어 말을

◆ 나는 이 책이 출간된 그해에 도서관에서 빌려 읽었다. 옮긴이가 시인 최승자였다는 것은 그로부터 10년도 더 뒤에 어느 시 세미나에서 알게 됐다.

쏟아냈다고 한다) 프랑스어로 책을 썼다. 나는 그에 대해 더 자세히 알고 싶었다. (그리고 브로이어와 프로이트의 히스테리 환자도. 모국어인 독일어는 까맣게 잊어버린 채 영어만 읽고 말하게 된 100년 전의 여자 환자 말이다. 어쩌면 나의 직계 조상일지도 모르는.)

/

우리는 다시 병원에 다니기 시작했다.♦ 그러니까 엄마와 나 말이다. 새로 다니게 된 병원의 의사는 환자의 부모도 함께 상담받기를 권유했다. 나와 의사가 이야기하고, 그다음에 의사는 부모님을 만나고, 그사이 나는 임상심리사와 별반 중요치 않은 얘길 더 하는 식으로 하루 일정이 짜였다. 그러나 아빠가 그 권고를 들을 리 만무했다. 아빠는 초등학교 교감 선생님이었고, 누구를 가르치는 위치가 아닌 곳에 선다는 것은 절대 불가능한 일로 받아들였다. 그는 잘못한 일이 없으니 말이다. 잘못한 일이 없는데 자기보다 열 살은 더 어린 의사 앞에서 딸이 왜 이렇게 됐는지에 대해 변명을 늘어놓아야 하겠는가? 하지만 엄마는 이번에도 그 역할을 감수했다.

아빠는 그 대신 여름방학 기간 중에 진행되는 상담심리학 연수를 신청했다. 어쩌면 아빠는 상담 교육을 이수하면 나를 의사로부터 도로 빼앗아 올 수 있으리라 생각한 것인지도 모른다. 틀림없이

♦ 곰돌이 선생님의 병원이다.

사라져가다

그랬을 것이다.

엄마와 함께 병원에 가는 날이면, 나는 엄마가 느낄 수모와 비참을 덜기 위해 엄마의 팔을 더 바짝 끌어안고 관광객 같은 들뜬 대사를 읊었다. 우리 자신이 아니라 우리 바깥에서 볼 것을 찾았다. 엄마가 우리 두 사람을 연속극 화면에 띄우고 관람을 시작할 틈이 없도록.

새 병원은 건물 1층을 차지한 돈가스 전문점의 기름 냄새가 공기 중에 진득하게 엉긴 좁은 출구를 지나 낮고 어두운 계단을 올라야 나왔다. 입구에서부터 눈에 들어오는 공중화장실의 페인트칠 벗겨진 문은 마치 들창처럼 바닥에서 떨어진 곳에 붙어 있었다. 병원은 다소 어두우면서 지나치게 아늑한 느낌이었다. 누가 들고나든 인기척 따윈 개의치 않다가도 건너편 소파에 앉은 외래 환자와 그 부모를 대놓고 쳐다보는, 짓궂은 요정들 같은 낮병원 아이 서너 명이 공간의 분위기를 점거하고 있었다.

그 아이들은 그날그날 자기 행동을 최대한 통제하기 위해, 더 정확히는 기아 상태를 하루 더 연장하거나, 먹은 것을 게워내다 지쳐 쓰러지거나, 훔치거나, 자해하거나, 기억을 잃고 낯선 동네를 배회하는 따위의 증상을 (의료진과 외부의) '시선'이라는 힘으로 막거나 유예하기 위해, 회의실처럼 꾸며진 병원 안쪽의 방에서(그리고 외래 환자들이 기다리는 로비에서) 아침부터 병원 문을 닫을 때까지 종일 지냈다. 이 선량한 말썽꾼들은 무료히 시간을 흘려보내는 법, 아무것도 하지 않고 있는 법, 그러니까 '건강해지는' 법을 배우고 있었다.

나는 엄마가 이 모든 광경에 겁을 먹지 않도록, 딸을 데리고 이런 곳에 와 있다는 것에 상심하지 않도록 곁에 가까이 붙어 앉아 열심히 엄마를 달랬다. 하지만 이미 굳은 엄마의 얼굴은 잘 풀리지 않았다. 나는 엄마의 무표정이 엄마의 인지 기능 상태에 대한 알람일지 모른다는 생각이 들었고, 그래서 표정을 돌려놓는 데 더 필사적이 되었다.

사랑하는 엄마.

자살미수 사건 이후에, 엄마는 환자가 다시 불미스러운 일을 저지르더라도 병원에 책임을 묻지 않겠다는 내용의 각서에 서명을 하고 나를 퇴원시켜 집으로 데리고 왔다. 그리고 2주 정도 지나, 나는 원래 나를 상담했던 학교 상담센터의 박사과정 대학원생이 개인적으로(아마도 반은 의무감에, 그리고 반은 죄책감에) 주선해준 덕분에 지방대학의 심리학과에 재직 중이던 그의 선배에게 인계됐다. 두 번째 '상담 선생님'을 만나기로 약속한 날짜와 시간이 하필 11월 2일 오후 2시여서, 교수로부터 걸려 온 전화를 받고 나서도 손바닥에 접착제가 묻어 마른 것처럼 한참 모든 게 부자연스럽고 어색하게 느껴졌던 게 기억난다. 그날 나는 엄마와 함께 심리학과 교수실을 찾았다.

그는 마치 중고등학교 교무실에서 쓸 법한 짝이 맞지 않는 사기컵과 찻잔에다, 그 모두와 전혀 어울리지 않는 쟁반을 동원해 우

사라져가다

리에게 녹차를 대접했다. 그리고 내가 아닌 엄마와 이야기를 시작했다. 나는 입을 꾹 다물고 엄마 곁에서 조용히 대화를 듣고만 있었다. 소박하고 전혀 매력적이지 않은, 전혀 다른 모양의 찻잔 세 개와 모처럼 힘들었던 속마음을 털어놓고 있는 엄마. 엄마가 주인공이 된 만큼 내가 순간순간 더 잔인한, 혹은 그저 더 절망적인 딸이 되더라도 교수의 머리 뒤쪽으로 환하게 열린 곧 눈이 내릴 듯한 겨울 하늘은 당황스러움도 불안도, 어쩌면 분노도, 슬픔과 자포자기로 상쇄해주는 것 같았다. 나는 노래를 듣는 기분이었고, 잠이 든 사람 같았다.

하지만 이번에도 실질적 주인공은 엄마가 아니라 나였다. 교수는 내게 다음번 상담 시간을 기억시키고, 엄마와 인사를 나누기 위해 일어섰다. 엄마는 마치 영화관에서 갑자기 밝은 거리로 쫓겨난 사람처럼, 어깨를 움츠린 채 무슨 말을 하려다 말았다. 교수실 창문으로는 사회과학대학 정문까지 이어지는 가로수 길이 내려다보였다. 아직 가을 나무들. 겨울을 준비하는 가을 나무들. 나무들과 색이 변해가는 잎사귀들.

강제하거나 고치려 들거나 내 식생활을 침범하지 않는다는 조건을 달고, 나는 자취방을 정리하고 엄마를 따라 집으로 내려갔다. 나를 창가 자리에 앉힌 엄마의 어깨에 유령처럼 기대어 웅크리고, 식사 시간에 맞춰 의무적으로 가족들 틈에 자리 잡고 앉지 않겠다고, 절대 나중에라도 그럴 것을 강요해선 안 된다고 나는 힘없이 칭얼댔다. 놀랍게도 엄마는 내가 애걸한 맹세에 응했다. 엄마의 말은 거짓도 아니었고 둘러대는 말도, 빈말도 아니었다. "응. 안 그럴게. 네가 먹고 싶을 때 먹고 싶은 것 먹어." "정말이지?" "응." "밥 먹으라고 하면 안 돼요…… 그러면 난 집에 안 갈 거야……."

길에서 우연히 마주친 고모가 나를 보고 "(유리)병에서 빼내 온 것 같다"며 들어본 적 없는 희한한 비유로 내 몸에 대한 놀라움을 표시한 뒤로, 엄마는 내 옷차림에 더 신경을 쓰기 시작했다. 반바지는 물론 짧은 소매 상의에도 당황스러워했다. 아빠는 연극배우처럼, 나를 관객으로 삼은 배우처럼 일부러 목소리를 키워, 내가 들으라는 듯 내 시선을 확인하며 엄마에게 말했다. "왜 개한테만 긴팔을 입으라 그래? 개는 안 더워? 자기는 반팔 입고 개만 긴팔 입으라는 게 어디 있어?" 나는 이제 아빠가 말로써, 끊어진 대화와 언성으로써 나와 편을 맺고 '옳은 편'에 서려고 하는 것을 물리칠 방법을 찾아야 한다.

초등학교를 졸업한 막내의 옷을 내가 물려받았다. 인형 옷처럼 작은 바지와 데님 재킷을 입고, 나는 집 안에 갇혀 지냈다.

집에 돌아온 뒤 나는 내가 '먹을 수 있는' 것을 찾아야 했다. 먹는다는 것은 지뢰밭을 걷는 것만큼 경계하고 신중해야 하는 일이었다. 내 자신(몸, 마음, 사회관계 등 모든 면에서)의 항상성에 흠을 내고, 실수로 위험한 밸브를 열어버리고, 끝없이 추락하고, 그래서 모든 걸 망쳐버릴 수도 있는 일이었다. 그러나 주방에서 요리를 하던 엄마가 냉장고에서 오이를 꺼내는 것을 보기만 해도 몸이 기억하는 오이의 향과 고추장의 맛이 뇌 속 회로를 연속으로 폭발시키

사라져가다

는 듯했다. 겁이 나서, 나는 쭈뼛쭈뼛 엄마에게 내가 오이를 먹어도 될지에 대해 조언을 구했다. 엄마는 분명 반가워하며 괜찮다는 말을 거의 독촉하듯 할 것이었고 나는 바로 그런 대답을 듣기를 얼마나 기대했는지! 그러나 그날 아침까지도 뻥튀기 두세 조각을 침으로 녹여 먹으며 버텼던 내가 오이처럼 수분으로 묵직하고 실체적인, 식물 조직의 생명력과 이상한 개성으로 존재하는 이 무서운 것을 먹어도 될까. 위가 묵직하게 채워지는 느낌을 참을 수 있을까. 토하지 않고 버틸 수 있을까. 나는 공포에 질려서 유혹에 굴복해버렸다. 그리고 엄마가 곁에서 용기를 북돋워주는 동안 오이를 하나 씻어 썰어낸 다음 고추장을 아주 조금씩 찍어 먹기 시작했다. 곧장 온갖 미각의 칵테일이 기아 상태의 몸에 감각의 두드러기 같은 것을 일으켰다. 나는 오이 하나를 다 먹고, 엄마에게 하나를 더 먹겠다고 했다. 엄마는 두 개는 괜찮다고 나를 안심시켰다. 그러다가 나는 오이를 세 개째 먹고 말았다.

먹은 것이 목구멍 끝까지 치밀어 올랐다. 숨이 막히고 굳은 몸이 떨려왔다. 나는 옷자락을 들어 배를 살펴보았다. 피부가 쪼그라든 탓에 왼쪽에서 아래로 반달 모양으로 갈색이 된 배가 위장 부분만 돌처럼 단단히 튀어나와 있었다.

어렸을 때 텔레비전에서 본 디즈니 만화에서처럼 돌을 삼키고 물을 마시고 돌을 삼키고 물을 마시고 하다가 걷지도 못할 만큼 몸이 무거워진 동물 주인공이 된 느낌이었다. 나는 그 무게를 감당할 수 없었다. 나는 온갖 잘못된 것을 그대로 몸에 담은 채 아무

일 없는 것처럼 살아갈 수 없었다. 더 이상은 할 수 없었다. 하고 싶지 않았다. 부디, 나는, 제발, 멈추고 싶었다.

엄마는 돌처럼 무거워진 나를 안아주었고 나는 흐느껴 울기 시작했다. 엄마는 내 등을 토닥이며 말했다. "괜찮아…… 오이는 금방 소화돼. 금방 소화될 거야…… 배가 단단해진 것도 금방 없어질 거야. 괜찮아. 괜찮아……."

엄마가 새벽 예배에 간 뒤, 나는 오랫동안 망설여왔던 그 일을 드디어 시도해보기로 했다. 식탁 구석에 놓여 있던 체중계를 두 손으로 들고 바닥에 끌다시피 거실 한가운데로 가져가서 조심스럽게 내려놓았다. 엄마가 문을 열어놓고 간 베란다에서 들어오는 서늘한 바람이 얇은 커튼 밑단을 일렁였다. 나는 선택을 되돌리고 눈앞의 현실을 무효로 만들 수 있는 '취소'의 무기로 잔뜩 무장한 꿈속의 인물처럼, 괜찮다고 괜찮다고 주문을 되뇌며 맨발로 체중계 위에 올라섰다.

36킬로그램.

목이 죄는 느낌 속에서 나는 재빨리 체중계를 원래 있던 곳에 가져다놓고 내 방으로 도로 들어가 이불 위에 몸을 묻었다. 심장이 쿵쿵대고 배 속에서 시작된 이상한 감각이 가슴부터 목까지를 휘감았다. 36킬로그램은 기대한 것 이상이었다. 초등학교 6학년 때 체중보다도 1킬로그램 하고 몇백 그램이 더 적었다. 하지만 동시에, 반올림만 해도 벌써 40킬로그램이 되고 마는 숫자다.

며칠 만에 2킬로그램쯤 늘어나는 건 쉬운 일일 것이다. 그러면 곧 40킬로그램이 되고, 이 유동하는, 한계가 없는 몸은 눈 깜짝할 사이 40킬로그램도 넘어서버릴 것이다! 나는 주먹을 꽉 쥐고 몸을 웅크렸다. 제대로 숨을 쉴 수가 없었다. 기쁨과 절망이 동시에 숨통을 조였다.

엄마가 돌아올 시간은 아직 멀었고, 그때까지 나는 할 일이 없었다. 마음을 진정시키고, 빈 위장에는 기쁨 대신 경각심을 채워넣고, 더 엄격해져야 했다. 눈앞에 보이는 길은 실패로 점철된 길일 테지만, 나는 아무것도 보지 못한 체했다.

5장

아스피린과
참치 통조림

1998. 10. 6.

저녁 8시 35분. 기숙사에 도착했다. 짧은 샤워, 용돈 계산, 밀린 빨래, 새로 산 샴푸와 치약. 과거는 이미 텅텅 비어버렸는데 나는 왜 출발하지 않을까? 박차고 나갈 반동력을 낼 수 없기 때문에? 너무 무서워, 가슴 속 숨줄기가 얼어버릴 것 같아, 얼음을 덩어리째로 삼킨 것처럼. 또 내일이 온다, 또 아침이 된다. 나는 단정히 이부자리를 펴고 자명종 아래서 잠을 청해야 한다.

1998. 10. 7.

위와 장, 모두 제대로 작동 안 됨. 매끼 조금밖에 먹을 수 없으며, 변비약 효과까지 가세해서 하루 종일 탈진 상태로 있다. 누워서 눈을 감으면 정신이 가라앉는 동시에, 누군가 뇌 뒷부분을 자극하는 듯한, 미묘한 고통을 느낀다. 긴 독일어 단어가 배 속 심연으로 떨어지는 모습을 본다. 토할 것 같은 느낌. 나는 공중으로 두 팔을 뻗는다.

구해주세요! 시간에 등을 떠밀려 뛰어가면서도, 나는 내가 좀더 잘 달릴 수 있기를 바란다.

1999. 3. 15.

여러 꿈에 시달리다 퍼뜩 깨어보니 10시였다. 1교시부터 4교시까지, 미학 전공 강의 두 가지를 모두 결석해버렸다.

빈 강의실에 머물다 밖에 나가니 빛이 얼마나 눈부시게 하얗고 사람들은 얼마나 또렷또렷 활기에 넘쳐 있는지 몰랐다.

먼, 먼 길을 걸어 학생회관에 이르렀다. 총연극회 동아리방은 믿을 수 없을 만치 어질러져 있어 창고 같았고 그나마 안에는 아무도 없었다.

먼, 먼 길을 걸어 빈 강의실을 찾아 되돌아왔다. 목이 너무 말라 밀크티를 샀다. 그래, 일기장도 노트 두 권도 새 필통도 새 건전지도 샀다. 산 것들을 가방 속에 넣어 빈 강의실로 돌아왔다.

1999. 4. 14.

상담 시작.

나는 내가 하는 말마다 토를 달아야 했다. 어떤 느낌인지 표현하는 것과 동시에 왜 그런 느낌이 드는지 원인을 밝혀야 했다.

옷 가게는 북적였다. 9월 여름이 가동하는 햇볕에 가게 초입은 드문드문 뿌옇게 색이 바래 일렁였다. 색깔별로 옷을 개어 올린 금

　　　　　　　　　　　　　　　　　아스피린과 참치 통조림

속 선반이, 번쩍이고 반질반질한 검은 뒤통수들이 눈앞에 쉼 없이 겹쳐졌다. 향수 냄새가 스친다 싶으면 혹 하고 땀 냄새가 끼치고, 수많은 손이 색색의 접힌 옷들을 집고 소매를 털어 떨어뜨렸다. 옷 걸이가 금속 행어 위에서 조심성 없이 밀리는 소리. 갑작스레 빼액 빼액 튀어나오는 뾰족한 감탄사. 긴 머리카락이 선반 위로 쏟아졌 다가 획 날리고 크고 작은 귀걸이가 쨍그랑 빛나고 어깨에 멘 길 고 조그만 가방들이 탁탁탁 엉덩이에 부딪힌다. '날 가지고 장난했 다면 당신을 타도할 거야 바로 혼내줄 거야 참을 만큼 참았어 갈 데까지 갔어 해줄 만큼 해줬어 이 10원짜리야.' 쾅쾅쾅, 스피커는 곧 터져버릴 것 같다. 심장이 머리에서 쿵쿵 뛰는 것 같아 벌게진 얼굴을 하고 가게를 나왔다.

강의가 끝나고 기숙사로 직행하는 대신 가끔 들르는 전철역이 다. 역으로 내려가는 계단 입구를 보며 길에 잠깐 얼어붙어 있다 가 흠칫 마음을 돌리고, 근처 패스트푸드점에 들어가 햄버거와 콜 라를 시켜 2층 창가에 자리를 잡고 앉았다. 의자가 높아 공중에 뜬 발로 유리창을 살짝 건드린다. 전철역 지붕이 발밑에 밟힌다. 원체 좁은 길이 역 입구에서 약속을 잡은 사람들로 지날 틈 없이 북적인다. 중학생쯤 돼 뵈는 여자아이들이 아마도 쌍욕을 하며 깔 깔깔 웃어대는데 입속에서 손톱같이 흰 껌이 깜박거린다. 전철역 다른 쪽 출구를 찾아보니 저 멀리 길 건너 번호 다른 출구가 보이 고 거기 모서리를 내밀고 선 빌딩이 있고 그 모서리 끝에 약국 간 판이 달렸다. 나는 뭔가를 쓰려고 가방을 뒤적이다가 이내 그만두고 햄버거의 마지막 조각을 입에 넣었다. 기름기 묻은 손을 티슈에 닦고 일어섰다.

전철역 지하도를 걷고 지상으로 나와 횡단보도를 건넜다. 머리카락에 겹겹이 먼지가 껴 뻣뻣해지도록 누런 바람을 뒤집어썼다. 건물 모서리에 틈을 낸 벽장 같은 공간에 약국이 있었다. 문을 열었더니 안은 벌써 손님 둘로 만원이라 내가 낄 자리가 없다. 밖에서 문을 잡은 채로 머뭇머뭇했더니 노인의 주문을 응대하던 여자 약사가 홱 고개를 돌려 나를 본다. "뭐 줄까요? 얘길 하세요." 나는 눈을 피하며 웅얼거렸다. "세코날이요." 얼굴이 확 달아올랐다. "뭐, 뭘 달라고요?" 여자가 신경질적으로 되물었다. 옛날 책에서 본 수면제니까 이미 단종됐을지도 모르겠다. 나는 잡고 있던 문을 놓고 줄행랑쳤다.

기숙사 방에 돌아와 앉았는데 햄버거에 체했는지 구역이 치밀었다. 토할 수 있을까 화장실 변기 앞에 서서 허리를 숙이고 손가락을 목구멍에 넣어봤지만 침만 잔뜩 고여 떨어질 뿐이다. 거실에 나와 있던 옆방 언니가 구역질 소리를 듣고는 쟤 무슨 일 있느냐고 내 룸메이트에게 묻는다. 대낮부터 술이라도 마시고 들어왔나 의심할까봐 물 묻은 하얀 얼굴을 하고 종종걸음을 치며 방으로 돌아가 문을 닫았다.

몇 개월 전, 같은 방을 배정받아 지내왔던 언니가 옆방과 서로 룸메이트를 바꿔도 좋겠느냐고 물어왔을 때 나는 그동안 내가 불편하게 했을 것이 미안하면서도 왠지 가슴이 꾹꾹 막히는 것 같았

아스피린과 참치 통조림

다. 기숙사는 한 층마다 널찍한 거실을 가운데 두고 방이 네 개씩 붙어 있었는데 각 방에서는 두 명씩 생활했다. 살집이 두툼하고 턱이 둥근 언니는 거칠지만 성량 좋은 목소리에 호사가였다. 왁자하고 거나한 술자리를 좋아하는 언니와 달리 나는 뒤풀이에서 부를 가요 하나 외우는 게 없는 숙맥에 괴짜라는 게 문제였다. 강의를 마치고도 별 할 일이 없는 내가 일찌감치 기숙사 방에 똬리를 틀고 있다가 마침내 언니가 돌아오면, 서로 띄엄띄엄 평범한 얘기만 주고받는데도 살갗 밑에서 피가 증발할 듯이 방 안이 긴장감으로 바싹 건조해지곤 했다. 게다가 나는 인물 사진을 연필로 모사해서 책상 옆에 붙여놓는 게 취미였는데, 어느 날은 거울과 노트를 번갈아 열심히 들여다보며 내 두 눈을 그려 한쪽씩 오린 것을 내 미간과 같은 너비로 키 높이 즈음의 벽에 붙여놓았다. 언니가 방문을 열고 들어오다가 움찔 놀란 것은 당연한 일이다.

이 언니가 죽이 맞는 친구와 지내려고 방을 옮기자 원래 그 방에 머물던 언니가 내 새 룸메이트로 이사해 왔다. "네가 괜찮다면 오케이야. 나는 누구랑 룸메이트 하든 상관없어." 이 자그마한 언니는 무슨 일에도 담담한 표정을 잃는 법이 없어 그게 오히려 유머러스할 때가 있었다. 잘 때가 되면 얼굴에 마사지 크림을 바르고 자리에 누워 남자친구와 통화를 시작했는데 수십 분씩 콧소리를 섞어 이야기하다가 언제나 마지막엔 폴더가 열린 휴대전화를 내팽개친 채 곯아떨어지곤 했다. 날씨 좋은 토요일이면 나를 구슬려 데리고 가까운 백화점을 구경하고 마트를 둘러봤다. 백화점에서 제대로 대접받으려면 잘 입고 가야 한다며, 옷차림이 마음에 들지 않는 날에는 마트에만 들렀다 돌아왔다.

옷을 어떻게 입느냐는 내게도 고민이었다. 대학생이 되기 이전에는 내 옷을 마음대로 골라본 적이 없고 대학생이 됐대 봤자 카디건 하나 마음 편히 살 돈이 없었다. 기숙사 방 옷장 문을 열고 그 뒤에 숨어 고향에서 입다 가져온 청바지를 입어보는데 허리가 좀 잘 맞았으면 싶었지만 벨트가 마땅치 않았다. 언니들이 읽고 거실 소파 위에 쌓아놓는 패션 잡지에서 언젠가 비슷한 차림을 본 것 같아서, 책상 서랍 속에 있던 연두색 포장 리본을 꺼내 벨트 끼우는 곳에 둘러 묶어보았다. 그러나 이상하다. 얼른 리본을 풀려는데 룸메이트 언니가 방에 들어오다 이 꼴을 보았다. "진짜 그렇게 하고 다니려고? 너 그렇게 하고 나가면 나 너 모른 체할 거야." 어이없는 표정이다. 나도 외모가 멋졌으면 좋겠다고 생각했다. 머리가 나쁘니 세련되거나 예쁘기라도 했으면.

특히 인문대 앞에는 멋쟁이들이 많았다. 미니스커트에 반짝이는 하이힐, 중절모 같은 것을 비스듬히 쓴 여자가 쌩 하고 길을 지나기도 하고, 엉덩이가 달라붙는 청바지에 한쪽 귀에는 반짝이는 액세서리를 단 남자도 근사한 걸음걸이로 계단을 올랐다. 봄이면 꽃가루가 펄펄 날리고 흐드러지게 번성한 나무들이 가지를 펄럭이며 하늘을 덮었다. 인문대 강의실 구석에 필기도구를 꺼내놓고 구부정히 앉은 나는 의자 위를 펑퍼짐하게 덮는 허벅지가 끔찍해 죽고 싶었다. 교직원들이 파업을 벌이는 동안이면 건물 내 화장실은 난장판이 됐다. 파란색 쓰레기통이 가득 차다 못해 휴지가 화장실 벽을 타고 탑을 쌓는 지경이었다. 건너편 과 사무실에서 막 나온 여자의 몸짓은 그 난장판 속에서도 새침하고 날렵했다. 반면 거울에 비친 내 그늘지고 밋밋한 얼굴은 얼마나 절망적인지. 꽃이 순서대로 만개하는 캠퍼스를 나는 발에 채는 모래만 내려다보며 걸었다. 점심은 매점에서 과자나 샌드위치를 사서 혼자 먹었는데 매점에 들를 때마다 점원이 자꾸 아는 체를 해서 신경이 쓰였다. 먹을 것을 사면 산 것을 가지고 사람 없는 강의실에 찾아 들어가 문을 잠갔다. 한 손으로는 과자를 집어 먹고 다른 손으로는 책장을 넘기거나 인상적인 문구를 노트에 옮겨 썼다.

그러나 읽고 쓰는 일이 곤란해지는 때도 있었다. 한 시간 동안 같은 페이지 같은 문장을 반복해 읽어도 머릿속에 그려지는 게 없었다. 연필을 들면 영단어라도 외우는 것처럼 제발제발제발제발, 살려주세요살려주세요살려주세요 같은 말만 쓰고 또 썼다. 이런 마비 증세는 훨씬 전에도 겪은 적 있었다. 언제나 먼저 달라지는 것은 공기 냄새였다. 곧이어 시야가 뿌옇게 흐려지기 시작하고 머릿속은 매캐한 것으로 가득 차버린다. 이런 상태는 하루 이틀 사이에 원상 복귀되기도 하지만 여기서 자칫 속도를 못 잡고 추락해버리면 송진에 덮인 모기처럼 옴짝달싹할 수 없게 된다. 일부러 교실에 남은 아이들이 벼락치기 공부에 열을 올리던 고3 중간고사 기간, 멍하니 복도 창가에 기대서서 손바닥에 가득 모아 온 분필 조각을 하나하나 창밖으로 집어던지고만 있었던 것도 그 때문이었다.

／

    캠퍼스는 봄이면 연분홍색, 흰색, 보라색, 노란색, 다홍색 꽃들이 바람을 할퀴고, 가을이면 화려한 형상으로 오므라든 커다란 낙엽들이 휘몰아치며 지나는 사람의 얼굴을 때렸다. 길에서는 마른 시멘트 냄새가, 건물 뿌리나 돌계단 구석구석에서는 검은 흙 냄새가 피어올랐다. 이끼 냄새, 지렁이 냄새도 났다. 아동발달학 강의는 1학년 필수과목이었으므로 나는 나무 우거진 인문대 건물을 모두 지나 가파른 캠퍼스 꼭대기 낡은 생활과학대학 동까지 걸어 올랐다. 몇 년 전까지 가정대학이라 불렸던 곳으로, 식품영양학과 쪽 음침한 복도에는 금속으로 된 거대한 원통형의 실험 기구가 줄지어 김을 뿜어내고 있고 의류학과 학생들이 쓰는 강의실 벽에는 천장부터 바닥까지 서툰 일러스트가 다닥다닥 붙어 있었다.

    내가 입학한 소비자아동학과는 가정관리학과가 전신이었다. 여학생만 입학할 것 같은데 남학생 수가 점점 늘더니 IMF 직후에는 남학생 수가 전체 신입생의 절반에 몇 명 못 미치는 정도로 꽤 많아졌다. 수학능력시험 점수가 기대만큼 잘 나오지 않고 다른 대학에서 더 비싼 학비를 낼 형편이 못 되는 아이들이 어쩔 수 없이 지원하는 학과였다. 그래도 제법 머릿수가 많아진 남학생들을 여교수들은 뿌듯하게 바라보았다. 우리 학과도 밥그릇 싸움에서 제 몫을 챙기려면 남성 학자가 몇 명 자라주어야 한다고, 맏아들 머리를 쓰다듬는 홀어머니처럼 이야기했다.

        아스피린과 참치 통조림

바로 그 생활과학대학으로 가자고, 나는 멋없는 청바지에 싸구려 티셔츠를 입고 한쪽 어깨에 배낭을 걸친 채 오르막을 올랐다. 언어학과 쪽 인문대 동을 막 지나는데 마치 강단 바로 앞자리에 앉아 있는 듯 강의 소리가 또렷이 들려왔다. 올려다보니 2층 창이 활짝 열려 있었다. 언뜻언뜻 책에서 읽은 것도 같은 섬세한 구조와 알쏭달쏭한 이론이 선생의 목소리를 입고 풀려나오는 현장이었다. 그런데 나는 자궁 환경과 태아에 대한 강의를 들으러 지렁이 냄새 나는 젖은 흙을 밟으며 윗옷을 땀으로 적시고 있는 것이다. 질퍽이는 진흙을 매단 신발 밑창을 돌계단 모서리에 문질러 닦았다.

아동발달학을 가르치는 여선생은 미국에서 막 학위를 받고 왔다고 했는데 말을 할 때마다 학생들의 비웃음을 샀다. 'DEVELOPMENT'를 'DEVELOPEMENT'라고 칠판에 적자 그걸 놓치지 않은 아이들은 선생이 말을 하는 도중에도 깔깔깔 웃음을 터트렸다.

금요일만 기다렸다. 수업이 끝나자마자 기차역이 있는 청량리로 달려가기를 고대했다. 뚱뚱하거나 희한하게 야윈 사람들, 이상한 옷차림, 어울리지 않는 머리를 한 사람들로 북적거리는, 악취로 뜨듯한 지하철에서 한 시간을 버티는 것도 참을 수 있었다. 기차를 잡아타고 고향으로 도망쳐야 살 수 있을 것 같았다. 기숙사에 앉아 있으면 가끔씩 늑골 한가득 얼음이 차 덜그럭거렸기 때문이다. 폭풍우가 내리쳐 창문 밖 야산에 빽빽한 침엽수들이 쏴아아 쏴아아 바닥에 누울 듯 이리저리 흔들리는데, 제발 저 속에 휩쓸려 사라져버릴 수 있다면, 하고 한참 눈을 감고 있기도 했다.

배낭을 메고 계절 지난 옷을 미어지게 담아 손마디가 끊어지도록 무거운 쇼핑백을 들고 역사驛舍의 긴긴 층계를 올라가서는 창구에서 왕복표를 끊었다. 기차 출발 시간까지 여유가 있으면 다시 층계를 내려와 매점에 앉아 아이스크림콘이나 햄버거를 사 먹었다. 인근의 백화점에서 마구잡이로 골라 담은 먹을거리를 나눠 들고 깔깔거리며 지나가는 대학생들을 보았다. 강촌이나 대성리로 가는 입석표를 끊고 열차 통로를 메워 선 학생들이 선반 위에 올려놓는 박스에서는 늘 신 김치 냄새가 풀풀 풍겼다. 매점 안 다른 간이 탁자에서는 선 캡을 쓴 여자가 자꾸 의자에서 미끄러지는 아이 셋을 꾸짖고 어르며 팥빙수를 먹이고 있었다.

나는 진로에 대해 생각하지 않았다. 고등학교에 다닐 때 그랬던 것처럼 무언가 '일'을 한다는 것은 아득히 먼, 남의 얘기만 같았다. 대학을 졸업하면 다시 대학원에 들어가야 할 거라고 생각했다. 대학원 등록금까지 대출받을 형편이 못 된다는 것을 알면서도 크게 걱정하지 않았다.

돌아온 집에서는 표백이라도 한 듯 엄마가 눈부시게 닦아놓은 거실에서 오랫동안 장식장처럼 방치됐던 피아노 뚜껑을 열어 건반도 눌러보고 고등학교 때 듣던 음악을 오디오에 걸어보기도 했다. 쨍하니 화창한 하늘이 서늘한 바람에 실려 들어오는 베란다에서는 다 마른 빨래가 풍기는 따뜻한 향이 끼쳤다. 엄마는 계속 음식을 만들고 나는 끊임없이 먹었다. 불고기나 두부찌개가 냄비에 까맣게 타 눌어붙은 것을 숟가락으로 긁어 먹었다. 마침내 일요일이 되어 떠날 준비를 할 때쯤에는 매번 위장이 딱딱한 돌처럼 손에 잡혀 소화제를 먹어야 했다. 다시 깨끗하지만 허름한 차림으로 현관 밖에 설 때면 나는 자주 울먹였고, 내 앞에서 엄마도 눈물을 흘렸다. 돌아오는 지하철은 지옥 같았다. 어두운 창에 비친 내 얼굴은 바보스럽고 완고해 보였다. 지금 당장 땅 밑으로 꺼져 사라졌으면! 부디 그렇게 됐으면! 간절히, 간절히 바랐다.

2학년에 올라갈 즈음 전공 교수들은 학생들을 하나하나 불러 면담을 했다. 소비자경제학과 가족아동학으로 전공을 나누기 위해서였다. 나중에 취직을 잘하려면 소비자경제학을 전공해야 한다는 이야기가 강의실에 떠돌았다. 다 해서 70명쯤 되는 아이들을 성적순으로 반 쪼개서 상위 그룹만 소비자경제학 전공으로 받아들일지도 모른다는 소문도 돌았다. 가능한 한 등록금 부담을 줄이기 위해 다른 학교 진학을 포기하고 이 전공을 택했던 것처럼 이번에도 장래를 위해 당장은 싫은 결정을 내려야 하나, 마음이 알루미늄 포일처럼 쪼그라들었다.

소비자경제학과 교수가 나를 불렀다. 무슨 강의가 가장 재밌었냐는 질문에 문학 수업 같은 교양 강의였다고 말했다. 앞으로 무슨 일을 하고 싶은지 묻기에 '상징'에 대해 알고 싶다고 대답했다. 적당한 말을 찾지 못해 답답해하며, "어떻게 상징이 만들어지는지 알고 싶어요"라고 떠듬떠듬 말했다. 교수는 무슨 이야긴지 잘 모르겠다는 듯 내 얼굴을 쳐다보았다. 가족아동학과 교수실에서도 연락이 왔다. "저는 사람의 마음을 공부하는 게 좋은데, 나중에 취직하려면 소비자경제학을 전공해야 한다고 들었어요." 나는 말했다. 눈은 무릎만 바라보고 맞잡은 손은 꼭 쥐었다 폈다만 반복했다. 교수는 내가 얼굴을 들기를 기다렸다가 천천히 내 눈을 응시하며 말했다. "마음이 원치 않는 결정을 하면 나중에 아주 비참해질 수 있어."

/

나는 빈 강의실에서 아침을 맞는 것이 좋았다. 뒤틀려 잘 맞지 않는 나무문을 살짝 들어 올리듯 열면 밤새 식은 공기가 피부에 닿아 청량했다. 새까만 창틀 커다란 창문 밖으로 치렁치렁한 가지 가득 흰 꽃을 피운 나무와 쩩쩩쩩 삐꾸삐꾸삐꾸 새 지저귀는 소리가 천국의 정경처럼 펼쳐졌다. 건물 입구에 놓인 자판기에서 한 잔에 100원 하는 커피를 뽑아 돌아와서는 읽던 책을 다시 펼치고 몇몇 문장을 베껴 적었다. 겨울에는 곱은 손을 엉덩이 밑에 깔고 노트로 책장을 누른 채 눈으로만 책을 봤다. 전공 강의들은 하나같이 한심했지만 다른 과 학생들 틈에서 듣는 문학과 미학 강의는 매번 가슴이 뛰도록 재미있었다. 어느 여름방학에는 영소설과 시 강의 딱 두 개만 수강하는 호사를 누리기도 했다. 시 강의는 매시간 인문대 작은 강의실에서 책걸상을 원형으로 빙 둘러 옮겨놓은 뒤 시작됐다. 한국 현대시를 짚어나가는 강의 진도에 맞춰 매주 한 편씩 짧은 비평문을 쓰는 수업이다. 나는 가능하면 출입문 쪽에 자리를 잡곤 했다. 예의 그 마비 증세에 사로잡혀 읽고 쓸 수가 없게 되면 언제든 수업 도중에 빠져나가기 위해서였다. 시 강의의 원탁 모임에서는 강사가 앉은 자리에서 비스듬히 비낀 자리에 숨어 앉았다. 강사의 좌우에는 나이 많은 남학생들이 앉았다. 체격이 크고 표정은 경건했다. 손가락으로 안경테를 밀어 올리며 강사에게 끊임없이 질문을 던졌다.

에어컨도 없는 작은 강의실에는 먼지를 뒤집어쓴 선풍기 넉 대가 탈탈탈 천장 밑에 붙어 강의실을 좌우로 굽어보며 시원찮은 바람을 내뱉었다. 무더위에 후줄근해진 차림으로 강의실에 도착하면 젖은 팔이 책상 위에 쩍쩍 들러붙었다. 산모기는 충천할 듯한 기세로 날아다니며 귓가에 섬뜩한 소리를 흘리곤 사라졌다가 팔이며 다리를 물어뜯고는 잽싸게 달아났다. 나는 건너편 강사와 남학생들의 머리 뒤로 한쪽 벽을 시원하게 펼쳐 연 널찍한 창을 바라보았다. 창으로는 건물에 가까이 선 나무의 검은 몸통과 번득이는 그늘이 비쳤고, 해가 쨍쨍해 바닥의 모래 알갱이가 유리처럼 빛나는 것을 볼 수 있었다. 폭우가 쏟아지는 날에는 빈틈없이 닫아 잠가놓은 유리창이 와와와 은백색으로 터질 듯 부풀어 올랐다. 어느 날 학생들이 제출한 글을 하나씩 훑어보던 강사가 나를 찾기에 손을 들었더니 문득, 자네는 글을 쓸 건가? 하고 묻는다. 옆자리에서 책상 위에 놓은 리포트를 들여다보던 남학생들도 호기심 어린 눈으로 이쪽을 바라본다. 나는 눈을 마주치지 못하고 고개를 떨어뜨린 채 아니요, 라고 말했다.

무단결석이 잦아졌다. 동틀 무렵 등교하는 새벽 수행도, 힘든 철학 수업을 끝까지 버텨내는 고행도 하나씩 포기하기 시작했다. 언어교육원에서 여는 새벽반 토플 수업을 신청해놓고는, 새벽인데도 강의실에 도착하기도 전에 윗옷이 땀에 젖어 흥건해지고 모기가 엉덩이까지 물어 아연실색한 첫날 이후 다시는 출석하지 않았다. 인문대 구석에 마른 풀같이 선 고고미술사학과 건물에서 미술사 수업을 들었다. 강사는 간혹 수십만 원 하는 외국 교재 이야기나 80년대 학교 축제에 원피스를 입고 갔다가 놀림감이 됐던 이야기를 들려주었다. 그러면 두어 분단에 모여 앉은 고고미술사학과 학생들은 강의실 복판에 뜬 살아 있는 섬처럼 와락 웃고 소란해졌다. 강의가 끝나고 점심 먹을 때가 되면 무얼 먹느니 누가 사느니 하면서 우르르 몰려나갔다. 흠잡을 데 없는 아이들이었다. 나는 어깨를 움츠렸다. 파도의 포말이 갓 걷힌 데서 맨 처음 눈에 들어오는, 빛나고 잘생긴 자갈들 같다. 나는 이상한 힘으로 고속 회전하는 원의 둘레를 붙들고 있었다. 원심력이 점점 세져서 낙오될 순간만을 기다리고 있었다.

어느 날 아침 일찍 캠퍼스에 도착해 강의실을 향해 오르막길을 열심히 오르는데, 새가 아득히 울고 나뭇잎이 소소소 부딪는 고요를 일순 파열시키며 성난 고함 소리가 들려왔다. 멱살이라도 잡고 따지는 소리다. 기세를 잃지 않고 누군가를 몰아친다. 오르막을 좀

더 오르니 소란의 주인공이 보인다. 쥐색 양복을 아래위로 갖춰 입은 남자가 중앙도서관 아래를 배회하며 건물 위쪽 보이지 않는 누군가를 향해 삿대질하며 고함치고 있다. 마치 강단 위에서 흥분해 열변을 토하는 연사 같다. 권투 선수처럼 분투하며 목청을 높이다가 뒷짐을 지고 제자리를 맴돌며 잠시 고민에 빠지기도 한다. 김대중 정부, 민주화투쟁 같은 단어가 섞여 들린다. 그가 잠시 뜸을 들일 때면 순간 다시 새가 울고 잎들이 부딪는다. 혹시 그가 나를 발견하지나 않을까 더럭 겁이 났다. 귀신같이 달려와서 내게 말을 붙이는 건 아닐까. 나는 가쁜 숨을 애써 참으며 성큼성큼 오르막을 올랐다.

고고미술사학과 사무실 앞 책꽂이에서 학생상담소에서 발행한 팸플릿을 보고 며칠을 고민한 끝에 나는 내담자 명단에 이름을 올렸다. 두 개의 푹신한 의자와 무릎께 높이의 작은 티테이블, 티테이블 위에 놓인 티슈 상자가 전부인 작은 방에서 내가 매주 처하는 일들이 도대체 무슨 영문인지를 알아내기 위해 심리학 강의를 듣기 시작했다. 사회대학 건물은 화사한 색깔의 타일로 전체를 도배한 거대한 현대식 건물이다. 꼭대기가 종이컵 입구에 조각조각 가위집을 내놓은 것처럼 생긴 원통형 건물을 중심으로 좌우 날개가 길쭉이 뻗은 형태였다. 큰 강의실에서는 백여 명의 학생이 한꺼번에 수업을 들었다. 나는 언제고 도망칠 준비를 한 채 강의실 뒤쪽 출입문 바로 앞자리에 움츠리고 앉았다.

오늘의 주제는 인지심리학이다. 마이크를 들고 강단에 선 교수는 "사과, 그리고 배"라고 말했다. "내가 지금 단어 두 개를 말했죠. '사과'와 '배', 두 단어를 들으면 바로 연상되는 것이 뭔가요?" 나는 머릿속에 사과와 배를 그렸다. 가로나 세로가 조금 더 길거나 꼭지 붙은 쪽이 조금 일그러지긴 했지만 사과와 배 모두 '원圓'이다. 아니, '구球'다. 그러는 중에 교수는 금세 떠들썩해진 수강생을 잠재웠다. "너무 쉽죠? 답이 뭔가요?" 그러자 여기저기서 과일! 과일! 과일!이라고 말한다. "당연히 '과일'이 떠오르죠." '과일'은 '사과'와 '배'를 수렴하는 상위의 추상 개념이며, 그런 식으로 인지가 풍부해지며 구조화된다는 것이다. 나는 어쩔 줄 모르고 있다가 천천히 시야가 흐릿해져서 겁을 먹고는 쉬는 시간에 가방을 챙겨 강의실을 도망쳐 나왔다.

다시 인문대 쪽으로 올라와 일찌감치 길목에 쌓여 있던 낙엽에 발목을 잡혔을 때 국문과 쪽 입구에서 백발의 노신사가 성큼성큼 이리로 걸어 나오는 것을 보았다. 도서관 서가에 있던 갈색으로 그을고 날깃날깃해진 어느 평론집 표지 날개에서 본 얼굴이다. 한쪽으로 비뚤어진 채 길고 단호하게 다문 입술이 틀림없이 사진 속 그 교수다. 그는 빠른 걸음으로 내 옆을 지나치는가 싶더니 곧 어디론가 사라져버렸다.

나는 멈췄던 걸음을 계속 옮겼다. 그러나 도대체 어디로 가야 할지 대책이 서질 않았다. 무엇을 읽든 무엇을 쓰든 그게 다 무슨 소용일까 생각했다.

아스피린과 참치 통조림

강의 시간표를 무시한 채 도서관에서 시간을 보내기 시작했다. 2학기 중간고사가 바로 코앞인데 시험공부도 하지 않았다. 걱정이 아주 안 되는 것은 아니어서 독일어 교재를 펴놓고 연습장에 문장을 따라 쓰는데, 정신을 차리고 보면 손은 계속 움직이는데 머릿속은 온통 딴생각이었다. 의약학으로 분류된 서가에 숨어 가지고 간 노트에 필기를 하고 필요한 페이지는 복사본을 챙겼다. 화학식이나 전문용어를 알지 못해 최선의 정보를 취할 수 없다는 것이 아쉬울 뿐이었다. 대신 쉽게 쓰인 단행본에서 힌트를 얻었다. 나는 '가정용 상비약'을 구비하기로 결정했다.

기숙사 가까이에는 약국이 모두 세 군데인데 그중에서도 가장 작고 허름한 곳을 목표로 삼았다. 눈가가 검은 주름으로 퀭한 음침한 노파가 손님을 맞는 곳이었다. 버스에서 내리자마자 귀에 꽂고 있던 이어폰을 빼고 태연한 걸음으로, 그러나 미소를 지으며 약국 문을 열고 들어섰다. "상비약 상자를 두려고 해요" 하며 나는 가방 속에 접어두었던 메모지를 꺼냈다. 으음, 하고 미리 염두에 둔 것 없이 목록에 따르는 것처럼 천천히 적힌 것들을 요청했다. 우선 아스피린 한 상자, 그리고 소화제와 변비약을 조금 산다. 노파는 주로 무엇을 먹으면 체하는지 물으며 꼭 맞는 소화제를 찾아주겠다고 열의를 보였다. 수면제를 한 상자 사고 마지막으로 밴드 다섯 개와 연고를 샀다. 차가워진 손바닥에 땀이 났지만, 나는 별

탈 없이 임무를 완수해냈다.

저녁 무렵 기숙사 거실에 놓인 전화기가 울렸다. 마침 방 청소를 한다고 방에서 거실로 거실에서 방으로 쿵쾅거리던 옆방의 언니가 전화를 받더니 나를 불러 내 전화니 받아보란다. 기숙사 번호로 전화를 걸어 나를 찾는 사람은 좀처럼 없었으므로 조금 긴장해서 수화기를 들었더니 낯선 여자가 인사를 한다. 학생상담소 상담원이라고 자기소개를 했다. "S 선생님과 이번 주 금요일에 약속하신 것 맞죠?" 몇 주 동안 연락 없이 약속을 어기고 상담실에 모습을 나타내지 않았던 것이 뜨끔했지만, 나는 그렇다고 말했다. "그날 약속을 좀 조정해야 할 것 같아요. S 선생님 할아버님께서 돌아가셔서 그날 못 나오시거든요. 대신 다음 주 화요일엔 보실 수 있다고 하시는데 괜찮으시겠어요?" 나는 잠시 대답을 못했다. 여자는 여보세요, 여보세요, 내 이름을 불렀다. "네." 나는 일부러 씩씩하게 대답했다. 여자의 웃음소리가 들린다. "너무 걱정 않으셔도 돼요. 그럼 다음 주 화요일로 약속 잡아놓을게요."

결국 그의 할아버지가 돌아가셨다니 참 우습고 초라한 일이라고 생각했다. 꿈을 꾼 적 있었다. 나는 상담가 S 선생과 여행을 떠나 어느 종족이 모여 앉은 넓고 큰 방에 도착했다. 네 개의 벽을 따라 흰옷을 입은 남녀노소가 빼곡히 기대앉아 방 한가운데 앉은 우리를 보고 있었다. S는 양반다리를 하고 기우제의 주문을 외기 시작했다. 주문을 외우느라 땀을 뻘뻘 흘리는데 나는 그의 주문에 마력이 느껴지지 않는다는 것을 알았다. 불안해지는 것을 참고 기다렸지만 소용없었다. 이튿날 아침 나는 그보다 일찍 일어나 떠날 준비를 했다. 저는 친구와 먼저 출발할게요. S에게 통보했다. 나는 꿈 이야기를 S 선생에게 들려주었다. 그리고 다음 약속부터 어기기 시작했다.

기숙사 식당에 저녁밥이 다 됐다고 방마다 달린 스피커가 기계음을 빽빽 울렸다. 각자 자기 방에서 무료한 시간을 보내던 여자아이들이 새삼 기운을 차린 듯 시시덕대며 식당 줄에 일찍 서기 위해 서둘러 신발을 찾아 신었다. 나는 방에 남았다. 커다란 유리컵에 커피믹스를 여러 개 타서 진하게 만든 다음 책상 밑에 있던 표백제를 그 속에 부었다. 지독한 냄새가 코를 찔렀다. 컵을 가까이 가져왔지만 입술을 대기만 해도 구역이 치밀었다. 그 진득한 갈색 물을 한참 바라보다가 룸메이트 언니가 식사를 끝내고 돌아오기 전에 컵을 헹궈 치워버렸다.

이튿날, 나는 학교에서 일찍 돌아왔다. 오는 길에 슈퍼에 들러 치즈 한 팩과 참치 통조림, 작은 병에 든 오렌지 주스를 샀다. 노트에 적어둔 메모는 이랬다. '아스피린, 수면진정제, 항균제와 같은 산성 약물을 복용할 때는 빵, 베이컨, 옥수수, 생선, 닭고기, 조개류, 달걀, 치즈, 땅콩버터, 건포도 등과 같은 산성 음식물을 먹지 않는 게 좋다. 산성 음식물을 먹게 되면 약물의 배설이 늦어져 남은 약물에 의한 부작용이 증가할 수 있다.' 참치 통조림을 산 것은 '기름기 많은 음식'도 피해야 할 목록에 들어 있기 때문이었다. '미지근한 물'에도 나는 밑줄을 그어두었는데, 그것은 '한 컵의 미지근한 물을 이용하여 삼킨 약이 더 빨리 녹아 흡수됨'이라고 적어둔 것이 있었기 때문이다. 또 '수면진정제와 각성작용이 있는 카페인을 병용할 때는 서로 반대되는 약리학적 길항작용에 의해 약효가 감소한다'고 해서 커피도 마시지 않았다. 책상 앞에 앉아서 티스푼으로 참치 통조림을 떠먹고 치즈를 한 조각 한 조각 떼어 먹었다. 가방을 열어 노트를 꺼내지도, 무언가를 읽지도 쓰지도 않았다. 실내복으로 옷을 갈아입고 플라스틱 병 두 개 가득 정수기에서 물을 받아 준비하고 아스피린과 수면제 상자를 꺼낸 뒤 머리를 풀어 꼼꼼히 다시 묶었다. 이부자리를 폈다. 거실은 조용했다. 건너편 방에서 인기척이 느껴지는 것도 같았지만 다른 방에 누가 있는 것쯤은 괜찮을 것이다. 다만, 룸메이트 언니가 늦게 들어오기만을 바랄 뿐이었다. 약상자를 열어 플라스틱 포장을 뜯은 뒤 물을 머금고 약을 삼키는 것을 몇 번이고 반복했다. 수면제는 다 해서 쉰 알이었다. 아스피린은 알약 하나가 엄지손톱만큼 커서 두 알을 한꺼번에 삼키는 것도 힘들었다. 쉰 알을 삼키고 그만큼 약이 더 남았는데 물병 두 개를 다 비워 더는 먹을 수가 없었다.

손가락이 시리고 속이 울렁거렸다. 바닥에 뒹구는 빈 플라스틱 포장을 모아 구겨서 상자에 담아 머리맡에 밀어두고 자리에 누웠다. 이불을 끌어다 머리끝까지 덮었다. 다시 벽을 향해 누웠다. 차가운 벽에 닿았다가 다시 끼치는 숨이 안개같이 낯설게 느껴졌다. 두려움이 북받칠까봐 가만가만 마음의 수문을 열고 닫았다. 잠이 들어야 할 텐데 졸리지 않아 조바심이 났다. 아무 일 없이 잠들 수 있을까. 공포에 질리지 않도록 마음을 긴장시켰다.

천천히 손을 움직여 손가락으로 벽지에 난 무늬를 따라가보았다. 안녕, 이라고 소리를 내보고 같은 말을 벽에 썼다. 목소리가 들리는 게 섬뜩했다. 숨을 멈추고, 이제는 끝이야, 라고 속으로 말했다. 잘 있어, 라고 말했다. 자꾸 죽음 이후의 플롯을 생각하게 됐다. 누가 내 죽은 몸을 발견하는 것이나 가족에까지 생각이 미치려 하면 소스라쳐 머릿속 전원을 내렸다. 생각이 자꾸 이어지고 그때마다 계속 끊고 끊고 끊었다. 그러나 지금 이후의 시간을 알 수 없으리라는 것은 맞서기 힘든 공포였다. 칠흑같이 막힌 벽 너머에 떨어져, 이제는 아무것도 모르리라는 것이 두려웠다. 이제 내 의식은 끝이다. 여기서 막을 내리고 이 이상의 시간과는 완전히 차단되는 것이다. 머릿속이 하얘지며 뺨이 저려왔다. 나는 혼자서 아무것도 없는 상태로 떨어질 것이다. 나는 '무無'가 될 것이다. 생각하지 말자. 생각하지 말자. 그러는 사이 잠이 들었다.

눈을 뜨자 독감에 걸린 것처럼 멍한 기분이었다. 구토를 할 것 같고 아랫배도 살살 아팠다. 화장실에 다녀왔으면 했지만 과연 내가 일어나서 걸어갈 수 있을까 싶었다. 밖에서 목소리가 들렸다. 깜박, 다시 의식을 잃었다.

룸메이트 언니가 돌아와 있었다. 책상 위에서 무얼 덜컹덜컹대고 방을 나갔다가 들어왔다가 수선을 피운다. 혹시나 내게 말을 걸까봐, 혀도 입술도 굳어 내가 말을 할 수 없다는 것이 들통날까봐 나는 계속 자는 체를 했다. 언니가 방을 나간 사이 실눈을 뜨고 베개 옆에 놓인 손을 살펴보았다. 뒤집힌 벌레 다리처럼 구부러진 다섯 손가락은 무척 차가운데 희한하게 색이 희고, 푸르스름한 핏줄이 엉킨 모양이 선명하게 비쳤다. 엄지손가락만 비뚜름히 초록색으로 붙어 있다.

공포가, 소리 없이 불어 오른 물이 되어 와락 쏟아져 나를 휩쓸었다. 기억이 끊어졌다.

언니에게 휴대전화를 좀 빌려달라고 했다. 공백. 전화번호를 눌러달라고 했다. 공백. 누워서 자꾸 잠꼬대처럼 이것저것 시키는 것이 언니는 귀찮고 어이없는 눈치다. 상담 선생님한테 전화 좀 걸어주세요. 공백. 전화 걸었어. 통화음 들리네. 자지 말고 통화를 해. 공백. 여보세요. 여보세요. 공백. 여보세요. 무슨 일이니. 말을 해라. 여보세요. 공백. 폴더가 열린 채로 휴대전화가 베개 옆에 떨어져 있다. 전화 계속 걸고 있어. 자꾸 자지 말고 통화를 해. 공백. 여보세요, 전데요…… 너무 무서…… 공백. 데데데 하는 바보 같은 발음이다. 눈물 없이 바보 같은 소리를 내며 울었다. 다시 공백.

그리고 나는 이부자리 위에 손을 짚고 앉아 있었다. 이중창을 꼭 닫아놓은 방은 따스했다. 방 안은 온통 은은하게 일렁이는 레몬빛. 그 파동 속에서 책상도 벽에 걸린 옷도 벽지의 무늬들도 조금씩 모양을 바꾼다. 벽지 무늬 중 일부는 공기 중에 둥둥 떠서 내게 다가오기도 한다. 내 앞에는 욕실에 있던 자주색 대야가 댕그라니 놓여 있다. 개미 같은 것이 속에서 꿈지락거려 얼굴을 들이

아스피린과 참치 통조림

대고 자세히 본다. 투명한 조각이 점점이 또박또박 대야 속을 기어다닌다. 그때 방문이 왁 열리고 통통통 발소리를 내며 언니가 들어온다. 물이 가득 담겨 표면에 물방울이 송송 맺힌 페트병 두 개를 양팔에 끌어안고 왔다. "하나도 안 토했네." 언니가 말했다. "물을 많이 먹고 토해봐." 팔이 강풍 속 깃대처럼 우들우들우들 흔들리고 페트병은 툭 하고 바닥에 떨어져 굴렀다. 앉은 몸도 기우뚱기우뚱 위태로운 상태다. 언니가 페트병을 들고 입에다 대어주는데 그렇게 물을 마시는 것도 여의치 않다. 나는 턱에 물만 흘린 것이 우스워 웃었다. 벌벌벌 몸을 떨고 고개를 떨었다.

웅, 하고 들리는 것은 어쩌면 지구가 자전하면서 내는 소리일지도 모른다. 지구가 자전하는 모양을 몇 시간이고 아니, 몇백 시간이고 지켜보고 있는 기분이었다. 다시 헐떡이며 언니가 들어왔다. "나 약국까지 갔다 왔어. 물어봤는데 해독제 같은 건 없대. 약으로는 안 된대. 119를 불러야 한대." 쭈그리고 앉아 내 얼굴을 들여다보며 말한다. "어떻게 해? 119에 전화할까?" 이건 코미디잖아, 하고 나는 생각했다. "네가 하라는 대로 할게. 나, 119에 전화한다. 그래도 돼?" 나는 고개를 끄덕여서 그러라는 신호를 했다. 다시, 이건 코미디잖아. 왜, 어째서? 나는 나가떨어졌다.

문을 벌컥 열고 두 명의 남자가 성큼성큼 걸어 들어왔다. 열린 문밖에 다른 방 언니가 서 있는 게 보인다. "일어날 수 있겠어요?" 남자가 묻는다. 둘이서 내 몸을 일으켜 세운다. 그러나 꼭두각시 다리마냥 끈으로 매달기라도 한 듯 무릎을 편 다리가 힘없이 접히며 와르르 무너져버린다. "안 돼. 안 돼. 못 걷겠다. 그쪽 부축해."
서둘러 내 양팔을 목에 걸고 방을 나선다. 나는 질질 끌려가듯 거
실을 지난다. 기숙사 관리실에서 올라온 직원이 굳은 표정으로 서
있다. 룸메이트 언니는 재빨리 내 신발을 챙겨 뒤를 따라올 채비
를 하고, 나는 부축받은 채로 계단에 발을 끌며 밖으로 옮겨졌다.

　대기를 찢는 무서운 소리를 내며 앰뷸런스가 기숙사 입구에 바
짝 붙어 서 있다. 누군가 급히 달려 나와 나를 잡고 있는 두 남자
와 함께 나를 차에 싣는다. 그때 기숙사 정문 쪽에서 배낭을 메고
돌아오던 한 남자아이가 그 자리에 굳어 서 있는 것을 보았다.
　끝이다, 끝이다, 끝이다.
　문이 닫히고 앰뷸런스는 기숙사 밖으로 돌진하기 시작했다.

　　　　　　　　　　　　　　　아스피린과 참치 통조림

6장

셀린 디옹의 겨울

지난 가을, 나는 심리학과 L 교수님을 뵙기 위해 모교를 찾았다. 교육사업을 하는 비영리단체에서 일하다가 관련된 일로 교수님의 의견을 듣고 싶었기 때문이다. 그러나 사실은, 지루한 업무 중에 잠시 숨을 돌리고 싶은 마음, 좋아하는 교수님을 다시 찾아뵙고 싶은 마음이 더 컸다. 임상심리학 교수로 재직 중인 L 교수님은 스무 살 때 자살미수 사건 이후 휴학계를 내고 부모님 집으로 내려와 지내던 내 심리상담을 기꺼이 맡아주셨던 분이다. 오랜 세월 뒤에 그분을 다시 찾아뵌 건 벌써 5년 전인 2015년의 일이다. 출판사에서 일하며 심리학 교양서를 출간하는데 교수님의 자문을 받고 싶다는 명목으로 연락을 드리고 찾아갔었다. 그 뒤로도 나는 이따금 교수님을 뵈러 모교를 방문했다.

　사회과학대학 건물의 고즈넉한 복도 끝에서 약속 시간이 되기만을 기다리며 창밖을 바라보며 서성거렸다. 일종의 과호흡 증상으로 양손에 마비가 오는 게 신경에 거슬렸다. 2014년 여름, 나는 약물 부작용이 원인이었을 과호흡증을 처음 경험했다. 천식 환자 같은 새된 숨을 몰아쉬는 동안 손발과 턱과 입이 이집트 미라처럼 단단히 쪼그라드는 느낌을 받았던 밤이 있었고 곰돌이 선생님과의 상담 도중에 같은 증상이 나타났던 일도 있었다. 그 뒤로는 호흡 문제는 그렇게 심한 적이 없었는데, 아무것도 아닌 자극에도 별반 손과 얼굴이 마비되는 증상은 계속해서 드물잖게 나타났다. 이번에도 그런 경우였다.

손을 쥐고 펴는 게 느리고 어눌해질 정도로 손가락이 뻣뻣하게 굳어 딸깍딸깍 제멋대로 떨리고 있었다. 시간이 많이 지났는데도 괜찮아질 기미가 보이질 않았다. 교수님 방에 들어가 이야기를 나누는 내내 그럴 것이 빤하니 어떻게든 불편한 기색을 보이지 않고 떨리는 손을 잘 숨길 수 있기만을 바랐다. 그러나 진땀이 나거나 할 정도로 불안한 상황은 아니었다. 언젠가부터 내 삶은 대개가 위기였기 때문에, 그만한 위기쯤은 일상처럼 대처할 수 있었다.

교수님은 이번에도 반가이 맞아주셨다. 내가 '교육'이라는 말을 꺼내자마자 교수님은 자녀를 교육시키며 겪었던 다양한 경험담과 당신이 인식한 제도상의 문제점들을 꺼내놓기 시작하셨다. 40분가량 교수님의 이야기를 줄곧 듣기만 하며, 나는 손에 온 마비 증상도 거의 잊고 있었다. 이야기가 끝날 무렵 교수님은 "이걸 어쩌나, 또 나만 이야기했네"라고 멋쩍어하며 자리에서 일어나셨다. "40분 상담을 했네. 박 선생한테 상담료를 줘야 하는 것 아닌가? 내 얘기를 잘 들어줘서 고마워요." 나는 정말 크게 웃었다. 교수님께 감사할 뿐이었다.

 그러나 20년 전의 만남은 그렇게 따뜻하지도 유쾌하지도 못했다. 그때 그 지방대학 심리학과 교수실의 분위기는, 내가 느끼기엔, 과호흡증으로 손이 굳을 만한 분위기였다.

/

 침대 사방에 흰 커튼이 둘렸다. 나는 침대를 밟고 일어나 천장 밑으로 머리를 숙인 채 환자복을 벗고 청바지로 갈아입었다. 커튼 밖으로 당직 간호사들과 엄마의 인기척이 느껴졌다. 침대마다 놓인 가습기와 온갖 기계들이 내는 소리. 아슬아슬하니 두 발로 선 나는 대기권을 한달음에 뚫고 있다. 커튼 입술이 뭉글거린다. "입혀주지 않아도 되겠어?" 엄마의 목소리. 침대 시트 위에 놓인 진회색 앙고라 카디건이 손수건처럼 발가락에 걸리적거린다.

 10월 말이었을 것이다. 종일 새하얀 이불을 머리끝까지 뒤집어쓰고 카세트와 이어폰으로 셀린 디옹의 크리스마스 캐럴 앨범만 듣던 병실을 이제 떠나는 것이다. 덜컹거리던 바퀴. 천장을 가로지른 전선들. 눈을 찌르던 형광등 불빛을 기억한다. 그들은 먼저 내 손목과 발목을 침대에 묶었다. 호스가 목구멍으로 쑤셔 넣어졌다. 흔들리는 빛. 날갯짓하는 얼굴들. 숨을 쉴 수 없는 괴로움에 나는 몸부림치며 등으로 침대를 탕탕 쳤다. 스스로 죽으려고 했으면서 숨 막히는 것을 두려워하다니. 토사물이 입 밖으로 흘러나와 머리카락을 적실 때마다 "잘했어, 잘했어요" 하는 격려가 들려왔다. 중환자실로 옮겨져서는 가늘디가는 고무관이 콧구멍 속으로 연결됐고, 그 관 속으로 점점이 이겨진 방울들이 핏기와 점액을 띠워 옮겨갔다.

커튼이 열렸다. "걸을 수 있겠어?" 엄마가 물었다. "휠체어가 없어도 될까요, 어머님?" 간호사의 목소리. 그러나 그게 다 무슨 소용일까. 나는 이 표백한 직물의 바다, 가습기의 수증기가 폭발하는 중환자실에서 수지스럽도록 건강했다. 나는 천천히 침대 위에 걸터앉아 신발을 신고, 간호사와 인사를 하는 둥 마는 둥 엄마 손에 이끌려 병실을 나섰다.

대합실 풍경은 낯설었다. 노인들, 아기 업은 여자. 모든 것이 물 찬 귓속마냥 아른대는 원경으로 보였다. 유리문을 밀어 열고 나서자 노란 먼지가 자욱한 길이 보이고, 흐리멍덩한 육교가 거기 있고, 노점을 차린 아낙들이 앉은 인도 앞으로 시내버스가 쌩하고 지나갔다. 전철역 입구 계단에 이르자 엄마는 내 손목을 더 꽉 붙잡았다. 입원한 동안 체중이 훌쩍 빠진 내가 자칫 계단에서 헛발질을 하지나 않을까 걱정이 되는 듯.

우리는 곧바로 학교로 가서 과 사무실에 들러 휴학계를 제출하고 학생회관 건물 앞 벤치에 앉아 매점에서 사 온 크림빵으로 끼니를 때웠다. 눈부신 가을 오후였다. 시멘트로 포장된 광장과 도서관으로부터 내려오는 널찍한 계단 밑으로 얼마나 넓게 뿌리를 내렸을지 모르는 거대한 플라타너스 나무들이 이제 갓 끝부터 물들기 시작한 화려한 잎들을 가지째 휘날리며 반짝이고 있었다. 머리에 후광 같은 빛을 받으며 계단을 내려오는 저 앞날 창창한, 영민하고 건강한 젊은이들. 엄마와 나는 그들을 바라보고 있었다. 기진맥진한 사람들처럼, 우리는 달리 아무 말도 하지 않았다.

나는 가족과 함께 조금씩 식사를 다시 시작했고, 식후에는 병원에서 받은 위장약을 먹으며 며칠을 보냈다. 그리고 얼마 뒤 전화가 걸려왔다. 학생생활연구소의 S 선생님이었다. 몸은 좀 괜찮느냐고, 잘 지내고 있느냐고 물었다. 집에 머무는 동안 상담을 이어 맡아줄 다른 선생님을 소개해주겠노라 했다. 마침 이 도시에 있는 대학 심리학과에 계시는 S 선생님의 선배에게 부탁을 드렸다고 했다. 11월 2일 화요일 오후 2시로 약속이 잡혔다. '두 번째 상담 선생님이라서 2일에 오후 2시인가.' 나는 생각했다.

/

발이 푹푹 빠지도록 쌓인 눈이 캠퍼스를 뒤덮은 채 굳고 있었다. 울퉁불퉁 솟구친 눈 더미를 살짝 딛거나 뭉개면서 걸음을 뗐다. 엄동설한인데 굳이 음악을 듣겠다고 귀에서부터 목을 둘러 이어폰 줄을 내려뜨렸는데 얼어서 빳빳해진 줄 때문에 이어폰 끝이 자꾸 귓구멍에서 빠졌다. 빠진 걸 다시 꽂는 일도 장갑 낀 손으로는 쉽지 않다. 음악 소리가 귓가에서 툭 떨어져 가슴께에서 댕강댕강 아득한 기계음을 내며 흔들리는 것이다. 심리학과가 있는 건물까지 길은 직선으로 이어졌다. 교수님이 만약 연구실 창밖을 내다본다면 깨작깨작 걸어오는 내가 보일 것이다. 발목까지 내려오는 검은 코트를 입어 멀리서 보면 작은 검은 선이 비척비척 다가오는 것 같겠지. 매주 화요일 오후 2시에 나는 교수님을 찾아뵈어야 한다.

나는 무슨 말을 해야 할지 모른다. 말을 해야 하는 건지 그냥 가만히 있어도 되는지, 커다란 책상 맞은편의 등받이도 없는 이 동그란 가죽의자에 도대체 어떻게 앉아 있어야 될지도 모르겠다. 시선은 어디에 두고 손은 또 어떻게 두어야 할까? 마주 앉은 교수님은 좋은 분이다. 일주일에 한 번 화요일마다 내가 교수실로 찾아가면 50분씩 상담을 진행하기로 엄마와 약속을 했다. 학교 상담소에서 수련 중이던 자신의 학과 후배에게 상담을 받다가 순진하게도 수면제와 아스피린을 삼키고 자살을 시도한 스무 살짜리 여자아이에게 편안하고 친근하게 다가가려고 애쓰는 모습이 보인다. 자신이 대학에 다니던 시절에는 '데모만 했지' 공부는 안 했다고 하면서, 자살미수 이후 휴학해 고향에 내려와 지내면서도 틈틈이 도서관에 가서 책을, 특히 심리학 책을 독파하고 있는 나를 추켜세우기도 한다.

나는 가슴께에서 흔들리는 투명한 줄을 본다. 숨을 쉴 때마다 코가 시작되는 곳 어딘가 얼굴 속 깊은 데가 쓰리다. 호스는 내 콧구멍으로부터 늘어져 있는데 그 한 끝이 콧구멍을 통해 위장 속까지 닿아 있다. 숨을 쉴 때마다 신경을 자극하는 통증과 함께,

셸린 디옹의 겨울

가느다란 호스 속에 노르스름한 미량의 액체가 깨알 같은 거품과 함께 오르락내리락 움직이는 것이 보인다. 위장에 남았을지 모를 약물을 마저 빼내려는 것이다. 다른 침대에선 누군가 신경질적으로 몸을 뒤척이고 또 누군가는 밥이 안 넘어간다고 훌쩍인다. 나는 왼쪽 손목을 손바닥을 위로 해서 침대 난간에 걸치고 있다. 당직 간호사가 손목에 붙였던 것을 떼고 드레싱을 하고 있다.

"무슨 생각하니?"

교수님의 말을 놓쳤다.

내 앞에는 녹차를 우린 투박한 잔이 아직도 김을 올리고 있다.

녹차를 마시면 속이 쓰라릴 것이다. 나는 차마 찻잔에 손을 대지 못했다. 처음 교수님을 만난 날도 그랬다. 심리치료의 개시를 알리는 날, 나는 엄마까지 대동하고 여기 왔다. 외투에서 가죽 냄새를 풀풀 풍기며 교수실 철제 책상 앞에 나란히 앉은 모녀에게 교수님은 바로 저 모양도 각자 제멋대로인 찻잔에 녹차를 우려 역시 짝이 맞지 않는 차받침에 받쳐 대접해주셨다. 창문 쪽 벽 높은 곳에 못을 박아 걸어놓은, 취향도 고리짝인 점퍼를 보고 나는 피식 웃음이 나왔다.

그는 내가 내내 긴장해서 말을 못하자 자기가 보냈던 대학 시절에 대해 얘기해주었다. 그리고 자신과 그 친구들이 지났던 전철前轍을 후배들은 밟지 않게 해주고 싶어 임상심리 전문가가 됐다고 말했다. 나는 비가 온 뒤 질척질척해진 시골길에 우툴두툴 홈이 패고 물이 괸 바큇자국을 가만히 떠올렸다.

내가 입을 떼기를 기다렸으나, 언제까지나 침묵이 두 사람의 대면을 장악하도록 둘 수는 없었다. 교수님이 물었다.

"꼭 취조당하는 것 같지?"

무엇보다 또다시 자살을 시도하는 것을 막는 것이 급선무라고 교수님은 생각했다. 수많은 심리치료 기법 중에서 그가 주목하는 것은 앨버트 엘리스의 인지행동치료다. 이 여자아이에게 자동으로 닥치는 부정적 생각들이 어떤 수순으로 전개되는지 분석해 그 속에 작용한 비논리와 불합리를 끄집어 보여주려는 것이다.

"이 상담은 온전히 너를 위한 거야." 첫 시간에, 교수님은 입을 꾹 다물고 앉은 내게 나지막한 목소리로 말했다. "이건 우리가 함께하는 프로젝트 같은 거야. 프로젝트에는 목표가 있어야 하겠지? 그 목표는 네 마음대로 정하면 돼. 상담을 통해서 무엇을 해결하면 좋을까. 아니면, 지금 제일 큰 문제라고 생각하는 게 뭐니?" 줄곧 무릎만 내려다보던 나는 깍지 낀 손끝으로 다른 쪽 손등을 꼭꼭 누르다가 고개를 들고 어색하게 웃으며 입을 열었다. "글을 못 쓰겠어요…… 글이 안 써져요. 문장을 못 만들겠어요. 쉬운 단어도 생각나지 않아요. 서술어를 쓰고 나면 앞에 써버린 주어와 매번 어긋나서 다시 고쳐야 돼요." 이제는 깍지 푼 손으로 열심히 손짓까지 하며 하소연을 한다. "책을 읽을 수가 없어요. 우리말을 읽을 수가 없어요. 어떤 때는 그냥 영어책을 읽어요." 물론 교수님은 이 어두운 안색의 아이가 틀림없이 '죽고 싶어요'라고 입을 열 거라 생각했고 그 말을 받아 어떻게 상담을 이끌어갈까 준비했을 것이다. 그런데 글이 안 써진다고? "내가 보기엔 그렇지 않은 것 같은데. 그럼 나한테 준 이 글은 뭐니?" 교수님은 내가 상담 과제로 써서 제출한 엘리스의 ABCDE 도식이며 일기 같은 글들을 다시 들여다본다.

/

독서 목록(99. 11. 14.~99. 12. 12.)
- 카를 융, 『무의식의 심리학』
- 메리 파이퍼, 『내 딸이 여자가 될 때』
- 토마스 베른하르트, 『옛 거장들』
- 레온 드 빈터, 『호프만의 허기』
- 마거릿 미드, 『마거릿 미드 자서전』
- 캐슬린 갤빈 외, 『가족관계와 의사소통: 응집성과 변화』
- 리타 앳킨슨, 리처드 앳킨슨, 어니스트 힐가드, 『앳킨슨과 힐가드
  의 심리학 원론』
- 이거룡 외, 『몸 또는 욕망의 사다리』
- 미리암 그린스팬, 『우리 속에 숨어 있는 힘: 여성주의 심리 상담』

지방 소도시의 도서관에는 장서가 많지 않다. 나는 중앙도서관과 시립도서관 두 곳을 번갈아 오갔다. 도서관에 가서 책을 고르고 열람실에서 그걸 읽고 일부를 노트에 베끼다 돌아오는 것, 혹

은 도서관에서 먼지 쌓인 책을 서너 권 빌려 가방에 넣고 곧바로 H대학 사회과학대 건물로 가서 교수님께 상담을 받는 것이 내 하루 일과였다. 그리고 집에 돌아오면 뭔가를 먹기 시작했고 먹은 것을 바로 게워내려 애썼다. 태양이 작열하는 아프리카 사막 한가운데서 원주민들이 나를 빙 둘러싸고 지켜보는 가운데 멀미에 시달리는 공상을 하곤 했는데, 구역질이 그런 이미지를 만들어냈는지 아니면 잘 게워내기 위해 내 마음이 조작해낸 이미지였는지는 모르겠다. 아무튼 내게는 역할 때까지 먹고 실패로 놀아갈 구토를 시도하는 습관이 생겼다.

허옇게 부은 얼굴을 하고 어깨까지 내려오는 거칠한 머리카락을 반쯤만 집어 묶고, 나는 새카만 롱코트로 온몸을 감싼 채 이어폰을 끼고 눈밭을 걸었다. 도서관 두 곳을 모두 걸어서 다녔다. 호수를 가로지르는 인적 없는 다리를 건널 때는 언 눈에 미끄러지지 않게 한 걸음씩 신중히 내디뎠다. 그러는 동안 내 귓속에선 셀린 디옹과 알 켈리가 「I'm Your Angel」을 부르거나 셀린 디옹이 「Don't Save It All for Christmas Day」를 쩌렁쩌렁 부르고 있었다. 때로는 칼바람에 자잘한 눈발이 날렸다. 사람이 다니질 않아 닦이지 않은 길의 눈 더미에 발이 푹푹 빠졌다. 호수는 꽝꽝 얼어 있었다. 저 호수에라도, 저기에라도 뛰어들면 어떨까?

수험생들이 좌석을 가득 채운, 난방을 해서 후텁지근한 열람실 한쪽에 자리를 잡고, 나는 오래된 심리학 책을 펼쳐 거기 그려져 있는 뇌의 단면을 샤프펜슬로 천천히 노트에 따라 그렸다. 가족

'체계'에 관한 도식을 베껴 썼다. 그 낡은 책들을 뒤지고 뒤지면 내가 처한 문제에 대한 풀이법을 찾을 수 있지 않을까 싶었다. 교수님은 엘리스의 합리적 정서행동치료REBT◆를 활용해 나를 도우려 하셨다. 하지만 선행사건A, Activating event과 결과C, Consequence를 쓰기는 쉬웠지만 신념B, Belief과 논박D, Dispute은 교과서에서처럼 간명하게 정리되지 않았다. 나는 사건 A가 있고 나서 폭식구토라는 결과 C가 있기까지 내 마음속에 전개된 모든 감정의 밀물과 의혹의 파고를 있는 대로 늘어 썼다. "시적詩的이구나." 내 글에 대한 교수님의 평이었다.

그리고 내 '논박'은 약하기 그지없었다. 아무리 '신념'을 반박해봐도 폭식구토라는 '결과'의 힘과 지속성은 강력했다.

/

보낸 날짜   2015년 10월 5일

받는 사람   L 교수님

제목   너무 좋으신 교수님께

제목을 '교수님, 정말정말 감사합니다'라고 쓸까 하다가 원래 쓰고 싶은 대로 썼어요, 교수님. K 선생님께는 항상 저런 말투로

◆ 미국 심리학자 앨버트 엘리스가 1950년대에 개발한 일종의 인지행동치료로, 정서적·행동적 문제를 일으킨 내담자의 비합리적인 신념과 부정적 사고를 파악하고 논파하게끔 돕는다.

말씀드린답니다! 저는 K 선생님을 '곰돌이 선생님'이라고 불러요. 상담실에서는 아이처럼 제멋대로 구는데 그걸 다 받아주세요. 제가 이만큼 명랑해진 건 아마도 그 덕분일지도 모르겠어요.

돌아오는 길에는 버스를 잘못 타서, 전철역으로 가는 대신 대학동이라는 언덕배기 동네로 가버렸어요. 덕분에 인도도 따로 없는 비탈을 걸어 내려오면서 생각을 되새길 수 있었어요. 교수님을 15년 만에 뵌 일과 교수님께서 해주신 말씀 등등은 아마도 그렇게 머릿속에서 한참 되새겨진 뒤에야 정리가 될 것 같은 느낌이 들어요.

학교 서점에서는 『수전 손택의 말』이라는 책을 샀고 집에 돌아와보니 주문했던 책 세 권이 도착해 있었어요. 마이클 화이트의 『내러티브 실천』과 『이야기 심리치료 방법론』, 그리고 주디스 허먼의 『트라우마』까지요. 『수전 손택의 말』은, 텍스트 첫머리에 저자의 암 투병과 글쓰기에 관한 이야기가 나와서 덥석 사버렸어요. 아마도 다 읽은 뒤 곰돌이 선생님께 드릴 것 같아요. 곰돌이 선생님께 그동안 책 선물을 꽤나 많이 해드렸어요. 선생님께 영감이 될 만한 걸 보여드리고 싶었거든요. 선생님의 경험을 다른 식으로 반추하실 수 있도록.

마이클 화이트과 데이비드 엡스턴의 내러티브 이론은, 이들이 각각 호주와 뉴질랜드의 사회복지사였고, 그레고리 베이트슨의 체계 이론을 비롯해 심지어는 문학비평 이론까지 섭렵하면서 자신들 나름대로 확립한 이론이라는 점이 흥미로웠어요. 이들 이야기를 지난 연휴에 처음 발견했는데 무언가 새로운 걸 발견할 때마다 못 참고 소설가 M 선생님께 메일로 보고를 드렸거든요. 선생님도 흥미롭다면서 화이트의 책을 읽어보고 싶다고 하셨어요. 그러면서 국내 저자들이 쓴 이야기 치료 책을 '지금 읽고 있다'고 답장을 보내주셨어요.

오랜만에 찾아간 학교는, 꼭 등산하는 기분이 들게 하는 곳이었어요. 지금 다니는 회사가 있는 곳(매봉역 근처, 대치중학교 건너편)도 공원이며 양재천이 가까이 있어서 꽤나 나무 우거진 호젓한 곳인데 관악캠퍼스만큼은 못하더라고요. 그리고 그 넓던 캠퍼스에 그동안 얼마나 많은 건물이 더 들어섰는지! 사회대 건물을 찾아 올라가면서 내가 길을 잘못 들었나 싶어 움찔하기도 했어요.

그런데 정말로 예전 기억이 나게 한 곳은, 바로 학생식당이 있는 건물이었어요! 서점으로 가려면 어디로 들어가야 하는지 긴가민가했는데 발이 움직이는 대로 걷다보니 어느새 제대로 찾아가고 있더라고요. 그리고 그 계단! 학생생활연구소(지금은 이름이 바뀌었지요?)로 올라가던 계단이요. 그냥 바라보기만 했는데도 마음속에서 그때의 복잡하고 강렬한 감정이 메아리처럼 느껴졌어요. 교수님을 뵌 다음 복학해서 학생생활연구소의 여자 선생님을 뵙기 시작했지만 그분과의 상담은, 안타깝게도, 저한테는 최악의 상담이었던 것 같아요. 그분은 얼핏 멀쩡해 보이는 제가 그러고 있는 것이 답답하셨던 듯 매시간 저를 혹독하게 타이르셨어요.

저는 그분이 화를 안 내실 만한 말을 미리 생각했다가 가곤 했지요. 이를테면, 9·11 직후 부시 대통령이 했던 말 "빌딩은 무너져도 철골은 무너지지 않는다" 같은 것을요.

2001년 말, 섭식장애를 치료하려면 정신병원 치료를 받아야겠다는 생각에 양재동의 병원을 찾아갔었어요. 원장님의 설득에 그 무렵 갓 개원한 입원병동에 들어가게 됐고 두 번이나 멋대로 퇴원했다 재입소하길 반복하다가 이듬해 초 완전히 퇴원했고요. (마지막에 입소할 때는 짐 속에 몰래 칼을 숨겨 갖고 들어갔던 것 같아요. 잊고 있었는데, 예전 일기장을 보고 알게 됐어요. 정말 까맣게 잊고 있었는데요.) 입원은 제게 양가적인 경험이었어요. 너무 좋으신, 지금도 연락드리고 있는 존경스러운 간호사 선생님을 알게도 해줬지만 하드코어 섭식장애 환자들의 멘털리티를 직관적으로 습득하게 해줬거든요. 그래서 퇴원하자마자 대략 3개월 만에 최저치 몸무게를 찍고 말았어요. 167센티미터에 36킬로그램.

그해 늦봄 혹은 초여름부터 마음과마음 K 선생님을 찾아뵙기 시작했어요. 마음과마음은 그해 8월 정도까지밖에 다니지 않았어요. 하지만 당시 굉장히 활발했던 마음과마음 웹사이트 게시판을 통해 몇몇 (환자) 친구들을 사귀게 됐죠. 게시판 유저들은 대부분 당시 운영됐던 낮병원 환자였고 일부만 저 같은 외래 환자였는데, 그중에 저보다 네 살 정도 어린 '다비'라는 아이를 저는 좋아했어요.

그 애는 독일에서 태어나 어린 시절을 보낸 후 귀국해서 적응 문제를 겪다가 중학교 때 자퇴를 하고 섭식장애 치료를 받으며 센터에 다니고 있던 아이였어요. 감수성이 예민했고, 음악을 좋아했고, 승마와 말을 사랑했고, 여러 면에서 영특한 아이였어요. 나중에는 그 애와 싸이월드 일촌도 맺고 연락을 주고받으며 지냈는데 저는 사회생활을 시작하고 그 애는 대학생이 되고 나서 연락이 뜸해졌고 2007년 7월 뒤늦게야, 그 애가 5월에 결국 목숨을 끊었다는 걸 알게 됐어요.

저는 지방 공기업에 다니고 있었고 마침 여름휴가의 마지막 날이었던 터라, 차마 가족들한테는 내색도 못하고, 짐을 싸서 시외버스 터미널까지 걸어가 버스를 탄 뒤 다행히 승객이 저를 포함해 둘밖에 없던 버스에서 서울에 도착할 때까지 울었어요. 미처 휴지도 안 갖고 탄 탓에 멈추지 않는 눈물이며 콧물을 어쩔 줄 몰랐지요. 손바닥으로 손등으로 닦고 파우치에서 기름종이를 꺼내서 닦고 하면서 갔어요.

그 사람들을 제가 복권해주고 싶다는 생각을 해요. 고등학교 시절 제게 악몽을 안겨줬던, 제가 입학하기 1년 전 자살했던, 저와 이름이 같았던 언니. 아직도 제가 혼잣말로 말을 건네는 다비. 그리고 2006년 글쓰기 수업을 함께 들었던, 하지만 2008년 다른 사람들의 대화 속에서 언니가 스스로 목숨을 끊었다는 걸 짐작할 수 있었던 '예렘이' 언니. 할 수 있다면, 제게 기회가 주어진다면, 그 사람들을 복권해주고 싶어요.

작년 여름에 처음 주디스 허먼의 글을 접했을 때 놀라웠던 건, 그녀가 베르타 파펜하임◆에 대해 썼다는 것이었어요. 그녀에 대해 긍정적으로 썼다는 것. 그녀 편에 섰다는 것. 저는 대학 시절부터 파펜하임이나 이다 바우어◆◆ 같은 여자들에게 동류 의식 비슷한 걸 느꼈어요. '나와 같은 여자들이구나' 생각했지만 부끄러운 일인 것 같아서 속으로만 생각했지요.

입원병동에서도, 원장 선생님한테 19세기풍 드레스를 입은 여자를 그리고 옆에 "I'm not wealthy like her"라고 쓴 그림을 보여드리며 은근히 반항을 했는데, 원장님은 "'Healthy'가 바로 'Wealthy'야" 하면서 넘기셨죠.

히스테리아의 탐색을 논리적인 결론으로 이끌고 갔던 초기 연구자 중에서 유일하게 남은 이는 브로이어의 환자였던 안나 오였다. 브로이어가 그녀를 버린 뒤, 그녀는 몇 해 동안 아픈 채로 남아 있었다. 그리고 그녀는 회복하였다. '대화 치료'를 발명한 무언의 히스테리아 환자 안나 오는 여성 운동 속에서 자신의 목소리와 건강함을 되찾았다. 그녀는 파울 베르톨트라는 가명으로 메리 울스턴크래프트의 고전적 논문인 「여성의 권리를 위한 변명」을 독일어로 번역하였고, 〈여성의 권리〉라는 연극을 창작하였다. 그녀는 베르타 파펜

◆ 프로이트와 브로이어가 저술에서 '안나 오Anna O.'라는 가명으로 기술했던 히스테리 환자. 훗날 여권운동가로 활약했으며, 메리 울스턴크래프트의 저작을 독일어로 번역하기도 했다.
◆◆ 프로이트가 저술에서 '도라Dora'라는 가명으로 기술했던 히스테리 환자.

셀린 디옹의 겨울

하임이라는 자신의 진짜 이름으로 탁월한 여성주의 사회복지사가 되었다. 그녀는 지적이었고 훌륭한 조직화 능력을 갖추고 있었다. 풍요로운 오랜 시간 동안 그녀는 소녀들을 위한 고아원을 짓고, 유대인 여성을 위한 여성주의 조직을 세웠으며, 여성과 아이들의 성적 착취에 반대하는 투쟁을 유럽과 중동 지역에 전파하였다. 그녀의 헌신적인 태도와 에너지, 현실 참여에 대한 의지는 전설적이었다. 그녀 동료의 말에 의하면, "한 여성 안에 활화산이 살아 있었다. (…) 그녀는 마치 자신이 신체적인 고통을 느끼는 것처럼 여성과 아동에 대한 학대에 맞서 투쟁하였다." 그녀의 죽음 앞에 철학자 마르틴 부버는 다음과 같은 찬사를 남겼다. "그녀를 동경한 것만이 아니라 사랑하였고, 또 내가 죽는 날까지 그녀를 사랑할 것이다. 영혼의 인간이 있고 열정의 인간이 있는데, 이들은 생각하는 것만큼 흔한 사람들이 아니다. 그런데 더욱 드문 이들은 영혼도 있고 열정도 있는 사람들이다. 하지만 그중에 가장 드문 것은 '열정적인 영혼'이다. 베르타 파펜하임은 그러한 영혼을 지닌 여성이었다.[2]

바로 이 구절이었어요. 또 다른 구절,

오래된 지혜는 유령들로 가득 차 있다. 자신들의 이야기가 전해지기 전에는 무덤에서 안식하기를 거부하는 유령들로. 이야기는 밝혀질 것이다. 끔찍한 기억을 기억하고 진실을 이야기하는 것은 사회 질서의 회복과 개별 피해자의 치유를 위한 필수 조건이다.[3]

와 함께, 주디스 허먼의 팬이 되게 만든 것이요. 이 구절을 발견하기 이전에, 저는 곰돌이 선생님께 "저는 처녀귀신이고 선생님은 원님"이라는 얘길 하곤 했었는데, 그래서 더 놀랍고 반갑기도 했고요.

작년 3월 말, 12년 만에 찾아뵌 곰돌이 선생님은, 12년 전과는 사뭇 다른, 백발이 성성한, 기운 없고 슬픈 모습이셨어요. 많이 늙으셨다고, 무슨 일이 있으셨냐고 차마 여쭙진 못했지만 얼마 뒤에 결국 선생님이 암 투병을 하셨다는 사실을 알게 됐지요. 말씀드린 것처럼 저는 주체할 수 없이 울었고, 그 뒤로도 "선생님이 없어지실 수 있다"는 생각을 감당하질 못해서 많이 힘들어했어요. 작년 여름에는 약을 한꺼번에 삼키는 버릇이 절정에 이르러서 세로토닌 신드롬을 심하게 겪고 심장에 무리가 오기도 했지요.

그때 과호흡증이 생겼어요. 상담 중에 천식 환자처럼 숨을 쉬다 손과 얼굴이 마비가 돼서 선생님이 숨을 훅 불어넣은 종이봉투에 입을 대고 숨을 쉬고 자낙스를 먹고 난리도 아니었지요. 과호흡증과 사지가 마비되는 증상은 그 뒤로 만성적으로 달고 살았는데, 올여름 더위에 지쳐 체력이 급격히 떨어졌던 탓에 9월 초 지하철에서 기절하는 사건이 있고 나서 전해질 보충을 위해 매일 이온 음료를 한두 병씩 마시고 칼륨이 풍부하게 들었다는 바나나를 챙겨 먹었더니 이젠 훨씬 많이 나아졌어요. 이제는 괜찮아요. 조금만 관절이 압박돼도 2, 3초 만에 손발이 마비되곤 했었는데 이젠 마비되는 일도 잘 없는 것 같아요.

말씀드린 것처럼, 저는 워커홀릭이에요. (곰돌이 선생님이셨으면 "좀 쉬엄쉬엄해"라고 하셨을 텐데, 교수님은 "열심히 일하는 건 좋은 거지"라고 역시 긍정적인 면에 집중하시더라고요!) 직장은 정말 자주 옮겼지만, 어디서든 매번 머릿속이 폭발할 것 같을 지경까지 일에 몰입하곤 해요.

이번 역시 마찬가지예요. 지금 다니는 출판사에 들어온 지는 내일모레에야 겨우 한 달이 되는데 벌써 단행본 임프린트 론칭이라는 프로젝트를 혼자 떠맡아 동분서주하고 있으니까요. 이번 회사 역시 일찍 그만둬버릴 수도 있지만, 만약에 제가 오래 참는다면, 그리고 정말 제가 바라는 대로 좋은 책을 낼 수 있는 기회가 여기서 주어진다면, 저는 정말 최선을 다하고 싶어요. 한창 바쁘게 외서 원고들을 받아서 검토하고 국내서를 기획 중인데, 벌써 머릿속이 복잡하고 정신을 차릴 수 없지만 부디 제게 기회가 주어졌으면, 보람 있는 일을 해낼 수 있었으면 하고 바라고 있어요.

작년 이맘때는 사물인터넷 IT 벤처회사에서 마케팅 일을 하다가 거의 환청이 들릴 지경까지 갔었죠! 이번엔 그렇게 되지 않길 바랄 뿐이에요…….

다시 한번 감사드려요, 교수님. 귀한 시간 내주셔서요. 처음에 말씀드린 것처럼, 일은 그저 핑계였고, 실은 제가 교수님을 찾아 뵙고 싶었던 것 같아요. 너무 좋으신 교수님. 스무 살 때, 그해, 교수님을 뵐 수 있었던 건 말 그대로 행운이었어요. 저는 이때까지 인복이 없다고 생각했는데, 다시 생각해보면 저만큼 인복이 많은 사람도 드물 것 같아요. 친구는 별로 없지만, 정말로 좋은 몇몇 분들이 제 주위에 계시니까요.

참. 그리고 S 선생님께도 안부 전해주세요. 여태까지 뵈었던 상담자분들 중에서 제일 죄송스러운 분이거든요. 저를 봐주셨을 때 아마 갓 서른을 넘기셨을 텐데 그때 그런 엄청난 일을 겪게 해드려서 항상 죄송스러운 마음을 갖고 있었어요.

교수님, 궁금한 점 생기면 다시 연락드려도 되나요?

혹은, 다시 뵙고 싶으면 또 찾아가도 되나요?

참! 그리고 바이런 케이티에 대해서 혹시 아시나요? M 선생님이 소개해주셨을 때, 저는 그저 흔한 영성가 혹은 자기계발서 저자이겠거니 했는데 그녀의 '네 가지 질문' 방식은 어떻게 보면 인지치료와 불교를 결합해놓은 것 같기도 해요. M 선생님은, 질문 문장의 각 요소를 뒤바꾸는 '거꾸로 해보세요' 부분이 자신이 밖으로 투사한 지점을 분명히 지각하게 해준다면서 정신분석학적 요소도 담겨 있는 것 같다고 말씀하셨고요. 그 책을 사서 보여드릴까도 했는데, 표지부터 너무 자기계발서 느낌이 나서 포기했지요.

메일이 너무 길어졌어요. 그동안 말씀드리지 못했던 얘기를 한 꺼번에 들려드리고 싶었거든요.

감사드려요, 교수님. 그리고 건강하세요.

다시 연락드릴게요.

그때, 스무 살 때, 제 곁에 있어주셔서 정말 감사했어요.

박지니 올림

받은 날짜   2015년 10월 6일

보낸 사람   L 교수님

제목   RE: 너무 좋으신 교수님께

박지니 선생,

길지만 길게 느껴지지 않는 메일 잘 읽었습니다. 그동안 살아왔던 치열한 삶이 그대로 느껴집니다. 치열했다는 것은 그만큼 많은 경험을 했다는 것이고 또 그만큼 많은 생각을 했다는 뜻일 겁니다. 모쪼록 이런 다양한 경험을 독자들에게 전달하여 공유할 수 있게 되기를 바랍니다. 그래서 서로 다르고 언뜻 이해하기 힘들더라도 모든 삶이 아름답고 의미가 있다는 것을 많은 사람이 인식했으면 합니다.

오랜만의 만남 반가웠고, 시간을 많이 내지 못해 미안합니다. 앞으로도 궁금한 점이 있으면 물어보고, 기회가 되면 보기로 하지요. 다만, 내가 생각보다는 지식의 폭이 넓지 못하고 내 전공 말고는 깊지도 못해서 도움이 될지 모르겠습니다. S 교수님께는 기회 닿는 대로 안부 전하도록 하겠습니다.

박지니 선생이 기획한 좋은 책을 고대합니다.

성큼 다가온 가을 만끽하기 바랍니다.

셸린 디옹의 겨울

7장

엘렌 베스트

2001. 12. 21.

오후 7시 45분

컴퓨터로 카드메일 종류 구경하며 웃고 감탄하는 등 별다른 감정 표현 없다가 화장실 가더니 칼 도르래 올리는 소리 나서 Nr.가 확인 하자 문 잠긴 상태에서 '아무것도 아니에요'라고 함. Nr.가 문 열겠다 며 얘기하자 문 열고 나오는데 웃는 표정으로 나오고 칼은 주머니 에 숨겨서 나옴. 응급처치한 후 원장님에게 Noti.하였으나 연결 안 되어 음성 메시지 남김. Pt.는 긋고 싶은 마음은 어저께였으며 오늘 은 기분이 그리 나쁘지 않았는데 했다고 함. Nr.에게 미안하다며 울 고 감정 표현하는데 '바라는 것이 없다. 나아지고 싶은 마음도 없다. 치료는 받고 있지만 달라지지 않을 것이다. 건강하고 행복하게 오랫 동안 살 수 없을 것이다'라고 하며 회의적인 말을 하고 칼로 그은 것 에 대해 늘 그랬다는 듯이 아무렇지 않게 얘기함. (…) 기분이 나빠진 것이 여러 가지가 뒤섞여서 그런 것 같다며 자기도 뭐가 뭔지 잘 모르겠다고 함. 원장님께 Noti.하자 '일이 커지는 건 싫다'고 얘기함. Close observation now.

오후 9시
원장님 내원하여 환자와 면담함. 면담 후 환자 소지품 수거하고 내용물 환자와 함께 확인하고 보관함. 추가 처방된 약 P.O. medication함. 소파에서 책 보며 앉아 있음.

오후 10시
Dressing was done.◆

나는 웅크리고 누웠다. 아까는 정신이 번쩍 났다고 생각했다. 비로소 사람처럼 생각할 수 있게 됐다고 느꼈다. 항상 그런 상태로 있어야 할 것을, 하고 생각했다. 하지만 속에서 뭔가가 치밀어 오른다. 옹송그린 불편감. 가슴을 누르고 식도를 압박하는 욕지기가 아니라 위장에 돌멩이가 든 것 같은 강박적 괴로움. 물을 양껏 들이켜면 토할 수 있을 것이다. 하지만 그래야 하나? 그래서 얻을 게 뭔가? 나는 많이 먹지도 않았다. 아니, 많이 먹은 건 사실이다. 갑자기 불기 시작한 강풍을 뚫고(코트에 붙은 모자가 뒤통수에 붙고 작

◆ 입원 당시 기록된 차트 내용 중에서. Nr.은 당직 간호사, Pt.는 환자, Noti.는 보고, P.O. medication은 경구투여를 의미.

엘렌 베스트

은 입간판이 날아가고 배달 오토바이 한 대가 길가에 쓰러져 있었다) 편의점에서 사 온 콘샐러드 세 개. 그걸 세 개씩이나 먹었으니 괴로워하는 게 당연하다. 하나를 뜯어 거의 다 먹어갈 때쯤 이미 정신이 번쩍 나는 느낌이 들었다. 굶주림과 구토로 인한 후유증으로 잠에 빠져들었다가 식은땀에 젖어 깨어나서도 침대에서 몸을 못 일으키고 있었다. 그런데 이제 의식의 방에 불이 들어온 느낌이었다. 생각이 좀더 또렷해졌고, 어쩌면 글을 쓸 수 있을지도 몰랐다. 그래, 이 정도의 기력이라면 글을 쓸 수 있을지도 몰라. 그리고 거기서 멈춰야 했다. 남은 샐러드 두 개를 뜯지 말았어야 했다.

내게는 먹는 방식이 있다. 이렇게 먹는 것은 예외적인 경우였다. 아침에, 낮에 이미 두 번 토했고, 지치는 일을 한 번 더 하고 싶진 않았다. 시간을 이렇게 허투루 쓸 순 없었다. 글을 쓸 순 없더라도 오전에 도서관에서 빌려 온 책이라도 읽어야 했다. 이러려고 고향에서의 요양을 끝내고 다시 서울에 집을 얻어 독립한 것은 아니었다. 하지만 지금 내 위장에 뭉쳐 있는, 느끼한 샐러드 소스와 옥수수알들을 그대로 참고 있어도 될까? 먹었으니 책임을 져야 하는 게 어른의 일일까? (언젠가 어떤 의사가 내게 그런 말을 했다.) 내가 그럴 수 있을까? 내게 그럴 의향이 있나? 그 영양과 칼로리를 감당할 수 있을까? 새로 생길 여분의 힘과 건강을 책임질 수 있을까? 나는 과욕을 부린 것이 아닐까?

한참 뒤에('이미 한 시간쯤 지난 건 아닐까? 옥수수의 다는 아니더라도 대부분이 벌써 위장을 거쳐 내려간 건 아닐까?') 나는 자포자기한 채로 침대에서 몸을 일으켜 실내복을 벗고 외출할 때 입는 옷으로 갈아입기 시작했다. 창문의 블라인드를 홱 내리고 제일 간단히 입을 수 있는 터틀넥 스웨터와 청바지로 갈아입고 벽장에서 코트를 꺼낸다. 열쇠와 지갑을 챙긴다. 기다리는 시간이 생길 테니(좌절감과 수치가 마음을 짓누른다) 휴대전화도 충전기에서 빼서 주머니에 넣는다. 불이 도화선을 달리는 속도로 뇌는 한길을 낸다. 다른 대안은 없다. 있어도 한순간에 재로 남는다. 20년의 경험을 통해 몸이 숙달한 가장 확실한 해결책은 위를 새로운 음식으로 가득 채우는 것, 그리고 그 모든 걸 게워내는 것이다. 세 번째 구토라는 귀결에 굴복한 것이다.

음식을 주문한다. 대개는 4인분을 선택한다. 육류를 좋아하지 않는다는 건 선택을 어렵게 한다. 하지만 음식에 질리기 위해선 한두 가지 기름진 음식이 필요하다. 평소에 먹지 않는 메뉴를 고른다. 먹더라도 밥은 빼고 야채만 골라 먹는 비빔밥이나 회덮밥 같은 것도 시킨다. 몸이 부을까봐 짜게 먹지 않으려고 피했던 양념이 진한 매운 덮밥이나 국물 음식도 시킨다. 먹기는 하겠지만 소화시키진 않을 음식들이기 때문이다. 포장 주문을 한다. '10분쯤 걸릴 텐데 괜찮으시겠어요?'라는 직원의 말에 고개를 끄덕이고 빈 테이블에 가 앉는다. 기다리는 건 대수가 아니다. 휴대전화를 볼 시간이다. 일은 이미 시작됐고 나는 침착하다. 앞으로 할 일과 벌어질 일이 정해져 있으니, 임무가 정해져 있으니, 나는 다음 동작을 할 차례만 기다리면 된다. SNS를 열고 타임라인을 훑어본다. 하트를 누

　　　　　　　　　　　　　　엘렌 베스트

르고 리트윗을 한다. 갈등할 건 아무것도 없다.

그다음부터는 정해진 순서다. 나는 포장된 음식을 손에 들고 집으로 돌아온다. 들고 온 것을 바닥에 내려놓자마자 곧바로 옷을 갈아입고 테이블 위에서 노트북을 치운 다음, 냉장고 옆에 따로 보관하는 1.5리터들이 빈 생수병 두 개 또는 세 개를 집어 한가득 물을 받는다. 싸 가지고 온 봉지에서 음식이 든 일회용기들을 일부 꺼낸다. 먼저 테이블 위에는 김치나 단무지, 반찬이나 채소가 많은 음식을 꺼내둔다. 그것들부터 먹기 시작한다. 김치나 단무지부터 위장 밑에 깔아둔다. 그러면 나중에 게워낼 때 김치 조각들이 후두둑 쏟아지고 신맛이 나면 먹은 걸 99퍼센트는 다 토해냈다는 증거가 된다. 십수 년 전 입원병동에 있을 때, 얼핏 미라처럼 보이는 마르고 왜소한 몸에 숱 많은 단발머리가 어색하게 풍성했던 어떤 언니는 항상 가방에 작은 귤을 한 개씩 가지고 다닌다고 했다. (언니는 거식증 후유증으로 척추가 '무너진' 탓에 크지 않은 키가 더 줄었다고 했다.) 음식을 먹기 전에 먼저 귤을 하나 씹어 삼켜서 나중에 먹은 걸 다 토했는지 아닌지를 점검하기 위해서였다. 귤 조각이 목에 걸리며 캑캑 토해지면 위장이 거의 깨끗이 비워졌다는 뜻이다.

2인분쯤 먹고 나면 테이블을 밀고 바닥으로 내려가 토할 준비를 한다. (바닥엔 이미 큰 사이즈의 비닐봉지가 입을 벌린 채 놓여 있다.) 사실 4인분을 주문한 것은 욕심이었다. 습관이기도 했다. 4인분을 주문하는 습관은 체중이 다시 36킬로그램까지 떨어졌던 지난해 굳어졌다. 구토를 끝내고 더럽혀진 모든 걸 다 치우고 녹초가 돼서 누워 있다가도 또다시 다음 구토를 계획하게 됐던, 하루에 많으면 여섯 번씩이나 먹고 토해야 했던 그때, 허기를 채우기 위해선 최소한 4인분의 음식이 필요했기 때문이었다. (이건 지난해 식사치료를 받았던 병원에서 간호사가 꼬집어 말한 뒤에야 깨달은 바다. 그녀는 '4인분은 먹어야 할 만큼 기아 상태라는 거구나'라고 말했다.) 그러나 지금은 아니다. 이제는 2인분만 먹어도 '도대체 이런 음식을 왜 먹어야 되나?' 하는 생각이 든다. 먹는다는 것 자체에 회의가 든다. 아니, '식당에선 이런 것도 음식이라고 비싸게 파는 건가? 그 돈을 주고 이런 음식을 사 먹는 사람이 그렇게나 많은 건가?' 하는 생각이 든다. 욕지기와 혐오감이 밀려온다.

　토하는 건 어렵지 않다. 20년 전에는 그렇지 않았다. 폭식증이나 거식증 환자들이 절박해서 스스로 병원에 찾아오는 건 구토의 괴로움과 어려움에 진저리가 나서인 경우가 많다. 게워낼 것을 생각하고 먹은 음식을 아무리 해도 토해낼 수가 없는, 하늘이 무너지는 공포스러운 상황도 몇 차례 겪었을 것이다. 손등에는 상처가 나고 긁힌 목구멍에선 피가 나온다. 소금물도 마셔보고 탄산음료도 마셔보고 두 눈 꽉 감고 주방 세제를 탄 비눗물도 마셔본다. 그래도 마신 물만 역류하고, 음식은 작고 밀도 있는 덩어리로 굳어져 위장 아래로 아래로 내려가 꼼짝 않는다. 그러다 기적적으로 음식물이 위장관을 타고 올라와 구토에 성공하는 경우도 있지만, 대개는 그렇지 않다. 거기서 포기해야 한다. 눈앞이 깜깜해져서,

지금 배 속에 있는 걸 소화시켜 온몸에 나눠 가지게 될 거란 현실을 깨닫는다.

그러나 지금의 나는 베테랑이다. 처음에는 물을 마시지 않고 자연스레 올라오는 것을 게워낸다. 왼쪽 손가락을 목구멍에 집어넣기는 하지만 구토가 가능한 위장의 상태를 느낌으로 알고 있다. 그 상태로 위장을 (정확히는, 위장의 느낌을) 준비시키고, 곧바로 토해낸다. 처음 먹은 것의 70, 80퍼센트를 그렇게 게워낸 다음 침을 뱉어 입을 헹구고 옆에 준비해둔 휴지로 입과 손을 닦은 뒤 다시 테이블을 당겨 앉는다. 남은 음식을 소진시켜야 하기 때문이다. 하나의 규칙, 의식처럼 굳어진 과정이라서, 나는 고민하거나 망설이지 않는다. 모든 게 기계적이고 빠르게 일어난다. 나머지 음식을 마저 먹고 다시 토한다. 이번에는 위장을 더럽힌 거의 전부를 씻어내는 게 목표다. 고형물은 다 게워냈어도 물을 마시고 그 물을 곧장 역류시켰을 때 양념이 씻긴 색의 물이나 기름진 물이 나오면 몇 차례 더 물을 들이켜야 한다. 그 과정을 '워시아웃washout'이라고 한다. 대학 시절 섭식장애에 관한 논문을 찾아보다 그 말을 발견하고 나도 모르게 '워시아웃, 워시아웃……' 하고 중얼거리며 다닌 적이 있었다.

보통은 1.5리터들이 물 두 병을 다 쓴다. 적게 들면 한 병 반으로 끝날 때도 있다. 세 병이 필요한 경우는 거의 없다. 제일 처음에 씹어 삼켰던 단무지나 김치 조각이 맑은 물과 함께 씻겨 나오면 구토는 마무리된다. 그럼 휴지로 다시 손을 닦고 입구를 묶은 비닐봉지를 갖고 화장실로 간다. 토사물은 변기에 버린다. 양치를 하고 세수를 한다. 욕실에서의 일이 끝나면 이제 어질러진 방을 정리하기 시작한다. 쓰레기를 모아 버리고 물티슈로 테이블과 바닥을 깨끗이 닦는다. 그렇게 다 하면 한 시간쯤 걸린다. 보통은 한 시간 안쪽으로 다 해결된다. 한 시간을 넘기는 경우는 별로 없다. 구토에 서툰 사람들은 세 시간씩 괴로워할 것이다. 먹은 것이 이미 다 소화될 시간 동안, 세 시간씩, 네 시간씩 사투를 벌일 것이다.

그 구토가 만약 저녁 시간의 일이라면, 그러니까 어떻게든 약간이라도 내장에 흡수됐을 그 기름기와 영양분이 내 저녁 대용이 된다면, 나는 평소에 물 대신 마시는 다이어트 콜라를 냉장고에서 꺼내 벌컥벌컥 들이켠 다음 다시 콜라를 한 모금 머금고 내 상비약, 아아, 절대 하루도 없어서는 안 될 변비약을 스무 알 입에 쏟아 넣는다. 그리고 효과를 믿진 않지만 (탄수화물이 지방으로 합성되는 것을 억제한다는) 가르시니아 제제製劑 세 알과 (체지방 감소에 도움을 준다는) CLA 제제 세 알을 더 삼킨다. 전에 비하면 온건한 처사다. 지난해에는 더 다양한 약을 먹었다. 그중에는 검은색 플라스틱 병에 든 외국산 약품도 있었다. 무슨 효과가 있는지는 알 수 없지만 부작용만큼은 강렬했다. 얼굴과 두피까지 뜨겁게 열이 오르는 것이다. 그리고 속에서 역겨움이 밀려온다. 약을 먹고 손바닥과 손등을 번갈아 뺨에 가져다 대면서, 나중엔 바닥에 쓰러져 웅크린 채로, 나는 울면서 부작용을 견디곤 했다. 효과는 없었어도 부작용은 확실했다. 그 부작용이라도, 그 힘겨움이라도 겪어내는 것이

엘렌 베스트

내 몸의 살과 무게를 덜어내기라도 하듯 마음의 어떤 죄책감을 경감시켰다. 나는 죄를 씻으려는 사람처럼 내 몸을 괴롭힐 기회를 찾는다.

그렇게 내 저녁 식사는 끝난다. 대개는 자기 전까지 뭔가를 더 먹지 않는다. 때로는 사과를 한 알 씻어 먹기도 하고, 냉장고에서 옐로 칠리 페퍼 피클이나 할라피뇨 피클 병을 꺼내 포크로 몇 조각 집어 먹기도 한다. 밖에서 만나는 사람들이 저녁으로 무얼 먹느냐고 말하면, 나는 거기까지만 이야기한다. '과일과 피클'이라고.

/

내가 기억하는 한 섭식장애를 다뤘던 국내 최초의 TV 다큐멘터리는 2001년 여름 방송된 「그것이 알고 싶다」 '킬로그램(Kg)으로부터의 자유―굴레에 갇힌 여자의 몸' 편이었다.⁴ 우연히 섭식장애 편을 위한 제보 요청 문구를 보게 됐고, 그 순간부터 나는 열에 달떠 섭식장애에 관한 내가 아는 모든 것을 스프링 노트에 휘갈기기 시작했다. 내가 처음 섭식장애 전문 병원을 찾은 것은 그해 11월이었으니 당시는 아직 학교 학생생활연구소에서 나를 전혀 이해 못하는 듯한 상담 선생님과 갑갑한 시간을 보내며 제자리만 맴돌던 중이었다. 나는 독자적인 섭식장애 연구에 빠져 있었다. 찾아 읽을 수 있는 모든 것을 찾아 읽었고, 수업을 빼먹고 전산실에 몇 시간씩 죽치고 앉아 섭식장애에 관한 영문 기사와 논문을 모아 여백과 간격 없이 글자 크기 8~9포인트로 100페이지가 넘는 문서를 출력해내곤 했다. 그렇게 알게 된 것, 내 생각들, 연상들까지 모두 합쳐 방송 작가에게 보낼 자료를 만들었다.

그리고 그것들을 한글 문서로 타이핑했다. 대학 시절 썼던 스프링 노트들을 나는 아직 갖고 있다. 커다란 골판지 상자에 가득 들어찬 노트 중 한 권에 그때 휘갈겨 썼던 것들이 아직 남아 있다. 지금 방송 작가에게 자료를 만들어 보낸다면 굳이 언급하지 않았을 아주 기본적인 사실들부터(데이비드 가너, 폴 가핑켈의 저서 『섭식장애 치료 핸드북』, '러셀 사인Russell's sign' 같은 사소한 용어까지), 살펴보니 실존주의 정신과의사 루트비히 빈스방거의 환자였던 엘렌 베스트에 관한 이야기까지 나는 빼놓지 않고 적어놓고 있었다.

엘렌 베스트는 1897년 미국의 부유한 유대계 가정에서 태어나 어린 시절 유럽으로 이주했다. 일기를 쓰고 시를 좋아했던 그는 20대에 접어들어 우울증 증상을 보이고 '살이 찌는 것'에 관한 극심한 공포에 시달리기 시작했다. 부모님의 반대로 몇 차례 파혼을 해야 했고 28세에 사촌과 결혼하지만 식습관 문제와 다량의 하제 복용 습관이 계속되어 결국 유산한다. 체중 감소가 심각해지고 두 차례 자살을 기도한 끝에, 그는 당대의 유명한 의사 에밀 크레펠린에게 '멜랑콜리아melancholia'라는 진단을 받는다. (앞서 그를 짧게 면담했던 분석의들은 각각 '히스테리아' '조증과 울증을 오가는 심각한 강박신경증'으로 그를 진단했다.) 1921년 엘렌 베스트는 빈스방거가 스

엘렌 베스트

위스 크로이츨링겐에서 운영했던 벨레브 요양원에 입원한다. 빈스방거는 그가 불치의 '조현병schizophrenia'을 앓고 있다고 진단했고 병원을 나서면 스스로 목숨을 끊을 것이라 확신했다. 하지만 베스트는 퇴원을 강행했고, 가족과 지낸 지 사흘 만에 함께 식사를 하고 남편과 산책을 나가고 시를 읽고 편지를 쓰는 등 건강을 회복한 듯한 모습을 보인다. 그러나 바로 그날, 1921년 4월 3일 저녁 그는 결국 음독자살한다. 빈스방거는 1944년 『엘렌 베스트의 사례 분석Der Fall Ellen West: Eine anthropologisch-klinische Studie』을 발표했고, 그의 분석은 이후 세대에까지 많은 숙고와 논쟁, 비판을 야기했다. (미국 시인 프랭크 비다트는 빈스방거의 분석에 기반해 「엘렌 베스트Ellen West」라는 제목의 시를 쓰기도 했다.)

엘렌 베스트 자신도 일기와 시를 비롯해 「신경증의 역사 Geschichte einer Neurose」라는 자전적 산문을 남겼다고 한다. 가족치료 이론가 살바도르 미누친은 1984년 이 사례를 소재로 한 희곡 「엘렌 베스트의 승리The triumph of Ellen West」를 써서 발표한다. 책에서, 미누친의 목소리를 빌려, 엘렌은 이렇게 말한다.

(거울을 보며, 그녀는 입을 벌리고 얼굴의 피부를 아래로 무겁게 잡아당겨 얼굴을 길고 홀쭉하게 만든다.) 너는 이상한 존재야, 엘렌. 카멜레온 같지. 조르주와 함께 있을 때면 새로운 수평선을 그리는 탐험가가 돼. 아빠와 있으면 순종적인 딸이 되지. 수많은 형상을 숙련한 사람이야말로 여기 이 엘렌이야―시를 쓰기도 하고, 급진적 혁명가가 됐

다가, 온순한 추종자로 변하기도 하고, 또 어느 땐 사려 깊은 딸이 되기도 하지. 거울로 뒤덮인 홀 속에 나 엘렌은 갇혀버렸어. (자리에서 일어나 서성대기 시작한다.) 아니야, 부모님이 옳다고는 생각지 않아. 아빠는 날 설득하지 않으셨어, 그저 당신의 사업을 운영하듯 명령하셨지. 오빠나 남동생한테도 똑같이 하셨을까? 아마 아닐 거야. 남자들은 결정을 하고 책임감을 받아들이는 법을 배워야 하지. 그러니 그들에게 명령해서는 안 된다. 대신 묻고, 제안하고, 확신시키지. 하지만 나는? 엄마는 이렇게 말씀하셨겠지. "여보, 난 엘렌이 걱정돼요. 그 애는 너무 어리고 충동적이에요. 그냥 집으로 돌아오라고 말해봐요." "당신이 옳아요, 마사. 오늘 내가 편지를 쓰지요." 그래서 결국 나는 여기 있다. 나는 저항하지도 않았고, 아빠에게 반문조차 하지 않았어. 나는 울면서 짐을 챙겨 집으로 돌아왔지. (자리에 앉아서 거울을 들여다본다.) 내가 저항할 수 있었을까? (뺨을 불룩하게 만들며) "저는 스물한 살이고 조르주를 사랑해요!" 하지만 부모님이 정말 고집을 놓으시고 내가 조르주와 결혼했는데 그 결혼이 잘못된 것이었다는 게 밝혀진다면? (뺨을 안쪽으로 빨아들여 야위게 만들고, 계속해 거울 속 자신의 모습을 살핀다.) 살이 찌고 있어. 엄마 아빠가 옳으셨다면 어떻게 할까? 혹은, 내가 아빠에게 "아빠가 틀리셨어요"라고 말했다 해도, 아빠가 내 말을 받아들이셨을까? 엄마는 항상 아빠를 보호하시지. 아빠 가계에 전해 내려오는 자살 이력을 두려워하시는 거야. 어쨌든, 부모님보다 더 잘 아는 나는 누구지? (한쪽 팔을 들여다보며 피부를 꼬집는다.) 살이 너무 쪘어! 매일같이 더 추해지고, 지

엘렌 베스트

방질 속에 갇혀버리지! (계속해서 거울에 비친 자신의 모습을 살핀다.)[5]

나는 적들에 둘러싸여 있다. 어디로 고개를 돌리든, 칼을 빼 든 사람이 거기 서 있다. 연극 무대에서처럼, 불행한 사람은 출구를 향해 달리지. 멈춰. 무장한 사람이 그를 막아선다. 그는 두 번째, 세 번째 출구로 도망치지만…… 소용없는 일이다. 그는 포위되어 있다. 더 이상 도망칠 수 없다. 그는 절망감에 주저앉는다. 그게 바로 나야. 나는 감옥에 갇혀 있고, 여기서 나갈 수 없다. (커다란 거울 앞에 서서 자신의 모습을 살펴본다.) 너는 네 몸속에 갇혀 있어, 엘렌. 그리고 네 몸 밖의 교도관들을 걱정하지. 하지만 그들은 나를 매처럼 지켜보고 있다. 나는 포크를 어떻게 들고 있지? 나는 접시 위의 음식을 깨작대고 있나, 아니면 접시 위의 한 조각을 집어 곧바로 입으로 가져가는가? 나는 씹고 있나? 무엇보다, 나는 삼키고 있나? 두 분의 감시는 병적이야! 마치 다른 생각을 하고 계신 것처럼 텅 빈 시선으로. 시야 구석에 있는 내 모습을 어떻게든 감지하시지. (…) 그리고 내가 먹을 때 두 분의 기분 변화란! 내가 한 입 삼킬 때마다 엄마는 미소를 띠고 아빠의 얼굴은 편안해진다. 먹는다는 이 굴복 행위에 두 분이 굉장히 고마워한다는 것이 느껴지고, 나는 죄책감을 느낀다. 두 분은 모르겠지만, 나는 한 시간 내에 내가 먹은 걸 다 게워낼 것이라는 걸 안다. (거울 속 자신의 모습을 다시 살피며) 나는 나를 관찰하는 부모님을 관찰한다. 나는 관찰당하는 나를 관찰하고, 누구의 눈에도 띄지 않게 움직여보려는 시도를 한다. 이런 식이지. (거울을 보고 이쪽저쪽을 살피더니 재빨리 포크를 입에 집어넣는다.) 두 분이 보셨나? 충분히 빨랐나? 두 분이 고마워할 기회를 주지 않고 한 입을 먹은 게 맞을까? 포크에 음식이 있었는지 없었는지를 두 분은 보셨을까? 더 빨라져야 한다. 딸을 살찌게 하는 이 게임에서 두 분을 이겨야 한다. (다양한 제스처—고기 썰기, 빨리 먹기, 느릿느릿 오래 씹고 삼키기—를 연습한다. 음식을 입속에 넣는 척하다가 곧장 냅킨에 뱉어버린다.) 마술사가 되어야 할 거야. 왼손엔 아무것도 없고, 오른손에도 아무것도 없습니다. 두 분의 주의를 딴 데로 돌려야 하겠지. 빨리 움직여서 내가 먹었는지 안 먹었는지 모르게 할 거야. 입이 눈보다 빨라야 해—그래, 할 수 있을 것 같아. 부모님은 내 몸을 통제하지 못하실 거야. 그건 유일한 내 것이니까. (체중계로 가서 몸무게를 재어본 뒤, 다시 테이블로 돌아와 돌멩이 두 개를 집어 든다. 그것을 주머니에 넣고, 다시 체중을 잰다.) 더 무거운 돌을 구해야겠어.[6]

엘렌 베스트에 대해 더 찾아보기 위해 학교 중앙도서관 서가를 열심히 뒤졌던 기억이 난다. 미누친의 낡은 원서를 발견했지만 거기에 있던 책이 엘렌 베스트의 희곡이 실린 『가족 만화경Family Kaleidoscope』이었는지 다른 책이었는지는 기억나지 않는다. 아동가족학 전공 수업에서 가족 이론을 배웠지만 내가 더 알고 싶었던 것은 교과서에 없었고, 나는 학교 도서관과 (지금에 비하면 아카이빙이 빈약하기만 했던) 인터넷만 열심히 파고들 수밖에 없었다. 또한 사람의 가족 이론가 마라 셀비니팔라촐리 역시 미누친처럼 가족이라는 구조 안에서 거식증을 이해하려 했다는 걸 알았지만, 안타깝게도 그에 대한 자료는 거의 읽지 못했다.

나는 그 모든 것을 수 페이지의 문서로 만들어 방송 작가에게 보냈다. 답장이 왔다. 자료에 감사하며 혹시 인터뷰에도 응할 수 있느냐는 물음이었다. 나는 출연은 사양했다. 그러고는 「그것이 알고 싶다」 섭식장애 편이 방송될 날만을 기다렸다. 섭식장애 편이 방송된 바로 전주의 주제가 국내 1세대 대안학교인 '간디학교'였다는 것을 지금도 기억할 정도다. 나는 방송을 지켜보았고, 카메라가 내가 언급한 세 곳의 병원을 모두 방문하는 것을 보았고, 『섭식장애 치료 핸드북』의 두툼한 책장을 넘기는 연출된 장면도 보았다. (물론, 엘렌 베스트에 대해선 언급되지 않았다.)

/

'프로아나Pro-ana'◆ 웹사이트에 대해 알게 된 건 입원병동 입·퇴원을 반복하다 2002년 3월 마지막 퇴원을 한 뒤 외래 진료를 받던 중이었다. 어느 날 원장 선생님이 프로아나 사이트에 대해 아느냐고 물었고, 나는 그 즉시 호기심을 갖게 됐다. 아마 학교 전산실에서 처음으로 검색해보았으리라. 몇 곳의 외국 '포럼forum'에 들르기 시작했고, 그 사이트들과의 인연은 2000년대 중반까지 계속됐다.

◆ 거식증적 마른 몸을 열망하며 거식증 증상이라 할 엄격한 식행동을 '스스로 선택한 라이프스타일'이라 옹호하는 집단을 일컫는 말.

외국에서 즐겨 쓰이던 '포럼' 포맷(제일 위에 'general discussion' 게시판이 있고, 그 밑에 주제별로 게시판이 늘어서 있으며 'album' 페이지도 따로 있는)으로 만들어진 '아나프렌즈AnaFriends'가 내가 주로 활동하던 곳이었다. 그곳에서 어떤 닉네임을 썼는지도 이제는 기억나지 않지만, 그때 활발히 활동하던 멤버들 가운데 동양권에서 온 사람은 내가 유일했을 것이다. 조심조심 분위기를 엿보다 천천히 활동을 시작했는데, 언젠가는 내가 적은 어떤 문장('나는 단지 장난감을 갖고 노는 어린아이처럼 내 몸과 주변의 작은 세상에서 통제력을 갖고 싶은 것뿐이다')을 다른 멤버가 자신이 포스팅한 글에 내 닉네임까지 밝히고 인용한 것을 보고, 영어를 배우는 입장에서, 그리고 그룹에 받아들여졌다는 느낌에 사뭇 뿌듯했던 기억이 있다.

한편, '블루 드래곤플라이Blue Dragonfly'는 채팅방이었다. 세기말 풍의 검은색 배경에 오색 형광으로 요란한 폰트 컬러를 자랑했다. '블루 드래곤플라이'에서는 굿즈도 팔았다. '프로아나'를 상징하는, 붉은색 실을 꼬아 만든 팔찌였다. 한번은 '아나프렌즈' 게시판에 이런 백일몽을 적어본 적이 있다. 프로이트의 환자 '안나 오'와 우리가 거식증을 에둘러 부르는 '애나Ana', 프로이트의 핵심 제자들만으로 이루어졌던 '비밀결사secret society' 멤버들에게 프로이트가 나누어주었던 반지와 '프로아나'의 붉은색 팔찌를 병치시켜본 것이다. '아나프렌즈' 사람들은 그 얘기를 기대 이상으로 흥미로워했다.

서양 사람들은 나와 신체적으로나 문화적으로, 또 생활 습관 면에서도 달랐기 때문에 사실 그들이 나날이 올리는 다이어트 일기

엘렌 베스트

라든가 이런저런 팁들에는 관심이 없었다. 내 흥미를 끈 것은 '신스피레이션Thinspiration'이라 불리는 이미지들이었다. '신스피레이션'은 '마른, 날씬한'이라는 뜻의 'thin'과 '영감, 자극'이라는 뜻의 'inspiration'을 묶어 만든 합성어다. 사람들은 '신스피레이션' 앨범에 패션모델들의 사진(몇몇은 조작된), 환자들이 직접 찍은 셀카 이미지(대개는 인터넷에서 '발견했을found', 출처도 주인도 알 수 없는 이미지들)를 올렸다. 그건 일종의 포르노였다. 'bony girl'이라는 워터마크가 붙은 채 돌아다니던 어느 왜소하고 앙상한 동양계 환자의 사진을 기억한다. 모델 중에서 가장 자주 보였던 건 무엇보다 (거의 식상할 정도의) 케이트 모스, (조작된 사진으로 많이 돌아다녔던) 지젤 번천, 그리고 조디 키드, 다리아 워보이, 스텔라 테넌트, 오드레 마르네 등이었다. 내가 '프로아나' 웹사이트에 관심을 잃게 된 것도 흥미가 '신스피레이션'을 넘어 '패션' 자체로 확장됐기 때문이었다. 그 모델들의 사진, 패션 화보들 덕택에.

'프로아나' 웹사이트가 내 유일한 정보원이었던 건 아니었다. 나는 섭식장애에 관한 한 찾아볼 수 있는 곳은 모두 다 헤집었다. 펍메드에서 논문 초록을 모아 100페이지가 넘는 양면 인쇄물을 만들어 볼펜으로 밑줄을 쳐가며 읽기도 했고, '섬싱피시(www.something-fishy.org)' '미러미러(www.mirror-mirror.org)' 같은 웹사이트들을 방문해 관련 정보를 흡수했다. 캐런 카펜터 외에 섭식장애, 특히 거식증으로 고통받은 유명인들도 알게 됐다. 나는 거식증 수기 『먼 길을 돌아오다The Long Road Back』의 저자 주디 사전트의 웹사이트를 즐겨 방문했다. 스코틀랜드 가수 리나 자바로니의 이야기에 매혹되기도 했다. 자바로니는 어린 시절부터 활동을 시작한 방송인으로, 극심한 거식증이 있어 이를 치료할 수 있을까 하는 희망으로 뇌 수술까지 받았지만 결국 그 부작용으로 요절하고 말았다. 미켈라와 서맨사 켄들 자매 같은, 외국 언론을 통해 유명해진 환자들의 비극적 이야기도 접할 수 있었다. 나는 '신스피레이션'이라는 카테고리로 떠도는 사진들 속의 주인공을 조사했다. 어떤 기사, 방송 프로그램에서 파생된 이미지인지, 그 취재 대상에게는 어떤 사연들이 있었는지 검색하는 작업에 빨려 들어갔다. 포토샵으로 조작된 패션 화보들은 유치했다. 나는 실제 사례들에 매혹됐다.

특히 미국과 영국 연예 매체나 토크쇼에서는 섭식장애만큼 센세이셔널한 주제가 없는 듯했다. 마치 '당신 인종차별주의자인가요?'라고 묻는 것처럼 '저 여자 거식증인가?'라고 의심의 시선을 던졌다. 그건 병이라기보다는 허영의 죄악을 다루는 듯한 취급이었다. '아나프렌즈' 회원들의 이야기를 읽다보면, 내가 아직 거식증에 대한 개념이 없는 한국에 있는 것이 얼마나 다행인가 싶기도 했다. 여기서는 아직도 모든 게 '우울증'으로 수렴될 수 있으니까. 그냥 우울해서 식욕이 없다거나 음식이 당긴다고 변명할 수 있으니까. 내 식습관 하나하나, 내 체형 변화 하나하나를 꼬집어보면서 '너 혹시 거식증 아니야?'('너 혹시 도벽 있니?' 같은 톤으로) 묻는 사람은 없을 테니까.

현재, 특히 국내에서 '프로아나' 이슈는 웹사이트보다는 주로 소셜미디어상의 문제로 논의된다. '프로아나'로 정체화한 SNS 사용자들이 신체에 대한 왜곡된 관념을 공유하고 극단적인 다이어트 방식을 독려해 서로를 위험에 빠트릴 수 있다는 것이 지적된다. 인스타그램을 위시한 소셜미디어 플랫폼들은 수년 전부터 이미 특정 검색 키워드나 해시태그를 제한하는 식으로 조치를 취해왔지만, 그 같은 손쉬운 조치는 거의 소용없다는 것이 드러났다. '#thinspiration'을 차단해도 프로아나 군단은 대신 '#thynspiration' '#thinspire' 등 변형된 해시태그를 얼마든지 공유할 수 있기 때문이다.[7] (한편, 네덜란드는 다른 차원에서 한층 극악해진 '프로아나' 사태를 겪고 있다. 문제는 프로아나 웹사이트에서 일명 '코치'로 활동하는 남성들인데, 체중 감량 비법을 알려주겠다며 10대 소녀들에게 접근해 '보디 체크body check'를 구실로 나체 사진을 요구한다는 것이다.[8])

또 특정 주제의 콘텐츠를 제한하는 식의 뭉툭한 규제는 심리적 어려움을 겪고 있는 사람들이 소셜미디어를 통해 사람을 사귀고, 같은 경험을 한 동료를 만나고, 마침내는 집단적인 목소리를 낼 가능성을 제한해버릴 위험도 있다. 2019년 4월 영국 정부가 「온라인 유해 콘텐츠 백서Online Harms White Paper」를 발표한 뒤, 심리적 어려움을 겪은 이들이 발간하는 영국의 정신건강 매거진 『원 인 포One in Four』의 편집장이었으며 현재는 영국 정신건강센터Centre for Mental Health 입주 작가로 있는 마크 브라운[9]은 이에 대한 생각을 기고했다. 정확히 말해 그가 다룬 주제는 프로아나가 아닌 자해였지만, 그가 짚는 부분은 프로아나 SNS 계정들을 이해하는 데 도움이 된다.

중요한 것은, 백서의 제안이 자해와 자살 조장 콘텐츠의 확산을 제한하는 데에만 초점을 맞추고 있지 그 콘텐츠를 만들고 공유하는 이들에게 도움을 제공하는 것에 대해선 무관심하다는 점이다.
심리적 어려움을 겪는 사람들에게 소셜미디어는 자신과 같은 경험을 해본 타인을 발견할 수 있다는 점에서 혁신적인 공간이 되어왔다. 그것이 가능하려면 콘텐츠는 공공에 공유되어야 한다. 심리적 어려움과 더불어 살아가는 사람들에게는 의미 있고 유용한 소셜미디어 콘텐츠가 그 같은 어려움 없이 살아가는 사람들에게는 무척 충격적일 수 있다. 우리가 소셜미디어에서 무엇을 어떻게 논의하는지는 그 의미의 맥락에 크게 의존한다. 지지받고 싶은, 혹은 지금 느끼는 감정을 공유하고 싶은 한 사람의 호소가 다른 사람에게는 건강치 못한 생각의 조장 또는 심지어 그것을 모방하게끔 하는 독려가 되기도 한다.[10]

엘렌 베스트

동기강화치료 작업지

쇼터는 (가령 20세기 초의 하지 마비나 21세기 초의 다중인격장애 같은) 심인성 질환은 무의식이 감정의 고통을 당대에 이해될 수 있는 언어로 표현하는 시도의 한 예라고 믿는다. 역사상 한 시대에 사는 사람들은 심리적인 고통을 표현할 필요가 있지만, 그들이 선택할 수 있는 증상의 수—쇼터의 용어를 빌리자면 '증상 풀'—는 제한되어 있다. 사람이 무의식적으로 증상 풀 속의 어떤 행동에 매달릴 때, 그는 매우 구체적인 이유로 그렇게 하는 것이다. 즉 그 사람은 종종 확실하지 않거나 표현할 수 없어 암담한 괴로운 감정과 내면의 갈등을, 그 문화에서 고통의 신호로 인정받는 증상이나 행동으로 증류시켜내는 것이다.

에단 와터스,
『미국처럼 미쳐가는 세계: 그들은 맥도날드만이 아니라 우울증도 팔았다』,
김한영 옮김, 아카이브, 2011

입원 차트 중에서:

섭식장애 환자를 위한 동기강화치료MET

MET 작업지 1 변화할 것인가, 말 것인가?

1. 변화하고 싶은 동기를 얼마나 가지고 있나?

  0 2 4 ⑥ 8 10

2. 이미 변해야겠다고 결심했다면, 성공할 것이라고 얼마나 확신하나?

  0 2 4 ⑥ 8 10

3. 변화를 위한 준비가 어느 정도 되어 있다고 생각하는가?

  0 2 4 ⑥ 8 10

MET 작업지 2 변화해야 하는 이유는?

1. 섭식장애가 당신에게 어떻게 영향을 미쳤나? 당신의 신체, 심리
   적 건강, 사회생활, 가족관계, 학교생활, 직업 등에 대해서 구체적
   으로 쓰세요.

4년 전 식사 절제가 처음 시작됐을 때 나는 고등학교 3학년이었다. 그것 때문에 나는 더욱 자신 안에 갇혀버렸다. 멍하니 가벼운 몸과 머리로, 이미 나는 죽은 G 언니와 한 몸이라고 생각하기도 했다. 나는 마치 죽은 언니의 분신이나 언니 영혼을 위한 껍질인 것 같았다.

문제집 위에서 움직이는 벌레를 보았다. 갑자기 머릿속에서 피가 모두 증발해버리는 것 같을 땐 깜박깜박 의식이 꺼졌다. 낙마하는 사람, 머리 없는 사람을 보았다. 누군가의 농담을 듣고 웃다가 깨어나기도 했다.

공부하는 일은 힘들었다. 가족은 매일 밤 베란다에서 내가 학교에서 돌아오는 모습을 지켜봤다. 가족은 내가 이상해졌다고 생각했다. 나를 믿을 수가 없었다. 내가 밤새 온전히 살아 돌아와줄지 믿을 수가 없었다.

구토가 시작된 것은 2년 전이었다.

자살미수 일로 잠시 입원해 있다가 퇴원한 뒤로, 나는 다시 가족과 함께 생활해야 했다. 엄마와 동생과 나는 식탁 주위에 둘러앉아 매끼 식사를 같이했다. 한동안 미음만 먹어야 했던 나는 내 몫의 음식을 따로 준비할 권리를 갖게 됐다.

하지만 여건은 4년 전과 같지 않았다. 나는 끝까지 온몸으로 '싫어'라고 말할 수 없었다. 나는 깨작깨작, 그러나 끝없이 먹었다. 구토를 처음 치러냈을 때는 온몸을 다 써야 했다. 변비약 양을

동기강화치료 작업지

늘렸다. 얼굴이 하얗게 부어올랐다. 눈 뜨기가 힘들었다. 나는 집 밖에 나갈 수가 없었다. 안구 혈관 한 군데가 터져서 거울 속 시선이 꼭 괴물 같았다.

복학하고 나서 1년 동안, 나는 내 몸을 음식 소모기, 음식 정화 기로 단련시키는 훈련을 계속했다. 폭식구토 기계로 만들어갔 다. 처음엔 물론 너무 서툴러서 내 몸은 부어올랐고 1년 내내 끔찍했다.

그러나 마침내 내 몸은 부드럽게 작동하기에 이르렀다. 왼쪽 손 등에 물집이 잡히면 목구멍에 넣는 손을 바꿨다. 아니면 긴 티 스푼을 집어넣었다. 아니면 칫솔을. 다친 목에서 피가 나왔다. 몸 여기저기에 쥐가 났다. 온통 난장판이 된 내 몸은 산산조각 나서 없어지기 직전이었다. 나는 구석에 웅크리고 앉아 속으로 비명을 지르고 귀를 막았다.

결석을 자주 했다. 때론 시험도 치지 않았다. 숙제도 제대로 제 출할 수가 없었다. 냉장고를 비우고 다시 그대로 채워 넣느라 한 꺼번에 써버리는 돈도 너무 많았다. 새벽부터 토하는 날도 있었 다. 턱 밑이 단단하게 부어올랐다. 나는 친구에게 전화를 걸어, 아파서 오늘도 못 만나겠다고, 그르렁거리는 목소리를 다듬어가 며 말했다.

변비약을 사기 위해 약국을 여러 군데 물색해놓고 한 곳씩 돌 아가며 들러야 했다. 약사의 눈치를 봐가며, 내일은 어느 약국에 가면 좋을까, 이 약국은 얼마 뒤에 다시 찾는 게 좋을까 계산해

보곤 했다.

그리고 가족들과 소원해졌다. 엄마를 이해하고, 고생만 했던 엄마를 동정했지만, 엄마가 나를 만나러 자취집에 다녀간 날은 틀림없이 구토로 끝나곤 했다.

세 번째로 새로 시작했던 상담도 흐지부지해졌다. "나는 섭식장애에 대해 잘 몰라. 전문가가 아니거든. 지니도 알지?" 교육학을 전공한 상담 선생님이 말씀하셨다. 그분께는 딸이 없었다. 안전하고 든든한 아들만 두셨을 뿐이다. 상담은 또다시 겉돌았다. 나는 내가 취할 수 있는 것을 찾아 그만큼의 도움만을 받기로 했다. 병원을 찾았을 무렵, 나는 상담 선생님과 헤어졌다.

2. 섭식장애가 당신이 싸워야 할 적이라고 생각하고 편지를 써보세요.

너는 모르고 있었지? 너 때문에 나도 모르고 있었어.

여기 있는 사람들◆이 매일매일 내게 보여준다. 시간을 때우는 방법을 말이야. 여기저기 길을 내면서 수다 떠는 것도 가르쳐주고, 자기가 무엇을 좋아하는지 고르는 법도 가르쳐줘. 기분 좋고 나른한 느낌을 지속시켜주는 것을 찾아서 끊임없이 그쪽으로 자리를 옮긴단다. 그러다보면 하루를 다 보내게 돼.

……그런데 너랑 어떻게 싸우지? 네가 어떻게 내 적이 되겠니?

◆ 입원병동에서 만난 사람들을 일컫는다.

동기강화치료 작업지

내가 네게 발길질을 하면, 너는 아프다고 움츠릴까? 내가 화를 내면 너는 내게서 떨어져 나가겠니? 내게서 도망쳐 사라지겠니? 내가 너를 죽일 수도 있니? 어떻게 하지? 믿어지지가 않아.

지금 여기 너는 없고, 꼭 걸음 걷는 빠르기로 살아가는 사람들만 있어. 나는 매일 많이 웃고, 길마다 탕탕 부딪히던 문제들도 없어. 안 슬프고 안 불안해. 너 없이 나는 잘 지내.

그런데 네가 아주 도망쳐버린 게 아닐까봐 무서워. 네가 나를 삼켜버릴까봐 두려워. 내가 널 없애려면 너를 안고 한 몸으로 죽어버려야만 될지도 모를 텐데, 사실은 그게 제일 두려워.

떨어져. 그런데 너는 아예 내 속에 박혀버린 것 같아.

MET 작업지 3 변화의 어려움, 난관은?

1. 당신이 섭식장애와 맞서서 싸우게 될 때 부딪칠 것으로 예상되는 어려움들은?

지금 나는 잘 지내고 있지만, 사실은 내 몸을 잠시 다른 의지에 맡겨놓은 것뿐이라는 생각을 한다. 내 몸을 잠시 포기해둘 수 있는 힘이 내게 있다. 하지만 너무 긴 시간은 못 버틸 것 같다. 너무 긴 시간 내 몸에서 손 놓고 있을 수는 없을 것 같다.

나는 여기 있는데, 여기 있는 나는 임시로 만들어진 존재인 것만 같다. 그래서, 이곳을 떠나면 원래의 나를 다시 찾게 될 것만 같다.

어른 몸이 되어 단단히 서면, 세상이 시끄럽게 다그쳐올 것이다. 나는 숨 돌릴 겨를도 없이 현실을 뚫고 나가야 할 것이다. 딱 부러지는 대화와 무거운 과제들을 전부 해내느냐 낙오하느냐를 스스로 결정해야 할 것이다. 큰맘 먹고 그 속에 들어가도 며칠간은 잘 적응하다가 결국은 탈진해버리곤 했었다. 이번 치료 이후에도 역시 마찬가지가 아닐까?

살아가는 방법을 잘 모르겠다. 내 몸이라도 꼭 붙들고 있었을 땐, 적어도 발밑에 땅이 밟힌다는 느낌을 가질 수가 있었다. '그것'은 병이지만, 내 생존 방식, 내 존재 방식이기도 했다. '그것'을 버리고도 살 수 있다는 게 믿어지질 않는다.

2. 섭식장애를 당신의 오랜 친구라 생각하고 편지를 한 통 쓰세요.

나는 살기 위해 너를 친구로 삼았다. 선택할 수 있는 패가 너무 부족해서 너를 택할 수밖에 없었어. 어떤 사람들은 여유 있게 다음 패를 고를 수 있단다. 그 사람들은 네가 나쁜 친구래.

네가 나를 옥죌 때는 마치 평균대 위를 걷고 있는 느낌이었다. 거의 커피만 마시며 2주를 보낸 때가 있었지. 눈이 움푹 패면 화장하는 게 수월해졌어. 하지만 걷는 게 힘들어졌지. 밤에는 지친 몸으로 안절부절못하면서 방 안을 돌아다녀야 했어. 너는 나를

동기강화치료 작업지

성스럽게 만들어줬어. 나는 얇은 종이만큼 존재했어.

때로 네가 나를 바닥에 내리칠 때 나는 그야말로 엉망이 됐지. 더럽고 더럽고 더러워졌었지. 늑골 사이에 얼음이 찬 것 같아서 서 있을 수가 없었어. 구석에 웅크리고 한참을 있었어. 네가 나를 퍼뜩 일깨운 거야. 손목을 한번 긋는 것처럼 너는 나를 두드려 깨우고는 위안받을 시간을 주었어. 너는 나를 망치고 다시 재생하게 해줬어. 너는 나를 단련시켰어.

너를 좋아하지도 싫어하지도 않아. 너를 붙들고 고집한다는 것도 이상하고, 너를 그만 떠나보낸다는 것도 이해가 안 가. 문법에 안 맞는 말을 듣는 것처럼.

MET 작업지 4 미래의 시간들

1. 섭식장애 없이 어떻게 세상을 살아갈 수 있을까요? 섭식장애 없는 당신의 삶을 상상할 수 있습니까? 그랬을 경우 당신의 신체적 건강, 정신적 건강, 가족관계, 사회생활과 경력이 어떻게 될 것 같습니까?

우선, 이곳에 있을 이유가 없을 것이다. 나는 아마도 이맘때면, 책상 앞에 앉아 기말 리포트에 매달려 있을 것이다. 그리고 친구와 함께 다음 학기 수강신청 계획을 짜고 있을 것이다.

나는 매일 아침 같은 시간에 학교에 갈 것이다. 예정 없이 미루어온 선배와의 점심 약속, 친구와의 약속을 당장이라도 지킬 수 있을 것이다. 사이코드라마도 계속 보러 다니고, 거기서 관객으로 만난 사람이 피아노 연주회에 초대할 때도 기꺼이 응할 수 있을 것이다. 이것저것 맛있는 걸 찾아 먹으러 가자는 친구의 말도 들어줄 수 있을 것이다. 동기들과 어울려 종강 파티를 즐길 수도 있을 것이다. 집에서는 저녁때마다 동생과 마주 앉아 식사할 것이다.

나는 정확히 스물두 살이 될 것이다. 과외받는 학생의 어머니가 나를 선생님이라 부르며 말을 높여도 부담스럽게 느낄 필요가 없을 것이다. 변비약을 마련하느라 약국을 물색하는 수고도 없을 것이다.

부어오른 얼굴을 하고 다시 음식을 사러 나가야 하는 일도 없을 것이다. 폭식구토 문제로 당황한 나머지 상담 과정에서 그만 튕겨져 나와버리는 일도 없었을 것이다…….

나는 다른 사람들처럼 식사할 수 있었을 것이다. 먹는 일로 문제가 생기는 일은 없었을 것이다. 확실히 그랬을 것이다. 적어도 먹는 일에서 문제가 생기는 일은 없었을 것이다.

2. 당신이 섭식장애의 고통으로부터 벗어난 5년 후의 모습을 생각하며 친구에게 편지를 쓰세요. 인생이 어떻게 변할지를 함께 써 보세요.

동기강화치료 작업지

5년 뒤면, 나는 스물일곱 살이 된다. 그때까지 모든 일이 잘 풀린다면,

나는 심리학 학부 과정을 잘 마치고 대학원에 들어가 임상심리를 전공하고 있을 것이다. 까다롭고 개성 강한 교수님들과 부닥치는 일들이 많아도 곧잘 버텨내면서 말이다. 나는 여자아이들의 삶에 대해 혼자 공부해나갈 것이다. 조심스럽게, 가족아동학을 공부하는 사람의 보다 따뜻한 관점을 들여오는 일도 있을 것이다.

나는 엄마와 딸에 대해 공부할 것이다. 몸과 마음에 대해, 사회 속의 몸, 만들어지는 몸에 대해서도 공부할 것이다. 그러는 동안 확신을 갖게 된다면, 나는 병원에서 레지던트 과정을 시작하게 될 것이다. 내 목소리로 말을 걸고 내 손으로 힘들어하는 사람을 만져도 된다는 확신이 선다면.

내 존재가 다른 사람에게 해를 미치지 않는다면, 내가 다른 사람을 정말 도울 수 있다면 그럴 것이다…… 다른 사람을 돌보기 위해선 부모가 갖는 것과 같은 자기확신이 필요한 것 같다. 하지만 내게 그럴 만한 자격이 없다면, 익숙한 자리에 흉터만 남은 '상처 입은 치료자'가 아니라, 그때까지도 여전히 자기중심적인 불구자로 남아 있게 된다면, 나는 전문가 수련을 포기해버릴 것이다. 기꺼이 그렇게 할 것이다.

스물일곱 살의 나는 글쓰는 사람이 되어 있을지도 모르겠다. 아직 어떤 분야에도 점유되지 않은 삶의 부분이 남아 있다. 나는

그런 개인적인 자리에 대한 글쓰기를 연습할 것이다.

내가 정말 건강해져서 스물일곱 살로 나무랄 데 없이 성장한다면, 나는 아주 강한 사람이 되어 있을 것이다. 여기저기서 보이지 않는 빔처럼 뚫고 들어오는 감정들, 어떤 의도들에도 괴로워하지 않을 것이다. 나는 강한 엄마처럼 어떤 독소, 어떤 오물이라도 삼키고 껴안고 버텨낼 수 있을 것이다. 나는 내 몸을 붙잡고 있을 필요가 없을 것이다. 더 큰 삶을 조망하며 살아갈 수 있을 것이다.

스물일곱 살이면 아직 이른 나이지만, 적어도 그때면 나도 언젠가 아이를 낳을 수 있으리라는 것을 자연스럽게 받아들이고 있을 것이다. 나도 다른 사람들처럼 아이를 낳고 길러내리라 믿을 수 있을 것이다. 내가 이렇게 만족스러우니 내 아이도 충분히 괜찮을 거라고, 아이를 길러 새로운 삶 하나를 내놓는 일이 죄가 되지는 않을 거라고 믿을 수 있을 것이다.

3. 또 여전히 5년 후에도 병에 시달리고 있다고 가정하고 친구에게
   편지를 쓰세요.

잘 지냈니?

이제 내 편지가 지겨울지도 모르겠구나. 나는 여전히 마찬가지야. 또 그 소리! 하고 너는 생각하겠지.

그래, 맞아. 이젠 그만둘 때가 됐지. 사실은 그만둘 때가 지났지.

어떤 시도도, 어떤 도움도 소용없었어. 사람들이 그러듯 다 내 의지가 약해서였겠지. 내가 너무 게으르고 어리석어서 이런 식으로 여기까지 오게 된 거야.

나는 아직도 어린애야. 나는 삶이 따로 없단다. 공부도 흐지부지 끝나버렸고, 나는 아직 직업도 없어. 꿈은 컸는데, 대부분 미처 손도 못 대보고 말았지. 이런 삶도 있고 저런 삶도 있으니 주관대로 열심히 살라고 하는 분들도 계셨어. 하지만, 이제 좋은 건 오지 않을 것 같아. 더 나아질 여지는 이제 없는 것 같아. 이쯤에서 그만두려고.

잘 지내. 너는 어릴 적부터 유난히 강했으니, 좋은 결과가 있을 거야.

잘 지내. 내게 힘이 되어줘서 고마워. 잊지 않을게. 네가 나를 많이도 끌어올려주었으니.

좀더 일찍 끝낼걸 그랬어. 결국은 이렇게 될 것을, 희망은 왜 그렇게 꼬리를 길게 끌곤 했는지.

MET 작업지 5 변화를 위한 당신의 계획

- 내 몫으로 나오는 식사를 충실히 한다.
- 치료자들과의 신경전을 피한다.
- 내가 느끼는 감정을 정확히 따져본다.

- 치료될 수 있으리라는 희망을 갖는다.

MET 작업지 9◆ 인생의 거미줄―대인관계의 어려움

변화를 방해하는 스트레스와 어려움 중 어떤 것은 타인과 관련이 있습니다.

당신의 삶에서 중요했던 사람과의 관계에 대해서 써보세요. 인간관계에서 일정하게 반복되는 패턴이 있습니까? 당신은 부끄러움을 많이 타나요? 다른 사람을 신뢰하기 힘든가요? 인간관계에서 자주 실망하는 편인가요? 다른 사람을 돕는 것에 지나치게 헌신하는 편인가요?

다음과 같은 일이 있었나요?

- 최근에 당신에게 대단히 중요한 사람을 잃은 적이 있나요?

- 당신과 관련이 있는 사람과 의견을 달리한 적이 있나요?

- 새로운 역할(전학, 진학, 새로운 이성 친구와의 교제 등) 때문에 어려움이 있나요?

- 별거나 이혼으로 신뢰감에 금이 간 적이 있나요?

이런 적이 있었다면, 대인관계 문제에서 나쁜 일과 좋은 일을 써보세요.

◆ 중간의 MET 작업지는 생략.

이런 생각이 든다. 어떤 사람들이 자신의 삶을 위해 알게 모르게 나를 이용하고 있다는. 나는 그 사람들에 의해 도구처럼 다루어진다. 그런 느낌을 나는 뚜렷하게 받는다. 그런 느낌이 내게는 진짜처럼 느껴진다. 그렇지만 그 느낌이 정확히 사실이라고 함부로 주장할 수는 없다는 것도 잘 안다. 모두 내 각색의 결과일 테니까. 하지만 내게는 정말 진짜 같다. 그래서 항상 위협받는 느낌이 든다. 솔직히 도움을 요청하고 싶은 마음도 있다. 하지만 내 이야기를 믿어줄 사람은 없을 것 같다.

여기서 잘 먹고 편안히 건강해져도, 그래도 나는 밖에 섞여 있어야 할 텐데, 걱정이 된다. 아무도 이해 못할 것이다. 나는 내 동생과 늘 시소를 탔다. 몸을 죽이고 생리를 없애야 공격을 피할 수 있는데. 그래야 숨을 계속 쉬고 살아남을 수 있을 텐데. 건강해지고 뚱뚱해져서도 계속 행복할 수 있는 건 여기에서뿐일 것이다. 동생은 나를 물건 취급할 것이다. 동생은 나를 밟고 올라설 것이다. 나는 그야말로 돼지처럼, 오물처럼 더러워지겠지.

내 각색은 여기서 끝나지 않는다. 엄마와 엄마를 닮은 사람들을 나는 본다. 그 사람들은 내게서 뭔가를 얻어가려고 하는 것 같다. 나를 대단한 아이인 양, 엄청난 부자인 양 보는 것이다. 그 사람들은 사실 나를 싫어하면서 겉으로만은 아주 친절하다. 내 머리를 만지고 내 등을 때린다. 내가 하는 일에 끼어들고 내게서 뭔가 동정의 말, 칭찬의 말을 끄집어내려고 한다. 그 사람◆이 며칠 전 그랬다, 나는 나쁜 애라고. 내게 있는 재능을 '다른 어려운 사람들'을 위해 쓰려 하지는 않고 자기 생각만 하고 있다고. 그 사람이 바라는 것은 나를 통째로 들어 자기의 부속물, 자신을 위한 액세서리로 삼는 것임에 틀림없다.

(나는 이곳에서도 엄마를 찾아냈어요!)

당신의 삶에서 중요했던 사람과의 관계에 대해 생각해보세요.
당신은 부끄러움을 많이 타나요? 네.
다른 사람을 신뢰하기 힘든가요? 네.
사람 관계에서 자주 실망하는 편인가요? 네.

좋은 사람인 줄 알면서도 마음이 연결되지 않을 때가 있다. 그 사람이 하는 말이 잘 들리지 않을 때가 있다. 같이 있으면서 계속 웃고 있느라 얼굴 근육이 아플 때가 있다. 나는 마음의 문이 없어서 마음의 문을 어떻게 여는 건지 모르겠다. 들어오고 나가고, 초대하고 초대받고, 그런 일이 내게는 일어나지 않는다. 때때로 아주 무섭고 집요한 사람이 나를 발견하면, 그 사람은 무자비하게 나를 장악해버린다. 나는 벽을 쌓고 또 쌓는다. 나는 아주 단단하고 냉정하다. 웃을 땐 얼굴 근육이 아프고 슬퍼도 눈물이 나오질 않는다. 언제나 나를 탐내는 무서운 사람만 나를 침입한다. 어쩌면 나도 누군가를 그렇게 침입해왔는지 모르겠다.

◆ K 간호사.

183

때때로 내가 있는 시공을 내 멋대로 바꿔놓고, 옮기고, 높이고, 키우고, 선택하고, 끊고 싶을 때가 있다. 때때로 나는 같이 있는 사람을 마치 존재하지 않는 것처럼 철저히 무시해버린다. 나는 그의 말에 귀를 막고 시선을 주지 않는다. 내 속에서 경계심이 느껴질 때, 나는 아무 짓도 안 하면서 누군가를 죽일 수 있다. 비록 잠시뿐이라 할지라도.

친절한 사람을 만날 때가 있다.◆ 정말 좋은 것을 느끼게 해주는 사람을. 그런 사람들이 나는 너무 고맙다. 어쩌면 이렇게 해줄 수 있을까, 내가 느낄 수 있는 것 이상으로 놀랍고 고맙다.
너무 좋은 것을 보여줘서, 나는 시선을 떨어뜨린다.
너무 좋은 것을 보여주는 사람을, 나는 믿지 않으려고 한다.
그 사람들이 해주는 말, 그 사람들에게서 내가 들은 말도 모두 내 머릿속에서 꾸며진 것, 역시 내 각색이리라는 생각을 한다. 다 믿지는 말자, 하고 스스로에게 말한다. 몸을 기대고 체중을 실었다가 넘어져버리고 말 수도 있으니까. 고맙다는 인사로 얼굴이 아프도록 웃어주고 아무것도 기대하지는 말자, 하고 속다짐을 한다.
까닭은, 내게 '경계'가 없기 때문일 것이다.
나를 살릴 수 있는 사람은 없을 테니, 나중에 실망하지 않도록

◆ 이를테면 A 간호사 선생님.

작별 인사부터 하는 것이다. 즉, 전부 아니면 전무, 나를 완전히 구해내거나 구해내지 못하거나 둘 중 하나다. 나는 무섭고 큰 사람, 나를 모르는 사람들과 더불어 내게 친절하고 내게 희망을 주는 사람들까지 후자 쪽에 묶어놓는다. 터무니없는 희망을 갖는 것은 어리석은 일임을 잘 알고 있기 때문이다.

어떻게 표현해야 할까? 친한 친구와 늦은 시간까지 거리를 걸으면서, 나는 그 애와 함께 블랙홀 같은 곳으로 빠져 들어갔으면, 이대로 둘이 같이 사라져버렸으면 했다. 전부 아니면 전무. 나는 누구보다도 욕심이 많다. 나는 좋은 사람들을 통째로 갖고 싶어 한다. 사람들 몇몇이 머무는 방에서는, 그 공기의 무게까지 죄다 내 의지대로 통제하고 싶어한다.

내 탐욕은 거대하다. 나는 내 힘으로 착한 사람들을 괴롭힌다. 내가 무엇을 원하면 그 사람들은 고통받는다. 탈진해버리고 건조해진다. 그래도 나는 행복을 못 갖는데, 그 사람들까지 멍하니 지쳐버리는 것이다.

어떻게 표현해야 할까? 좋은 사람들을 보호하기 위해서, 나는 그들을 멀리해야만 한다. 그 사람들의 호의를 거절하고 혼자 있어야만 한다.

나는 위험하고 우습고 악마적이다. 나는 도와달라고 손을 내밀면서, 기꺼이 도움의 손길을 내미는 사람을 거부해버린다. 기꺼

동기강화치료 작업지

이 내미는 손을, 그 손끝을 이빨로 물어버린다. 아무도 도울 수 없게 으르렁거린다. 그래서 다가왔던 이가 조금이라도 뒷걸음칠 기색을 보일 때면 그때 실망하고 만다. 그러면 나는 돌처럼 건조해져서 끝없이 나락으로 떨어져버린다.

8장

다   비

보낸 날짜　2016년 6월 18일

받는 사람　곰돌이 선생님

제목　그리고, 정신과 환자의 아이덴티티

선생님, 선생님한테는 아직 암 환자의 아이덴티티가 있잖아요. 암 환자 아이덴티티에는 '자유로움'이 없나요?

정신과 환자의 아이덴티티에는 '자유'가 있어요. 무슨 일이든, 어떻게든 해도 좋은 자유요. 왜냐하면 우리는 애초에 '이상한' 아이들이니까요. 애초에 변방 저 너머로 쫓겨나버렸기 때문에 주류의 규칙을 굳이 따라야 할 필요를 느끼질 못해요. 그리고 그 규칙을 따르는 것에 대한 외부의 기대도 느끼지 못해요. 누구도 우리가 규칙을 따르기를 기대한다고 생각지 않으니까요.

저희는 그런 면에선 자유로워요. 그래서 제멋대로 하는 경향이 있고, 윤리적으로 '아노미'적이지요. 그 누구보다 자유롭고 창의적일 수도 있어요. 암 환자 아이덴티티에도 그런 비슷한 게 있지 않나요? 무슨 일이든, 어떻게든 해도 좋은 자유 같은 것 말이에요.

곰돌이 선생님, 저한테는 그런 자유가 있어요. 선생님은 어떠세요? 만약 선생님한테도 그런 자유가 있다면 우린 진짜로 살아갈 수 있을 텐데요. 선생님이 연극 무대 뒤에서 느끼셨다고 하신 것 같은 '살아 있다는 감정' 말이에요. 감정도 감정이지만, 진짜로도 살아갈 수 있을 거예요. 변방 저 너머에서. 이방인으로서요.

프랑스 철학자 조르주 디디위베르만의 책 『반딧불의 잔존』을 주문했는데 조금 전에 도착했어요. 책을 읽으려 해요.

/

그해 여름, 나는 처음으로 정독도서관을 찾았다. 눈부신 초여름이었다. 설렘보다는 두려움에 사로잡혀 집을 나선 때는 정오가 되기 전이었는데, 이미 햇볕은 쨍쨍한 상아색으로 세상의 본을 뜨고 있었다. 기획자로 일하던 그래픽 디자인 회사를 그만둔 직후였다. 짐을 정리해 어쩔 수 없이 다시 고향으로 내려가기 전까지 한 달 정도는 일을 하지 않고 살 수 있었다. 나는 책을 읽기로, 쓸 수 있

다비

다면 글을 쓰기로 다짐했고, 이번에야말로 그 도서관을 찾아가보기로 생각했다. 다비의 도서관. 다비가 싸이월드 미니홈피에서 휴학생이자 '도서관 떠돌이'로 공부할 수 있는 도서관을 찾다가 발견하고는 '그래, 여기다 싶었다'고, '반했다'고 말했던 그곳을.

풍문여고와 덕성여고 사잇길로 접어들자마자 나무들이 비현실적인 그림자를 땅 위에 깃들이고 있었다. 빛은 하늘이 아닌 하얀 바닥으로부터 뿜어져 나왔으며 나는 3년 전 다비가 걸었던 길 속으로 차원을 바꿔 옮겨지는 듯했다. 내 발은 기계적으로 걷고 있었다. 길이 이어지는 방향으로 가고 있었지만 눈앞은 어질어질했다. 점점이 사람들이 모여 있고 상점들이 열려 있었다. 나는 건널목을 건너 도서관으로 오르는 길을 찾았다. '나무들이 우거져' 있었다, 다비가 보았던 것처럼.

다비가 미니홈피에 정독도서관에 대한 포스트를 쓴 것은 목숨을 끊기 겨우 며칠 전의 일이었다. 그 애는 '세 개의 층이 아니라 세 개의 건물'로 이루어진 도서관의 규모가 마음에 든다 했다. '분수와 물레방아가 있'고 '저 멀리 경복궁과 북한산이 보이'는 도서관이라 좋고, '산 냄새'가 좋고, '배고플 즈음 씩 웃으며 친구와 같이 내려가 먹은 식당 밥도 합격'이라고 했다. 그 애는 이상이 높고 공부에 욕심 많은 대학생이었다. 그 애가 갑자기 그 모든 걸 포기하리라고는 아무도 예상치 못했다.

세 군데의 섭식장애 전문 클리닉 중에서 내가 A 간호사 선생님이 계신 병원을 먼저 찾았던 건 그곳 홈페이지의 분위기가 가장 공식적이고, 그래서 중립적이었기 때문이다. 곰돌이 선생님의 병원 홈페이지는 전혀 달랐다. 거기엔 일명 '자유 게시판'이 있었는데, 낮병원 환자와 내원 환자들로 항상 와자지껄했고 정말이지 별의별 이야기가 시시각각 올라오고 있었다. 나는 학교 전산실에서 종종 그 홈페이지에 접속해 게시판을 구경하곤 했다. 게시판에서 모습을 자주 보이는 핵심 멤버들은 마치 소설 속 등장인물처럼 느껴졌다. 아니, 거의 아는 사람처럼 느껴졌다. 그 말썽쟁이 아이들이 오늘은 어떤 불평을 할까, 무슨 얘기로 울먹일까, 어떤 사건을 저지를까 조마조마하며 게시판을 클릭했다. 그렇게 마음이 간 병원이었지만 정작 그곳의 문을 두드릴 생각을 하지 못했던 건, 이미 꽉 짜인 친밀한 관계인 듯한 그들 무리 속에 내가 있을 곳은 없을 것 같다는 생각이 들었기 때문이다. 마음을 쓰지 않고 시험 삼아 처음 발을 들여볼 만한 병원은 웹사이트가 가장 중립적인 느낌을 주는 병원일 것 같았다. 그렇게 나는 입원 치료를 경험했고, A 선생님을 만났다.

하지만 입원 치료가 실패로 끝나고 거식증 증상이 악화된 이후, 다시 찾은 병원은 곰돌이 선생님의 바로 그 병원이었다. 말썽쟁이들의 소굴로, 이제 제 발로 뛰어들기로 결심한 것이다. 그 말썽쟁이들과 나 사이에 더 이상 조금의 이질감도 느껴지지 않았기 때문이었는지도 모른다. 입원병동을 거치고 나서 다시 나락으로 떨어지고 보니, 내가 바로 그들이었다. 내가 있을 곳은 응당 그들 속인 것처럼 느껴졌다.

곰돌이 선생님의 병원은 양재동 대로변의 작은 건물 2층에 있었다. 선생님이 개원한 첫 병원은 강남의 어느 아파트 단지 상가에 있었다는데, 이사한 지 얼마 안 되어 내가 찾아왔던 거라고 한다. 1층은 우스꽝스럽게도 돈가스집이었다. 2층으로 올라가는 내내 좁은 통로 안에 돈가스 튀기는 기름 냄새가 진동했다. 엄마와 처음 그 병원을 방문했던 날을 생생히 기억한다.

체중이 36킬로그램까지 떨어졌을 때, 자랑스럽고 떳떳하게도 새로 산 데님 핫팬츠를 입고 당당히 병원까지 걸어갔던 일도 기억한다. 엄마는 물론 내 옷차림을 몹시 못마땅해하셨다. 엄마의 손에 이끌려 고향에 내려온 초기에는 밖에 나갈 때 짧은 소매 옷도 입지 못하게 하던 분이었다. 그런데 웬만하면 딸의 말을 들어줘야 한다는 의사의 조언이 있었던지, 내가 핫팬츠를 입고 서울행 기차를 타는 것에 엄마는 뭐라고 하지 못했다. 곰돌이 선생님의 진료실은 한쪽으로 긴 방이었다. 나는 바닥까지 나무로 된 딱딱한 의자에 앉아 있었고, 곰돌이 선생님은 저기 머얼리 책상 앞에 앉아 있었다. 의자에 눌린 맨 허벅지가 너무 우람해 보여 나는 내심 얼마나 당황스럽고 부끄러웠는지 모른다.

곰돌이 선생님의 병원에 다니면서 홈페이지 게시판에도 더 거리낌 없이 드나들기 시작했다. 곧 나도 그 소설 속 등장인물이 됐다. 나는 다비에게 말을 걸었다. 다비와 대화하기 시작했다. 게시판에 이적과 김윤아의 노래 파일을 올리고, 호기심을 자극하는 모놀로그를 끼적였던, 내가 병원을 다니기 전부터 속으로 궁금히 여기던 그 아이와.

그 애는 낮병원 환자였다. 정확한 나이는 몰랐지만 나보다 다섯 살쯤 어린 것 같았다. 독일에서 태어나 그곳에서는 흔하게 보이는 말을 벗하며 자랐다. 한국 생활에 적응하기는 쉽지 않았고, 중학교 시절 거식증이 찾아왔다. 학교를 중퇴하고 대안학교를 다니며 음악 공부를 했다. 도서관에서 준비에브 브리작의 『난 아무것도 먹고 싶지 않아』를 빌려 읽고는 구절을 타이핑해 공유했다. 내가 메리 파이퍼의 『내 딸이 여자가 될 때』를 읽고 있을 때 그 애 역시 같은 책을 읽고 있었다. 나는 그 애와 이메일을 주고받았다. 싸이월드 일촌도 맺었다. 몇 명의 지인만 모은 온라인 카페에 그 애를 초대하기도 했다.

언젠가 '후시딘 클럽'이라는 제목으로 글을 쓰려고 했던 적이 있다. 다비와 낮병원 아이들 이야기에서 구상한 글이었다. 섭식장애를 앓는 아이들 중엔 자해하는 아이도 많았다. 자해하는 낮병원 아이들에게 치료사 선생님이 후시딘 연고를 주곤 했는데, 그 연고 하나를 아이들끼리 서로 돌려가며 쓰고 있다는 것이었다. 한번은 메신저로 채팅하듯이 서로 메일을 주고받던 다비가 한동안 침묵을 지켰다. 나중에 보낸 답장에서 그 애는 손목을 긋고 나서 연고를 바른 참이라고 했다. 묵묵부답으로 있어서 미안하다고 했다. 나는 괜찮다고, 괜찮다고 했다. 미안한 게 대체 뭐가 있을까.

우리는 둘 다 토리 에이머스를 좋아했다. 그 애는 비외르크를 좋아한다고 했다. 그 애도 나처럼 피오나 애플을 좋아했는지는 기억나지 않는다. 나는 그 애 덕분에 패닉과 이적, 김윤아와 자우림의 노래들을 배웠다. 우리는 게시판에서 밤새 댓글에 댓글을 달며 대화를 이어가기도 했다. 그러다가 낮병원에 다니는 어느 냉혈한 같은 남자아이의 훼방으로 댓글로 싸우다가, 날이 밝고 병원이 문을 열기 전에 게시판의 글들을 싹 다 지워버리기도 했다. 나중에 그 애는 게시판을 엉망으로 만들어서 미안하다고 치료자에게 보내는 글을 게시판에 썼다. 나는 그 모든 소용돌이 속에 있었다. 그 애와 함께한 소용돌이에.

그러는 사이 시간은 흘렀고, 체중이 조금 붙은 나는 환자 특유의 수치심과 모멸감에 덜컥 외래 진료를 그만두었다. 나는 뒤늦게 대학을 졸업하고 직장을 구할 준비를 했고, 다비는 검정고시를 치르고 수능을 보았다. 그 애는 독문학과에 진학했다. 싸이월드 미니홈피에는 인도를 여행한 나날들, 친구들과 뭉크 전시회에 갔던 일, 그 애가 사랑하고 사랑하는 말들을 만나러 원당종마목장에 갔던 일, 가서 승마를 하고 말들과 어울렸던 이야기가 올라왔다. 점차 서로 다른 세계에 살게 되면서 연락이 뜸해졌다. 나는 광고 회사에 들어갔고, 그 첫 직장을 7개월 만에 그만둔 마지막 날에 아세

트아미노펜(진통제 성분)을 과다 복용하는 사건을 일으켰고, 다시 시험을 치르고 지방 공기업에 입사했다. 그러는 사이 프로아나 웹사이트나 병원 홈페이지에 들르는 일도 거의 없게 됐다. 싸이월드 미니홈피도 방치됐다.

/

2008년, 나는 이런 글을 썼다.

내 싸이월드 미니홈피 일촌 중 한 사람은 죽은 사람이다. 아직 메신저를 켜면 친구 목록 가운데 그 아이가 있다. 포털사이트 쪽지 보관함에 남은 어떤 메시지에 어느 새벽 굳이 회신해보면 몇 주가 지나도록 수신 안 됨 상태로 남아 있다. 혹시나, 그래도 혹시나 하는 마음에 확인을 해봐도 참 오랜만에 건넨 안부 인사를 그 애는 읽어주지 않는다.

지난해 이맘때, 회사 일에 치여 살던 나는 이른 여름휴가를 내고 춘천에 돌아와 있었다. 제헌절에 주말 이틀을 끼고 얻은 휴일은 다 해서 일주일이었다. 그저 손 놓고 멍하니 있는 것이 내게는 최선의 휴가법이었다. 놀 궁리도 할 수 없을 만큼 마음이 지쳐 있었기 때문이다. 마침내 다시 서울행 버스를 타게 된 전날, 어느 정도 기운을 차린 나는 늦은 밤 컴퓨터 앞에 앉았다. 버려진 집처럼 방치돼 있던 싸이월드 미니홈피도 모니터에 띄워보고 구석구석을 살짝 다시 살펴

보거나 먼지 쌓인 곳을 다시 밟아보기도 했다. 몇몇 일촌의 미니홈피도 방문해보자 생각했다. 다비의 이름을 가장 먼저 클릭했다. 예의 그 돌진하는 백마가 그려진 스킨으로 꾸민 미니홈피가 모니터 가운데에 떠올랐다. 간간이 다비의 미니홈피에 들러 다비가 사는 모습을 엿보고, 살아간다는 것의 가치랄까 무언가 새로운 기운이나 더 분발해야겠다는 경쟁심 같은 것을 얻어가곤 했었다. 오랜만에 들른 다비의 미니홈피는 썰렁한 느낌이었다. 방명록 메뉴 위에서만 새 글이 올라왔다는 주황색 표시가 반짝이고 있을 뿐이었다.

다비의 대학 동기들이 남긴 보고 싶다는 글이 방명록을 차곡차곡 채우고 있었다. 보고 싶다. 언제 볼 수 있을까. 잘 지내야 한다. 나중에 만나자. 순간 죽은 동물을 만진 듯 섬뜩한 느낌이 들었으나 단지 내 과대망상 탓이리라 마음을 다시 먹었다. 차가워진 손으로 마우스를 움직여 다시 미니홈피의 첫 페이지로 돌아왔다. 프로필을 적는 공간에 석 줄의 영어 문장이 남아 있었다. 미안합니다. 사랑합니다. 당신이 그리울 거예요. 얼른 자기소개 메뉴를 클릭했다. 생년월일이며 혈액형, 무슨 아파트 몇 동 몇 호인지 적은 주소며 휴대전화 번호까지 그대로 노출돼 있었다. 웬만해서는 비공개로 가려두거나 가까운 사람에게만 메시지를 공개하는 다비였다. 아찔, 하고 머릿속이 흔들렸다. 망연자실 한참을 앉아 있었다.

방명록을 거슬러 올라가며 읽어보니 다비가 죽은 것은 벌써 5월 중순이었다. 청주의 대학 친구들이 휴학 후 서울로 올라와 있던 다비를 보기 위해 서울행 버스를 탔다. 다비의 유골을 태운 재는 종마목장에 뿌려졌다. 다비의 부모님은 먼 곳으로 이사하셨다. 다비의 미니홈피 프로필을 다시 보았다. 같은 날짜 바로 직전에 분명 '열공모드'라고 써놓았던 다비다. 그걸 몇 시간 채 지나지 않아 '그리울 것'이라는 메시지로 바꾼 것이다. 게시판에도 새 폴더가 만들어져 있었다. 우는 얼굴의 이모티콘이 폴더 이름 대신 새겨져 있었다. 폴더 안에는 아무 글도 들어 있지 않았다.

나는 다비의 휴대전화 번호를 내 휴대전화 메모리에 입력했다. 5년여 동안 온라인으로만 연락을 주고받은 사이다. 처음으로 휴대전화 메시지를 보냈다. 오래 기다렸지만 답은 오지 않았다.

내게는 다비에 대한 5년의 기억이 남아 있다. 우리는 같은 병원 외래 환자로 서로를 알게 됐다. 음악 취향을 공유했고 수년 전의 자살미수 경험에 대해 얘기했다. 다비는 몇 차례 내게 만나자는 제안을 해왔었다. 그때마다 망설인 쪽은 나였다. 섬세하고 영민한 다비 앞에서 내 모습이 부끄러웠기 때문이다. 이번이 몇 번째 자살이었는지는 알 수 없다. 이번을 마지막으로 다비의 자살은 끝났다. 우연히도 이번 자살이 성공으로 끝나버렸기 때문이다. 다비의 키보드는 숨을 죽였다. 더 이상 어떤 글도 쓰지 않았다. 다비의 미니홈피에서는 끊임없이 음악이 재생돼 흘러나온다. 마지막으로 매만졌을 음악 리스트일 것이다. 오래전에 쓰던 내 메일함 두어 곳에는 다비와 주고받은 편지들이 가득하다. 언니, 만나보고 싶어요. 저 12월에서 1월까지는 서울에 있을 테니까 좋은 시간 말해줘요. 다비가 말한다.

메신저를 띄운다. 다비는 오늘도 로그아웃 상태다. 마우스 오른쪽 버튼을 클릭해 빈 쪽지 하나를 모니터에 띄운다. 안부 인사를 몇 자 적는다. 보고 싶다고 쓰기도 한다. 우리 언제 만날까? 네가 좋은 시간 정해서 말해줘. 답장 기다릴게.

휴가는 끝났다. 나는 다시 일을 해야 한다. 오래 입은 블라우스를 세탁할 시간도 없을 만큼 바쁜 스케줄이 재개될 것이다. 나는 아랫입술을 깨물고 서울행 버스에 올랐다. 아직 본격적인 휴가철이 시작되기 전이라 버스 좌석은 빈 곳이 많았다. 나는 버스 뒤쪽에 자리를 잡고 앉았다. 이어폰을 귀에 꽂고 흔들리는 창밖을, 구름에 가렸다가 벗어나며 번득이는 태양이 보풀이 인 것처럼 지저분한 산등성이를 쓰다듬는 것을 지켜보았다. 저 풍경을 어떻게 하면 좋을까. 참아볼 겨를도 없이 눈에 눈물이 고이더니 내 얼굴 전체가 눈물의 홍수에 잠겨버렸다.

버스 기사가 머리 위에 달린 거울로 내가 숨죽여 통곡하는 것을 볼세라 나는 앞좌석 뒤에 얼굴을 숨겼다. 가방을 뒤졌으나 넣은 적 없는 휴지가 있을 리 없었다. 화장품 가방 속 파란색 기름종이가 전부였다. 기름종이를 몇 장 뽑아내 흐르는 눈물을 받았다. 갓 빨아올린 수분으로 몸을 채운 이른 봄 새순처럼 콧속이 물로 흥건히 차올라 넘칠 지경이었다. 기름종이는 충분하지 않았다. 눈물은 손등에 스며들길 바라며 남은 기름종이로는 콧물을 훔쳤다.

가슴 한쪽에 큼지막이 건조한 칼집이 생겼다. 공기가 닿으니 상처가 아려온다. 가슴을 부여잡고 전철 안의 시간을 버텼다.

회사 앞에 잡아놓은 원룸텔에 도착해 짐을 풀었다. 엄마가 비닐과 신문지로 겹겹이 싸서 챙겨준 얼린 시루떡 단단한 덩어리들은 한여름 두 시간여를 들고 왔는데도 채 녹지 않았다. 비닐을 벗겨보니 표면은 조금 눅눅해져 부드러웠다. 침대에 앉아 다짜고짜 언 떡을 베어 물었다. 아직 녹지 않은 검은콩이 서걱서걱 입안에 씹힌다. 차가운 것을 열심히 삼켜보지만 도리어 식도에 걸려 있던 아까의 울음이 떡 조각들과 함께 와락 쏟아진다. 비로소 나는 엉엉 소리 내어 울었다. 가슴이 저릿저릿한 것을 참을 수가 없어 주먹으로 가슴을 쾅쾅 두드렸다. 침대에 엎드려 손으로 이불을 쥐어뜯었다. 가슴에 난 상처가 벌어진 듯 아파 손으로 상처를 꽉꽉 잡고 눌렀다. 다비야, 다비야, 하고 이름을 부르며 울었다. 이제 어떻게 살아가야 할까. 나는 혼자가 됐다. 다비는 마음속에 있는 것을 주고받는 사이였는데 정신을 차려보니 나만 혼자 남겨져 있다. 이제 나는 누구와 얘기해야 하나. 수신해줄 사람이 없어졌는데 나는 다시 발신할 수 있을까.

나는 헌화하듯 다비의 미니홈피에 방명록을 쓴다. 메신저로 쪽지를 보내기도 한다. 다비 외에 또 다른 죽은 벗들에게도 마찬가지다. 보고 싶다고 쓴 메시지를 전송한다. '읽지 않음'이라는 표식이 바뀌는 법 없어도, 가슴 통증 때문에 혼자 밤새 허우적거리게 돼도, 나는 발신하는 것을 멈출 수가 없다.

다비

벗들은 생전에 내게 사랑한다는 말을 전해주었다. 많은 감정을 온전히 내게 맡겼다.

나는 어리석은 전당포 주인처럼 외로운 나날을 살아간다.

───────────────── / ─────────────────

영화 「보통 사람들Ordinary People」에서 주인공 콘래드는 정신과 입원병동에서 함께 지냈던 캐런의 자살 소식을 듣고 충격에 빠진다. 1998년 위노나 라이더와 앤젤리나 졸리가 주연한 영화로 유명해진 수재나 케이슨의 자전소설 『처음 만나는 자유』에서도 병동의 동료 환자 중 하나였던 데이지의 죽음이 주인공의 심경뿐 아니라 병동 전체의 분위기에 파장을 일으킨다. 실비아 플라스의 소설 『벨 자』에서도 '동료 환자의 죽음'이라는 모티프는 역시 등장한다. 주인공 에스더는 스스로 목숨을 끊은 조앤의 장례식에서 홀로 이렇게 읊조린다. "나는 살아 있다, 나는 살아 있다, 나는 살아 있다 I am, I am, I am." 에스더에게 조앤은 자신의 '더블double'이었다.

나는 조앤을 쳐다보았다. 소름 끼치는 느낌에도 불구하고, 또 예전부터 싫은 마음에도 불구하고 난 그녀에게 사로잡혔다. 화성인이나 혹이 불룩한 두꺼비를 보는 것 같았다. 그녀와 생각이 다르고 감정도 달랐지만, 한편으로 워낙 가까워서 그녀의 생각과 감정이 나 자신의 뒤틀린 검은 이미지 같았다.

내가 조앤을 꾸며내서 생각하는지 의심이 들 때가 가끔 있었다. 그녀가 내 인생의 위기마다 나타나서 내가 어떤 사람이었는지, 어떤 일을 겪었는지 되새기게 하나 하고 궁금할 때도 가끔 있었다. 또 그녀 자신의 일이지만 비슷한 상황을 내 앞에 들이미는 것은 아닌지 의심스러웠다.

그날 정오 면담 때 나는 닥터 놀런에게 말했다.

"여자들이 다른 여자들에게서 보는 것을 난 못 봐요. 여자는 남자에게서 볼 수 없는 어떤 것을 다른 여자에게서 보나요?"

닥터 놀런은 가만히 있었다. 그러다가 대답했다.

"부드러움을 보지요."

그 말에 난 입을 다물었다.[11]

대학 시절, 자살한 이의 사망일death anniversary에 느끼는 막을 수 없는 감정에 대해 오래 생각하고 그에 관한 글들을 검색했던 것처럼, 나는 종종 '동료 환자inmate의 죽음'이라는 주제에 대해 생각한다.

/

보낸 날짜　2015년 12월 19일

받는 사람　L 교수님

제목　병원에 갈 준비를 시작하기 전에

토요일이고, 매주 토요일마다 저는 오전 9시까지, 혹은 가능하면 8시 50분까지 병원에 가요. 환자들이 밀리는 요일이라, 다른 사람들이 도착하기 전에 상담 시간을 충분히 갖기 위해 곰돌이 선생님이 그렇게 시간을 잡아주신 거예요.

어제 어느 서울대생의 자살 소식을 들었어요. 그 애의 나이, 유서, 먼저 목숨을 끊은 선배의 기일에 대한 집착 등등, 그런 것들이 어쩔 수 없이 오래전 기억을 떠오르게 했어요.

주초부터 어떤 글을 쓰고 있었어요. 아니, 개요만 잡아놓고 질질 끌고 있을 뿐이지만요. 아마 지난여름이었을 텐데 곰돌이 선생님하고 영화에 대한 글을 쓰는 일에 대해 얘기한 적이 있었거든요. 계획은 흐지부지돼버렸지만, 그때 봤던 몇 편의 영화에 대해 생각을 정리해보고 싶은 마음은 계속 있었어요.

쓸 수 있겠다는 드문 용기가 생겨 기쁘게 시작했지만, 어쩌면 그게 계기가 돼서 일주일 만에 체력이 약화됐는지도 모르겠어요. 지쳐서 계속 눕고, 가위눌리고, 무수한 꿈을 꾸고, 어제는 간만에 담즙을 토하기까지 했어요.

다비를 위한, 혹은 '다비와 모든 아름다운 마음을' 위한 글을 쓸 수 있을 거라 생각했고 혹은 책을 번역해 출간하는 것도 다비와 세상에 없는 아이들과 고통스러워하는 사람들에 대한 헌사가 될 수 있을 거라고 생각했어요. 제가 할 수 있는 일들을 하고 싶었어요. 그런데 과연, 제가 할 수 있을지.

지난해 봄, 제가 12년 만에 곰돌이 선생님을 다시 찾아갔던 무렵 세월호 사건이 일어났어요. 선생님은 다른 치료자분들과 휴무인 수요일마다 안산에 내려가 심리상담 봉사를 하기 시작하셨고요. 저는 차마 그 사건에 대해선 길게 얘기할 수가 없었어요. 눈 마주치길 피하듯 얘기를 피했어요. 아직도 저는 감당할 수 없어요. 그래서 간간이 헤드라인만 접할 뿐, 뉴스를 클릭하거나 동영상을 본 적은 없어요.

일부러 피하는 거예요. 하지만 어젯밤, 웹사이트에 연관 동영상으로 뜬 청문회 영상의 제목들까지 피할 순 없었어요. 저로서는 아직 여기에 옮겨 쓸 힘도 없는 그런 제목들을요.

성서에 나오는 인물이 된 것 같은 기분이 들었어요. 욥이나 예레미야 같은 사람들. 신께 "저는 그런 일을 감당할 힘이 없습니다" "제게 무엇을 바라시나요?" 하고 애원했던 사람들이요. "나는 할 수 없습니다, 내게 무엇을 바라시나요? 이 혼란 속에서 좋은 선택지를 찾는 것은 너무 힘이 듭니다. 최선의 길이 무엇인지 저는 모르겠어요. 하지만 이대로 주저앉아선 안 된다는 걸 압니다." 그렇게 말했던 사람들.

벽에 기대앉아서 그 생각을 하자니, 눈물이 나왔어요. 과연 무엇을 할 수 있을까, 어디서 힘을 다시 얻어야 할까, 생각하면서요. 벌써 몇 주 뒤면 서른일곱이 되는데, 아직도 저는 이렇게 사춘기 여자애처럼 굴고 있어요. 교수님, 이건 좋은 일이겠죠?

교수님께 메일을 드리는 중에, 글쓰기 선생님의 답장을 받았어요. 겨울방학 동안 밀린 글을 써야 한다고 하셨었는데, 지금 용산참사에 대한 글을 쓰고 계시다고요. 지난 늦봄에 강의를 들을 때, 선생님이 용산참사 희생자 유가족분들을 만나고 인터뷰를 진행 중이라는 얘길 들었었는데, 그렇게 모은 생각들을 지금 정리하고 계신 것 같아요.

이제 병원에 갈 준비를 시작해야 할 것 같아요.

9장

트라우마

환자가 될 가능성이 있는 아이들은 대개 자신을 한 사람의 고유한 인격체로서 보기보다는 주로 부모의 생활을 보다 만족스럽고 완전하도록 해주는 사람으로 간주한다. (…) 가족이 함께 만나게 되었을 경우 어떤 한 사람이 자기의 생각이나 느낌을 직접적인 말로 표현하는 일이란 거의 없다. 문제는 서로가 각자 상대방의 말이나 느낌을 알고 있다고 생각하면서 동시에 다른 사람의 말을 있는 그대로 인정하지 않고 있다는 것이다. 나는 이런 식의 의사소통을 "고유명사의 혼돈"이라고 부른 적이 있다. 왜냐하면 누가, 어떤 사람의 이름으로 지금 이야기하고 있는지를 알 수가 없기 때문이다. 아버지는 어머니의 말이 실제 무슨 뜻인지 설명해주고, 어머니는 딸의 말이나 생각을 올바르게 전달해주어야 한다고 대신 나서서 이야기하며 또 딸은 부모님에 대해 설명한다. 다른 형제자매들은 보통 이 같은 그물망에서 빠져나와 각자 집 밖에서 만족을 구하면서 홀로 남은 신경성 식욕부진증 환자를 마음이 약한 착한 아이라고 말하며 부모의

희생양이 되게 한다.[12]

역내는 붐비고 무더웠다. 대학입구역이고 방학은 아직 시작을 안 했는데, 학생들은 보이지 않고 집에서 입는 차림새 그대로 밖에 나온 사람들과 체구 작은 노인들이 잔걸음 치거나 역사의 둥근 기둥 아래 둘린 나무 벤치에 앉아 더위를 식히고 있었다. 평일 낮이었는데도 출구 방향을 알리는 표지가 붙은 또 다른 기둥 옆에 선 나를 스칠 듯 지나는 사람들로 역내가 북적인 것은 역사의 구조 탓이기도 했다. 긴 복도를 두고 출구가 양쪽으로 나뉘는 대신 개찰구부터 적어도 예닐곱 개는 될 출구가 작은 광장 모양의 이 공간을 뱅 두른 탓에, 사람이 조금만 늘어나도 동선들이 정신없이 교차해버렸다. 북적이는 가운데 나는 가방에서 집히는 대로 꺼낸 종이를 반으로 접어 부채질을 하며, 다른 손으론 화장을 닦아내고 젖은 티슈 뭉치로 연신 이마와 목 뒤의 땀을 훔치고 있었다.

3번 출구 쪽 기둥 옆에 서 있다고 문자를 보내고 그를 기다리는 중이었다. 면접 자리에서 잠깐 얼굴을 본 게 고작이라 앉은 자세에서 받은 인상이나 말투의 느낌밖에는 기억이 나지 않는 그가 어느 방향에서 걸어올지, 그 역시 나를 알아볼지 난감해하면서 나는 앓고 난 가볍고 들뜬 몸으로 중심을 잡고 서 있었다. 그러나 불안해하면 안 된다. 이따금 눈앞이 아찔해지는 것을 참으며 나는 숨을 골랐다. 이 정도나마 심장이 진정되지 않았으면 이렇게 역 하나 거리만큼 나오기는커녕 집 앞 편의점에도 다녀올 수 없었을 것이다.

며칠째 심장이 무섭게 뛰고 있었다.

회사를 그만둔 지 한 달이 되어간다. 약 때문에 무너진 지도 한 달이었다. 처음엔 졸로프트, 그리고 프로작이었고, 이 항우울제들이 다 떨어진 뒤에는 남아 있던 자낙스를 삼켰다. 알프라졸람 항불안제인 자낙스의 단기적 부작용은 기억상실이었다. 나는 정신을 차릴 때마다, 정확히 말해 자의식이 돌아올 때마다 조금 전까지 내가 무엇을 했는지 기억나는 게 없다는 것을 깨달았다. 하루의 기억이 쌓이지 않는 증상은 한 사흘쯤 계속됐다. 그러다 심장이 내달리기 시작했다. 내 몸보다 몇 배는 덩치가 큰 동물의 심장이 왼쪽 쇄골 밑에 자리를 틀고 내 신체적 상태나 감정 따윈 상관없이 무섭게 고동쳤다. 가슴과 목이 죄어들었고, 때로 뒤통수를 꽉 채우는 터질 듯한 압력이 두려워 되도록 걸음을 떼지 않았다. 차마 문밖으로 나가는 건 상상도 할 수 없었다. 누워 쉬고 싶었지만, 쉬고 싶다면 눕기는 포기해야 했다. 누우면 납작해지는 흉곽 밑에서 심장이 되레 발광을 시작한 까닭이다. 기진맥진해지면 나는 의자 등받이에 기대어 (희한한 환상에 가위눌리기 전까지) 잠깐씩 눈을 붙였다. 의자에서도 몸은 불규칙한 간격으로 퉁퉁 튀었다.

그 와중에 그의 전화를 받은 것이다. 비몽사몽간에 꽤 놀랍게도, 나는 실수 없이 대화를 이어갔던 것 같다. 일이 있다고 했다. 작은 일이지만, 잠깐 아르바이트를 해줄 수 있느냐고 했다. 그는 '작은' 일이라고 몇 번 더 말하며 나를 떠보는 듯했으나 나는 돈이 필요했다. 생활비가 떨어지기 전에 무엇이든 일거리를 찾아야 했다. 직장을 다니고 있지 않느냐는 그의 물음에 나는 프리랜서로 다시 번역 일을 하고 있다고 둘러댔다. 물론 거짓말이었다. 예전에 함께 일하던 에이전트로부터 의뢰가 들어오긴 했지만, 업무 능력을 거의 잃어버린 나는 일을 미루고 미뤄 그를 실망시키고 결국 화나게 한 끝에 계약을 물릴 수 있었다. 그러니 '작은 일'이라면 알아볼 만했다. 보수도 그만큼 '작을' 테지만, 그때의 나로선 그게 최선이었다.

그리고…… 그를 만났다. 그는 어디서 내 쪽으로 걸어왔던가? 키가 컸던가? 마직물로 된 베이지색 재킷 자락을 휘날리며 성큼성큼 걸어왔던 사람이 그인가? 나는 그를 본 적이 있었으나 그때 그는 부동산 분양 광고를 주로 다루는 삼류 광고 회사에서 철야에 찌든 디자이너였고 나는 겨자색 스웨터에 깔끔하게 떨어지는 블랙진을 입고 면접에 참석한 입사 지원자였다. 그는 나를 마음에 들어하는 것 같았지만(우리는 이야기가 제법 잘 통했다) 정작 내가 지원한 기획팀의 AE는 내성적인 티를 감추지 못하는 나를 뽑느니 경력은 부족해도 강단 있어 뵈는 어린 지원자를 데리고 일하자고 생각했던 것 같다.

그런데 그가 지금은 마치 딴사람처럼, 제법 멋스럽게 차려입고 나타난 것이다. 이미 온몸이 땀으로 젖어, 신고 나온 스니커즈가 너무 초라해 보이진 않길 바라며 애써 한 움큼씩 웃으며 앞으로 나서는 나를, 그는 벌써 조금 안쓰럽게 보는 것 같았다. 내게서 보이는 병색에 당황한 건 아닐까 순간 아찔했지만, 이제 와 어쩔 순 없는 일이었다. 오랜만에 사람들 속에 섞인 내 몸은 기이하게 작고 간결해진 느낌이었다. 진공 포장을 한 김밥 재료마냥.

내가 사는 곳으로 오겠다고, 그 근처에서 식사를 하는 게 어떻겠냐고 하는 걸 일부러 바로 다음 역인 이곳에서 보자고, "대학 근처니까 제가 사는 동네보다는 밥 먹을 데가 많을 거예요"라고 말을 돌리긴 했지만, 나는 앞장서서 그를 안내할 처지도 아니었다. "여긴 학교로 나가는 쪽이라서요." 3번 출구로 걸음을 옮기는 그의 꽁무니를 쫓으며 내가 말하자 그가 대답했다. "학교 가는 길이면 식당이 있겠죠. 어디, 이리로 가봅시다."

'여기서 학교를 다녔을 것 아니에요. 그런데 주변에 뭐가 있는지도 몰라요?' 나는 그런 질문을 예상하고 수치심에 어깨를 움츠렸다. 어쩌면 정말로 그가 그렇게 물었었는지도 모르겠다. 나는 짐짓 웃음을 터뜨리며 '잘 돌아다니질 않아서요'라고 얼버무렸겠지. 또 '게다가 벌써 10년도 더 지났는데요. 동네가 많이 변했어요'라고 덧붙였을 것이다. 그럼 일인용 에스컬레이터의 두 계단 위에 서서 높다란 입상과 같이 솟구치고 있던 그는 자기 뒤의 나를 예의 그 명문대생으로 다시 기억해내고, 왠지 모르게 병색이 완연해서 나타났지만 어떤 일이든 믿고 맡길 수 있으리라는 걸 다시금 되새겼을지 모른다. 이 모든 생각이 불쾌한 오한을 일으켰다.

광고 회사에 사표를 내고 나왔다는 그는, 얼마 전 작은 디자인 사무실을 내고 공공기관 책자 제작 업무를 수주하고 있다고 했다.

공공기관 업무라 해봤자 그가 따내는 일들은 각 부처에서 1년 치 업무 성과를 홍보하기 위해 때가 되면 의례적으로 제작하는 일종의 사례집 같은 것들이었다. 그가 내게 참고하라고 먼저 보내준 파일은 지방 경찰청의 소위 '4대악 척결' 사례집의 초고였다. 가정폭력 파일이 하나, 성폭력 파일이 하나였는데, 나는 두 장 모두 처음 한두 사례를 읽는 둥 마는 둥 기진맥진해서 파일을 끌 수밖에 없었다. 거기 묶인 사건들은 어떤 대우도 받지 못한 비참 그 자체였다. 인간의 비참을 처리하는 행정 당국의 방식이었다. 어쨌든 나는 그런 책자를, 그것도 편집자의 손길 하나 거치지 않은 날것의 텍스트를 받아 작업할 각오를 하고 있었지만, 그가 이번에 내게 부탁하고 싶은 일은 좀 다른 일이라고 했다. 자신이 다문화가정지원센터에서 받아 올 텍스트를 다듬는 일을 한 달쯤 해줄 수 있겠느냐는 것이었다.

"시골에 시집온 외국인 아내들 있잖아요. 동남아에서. 주로 베트남이죠…… 베트남 같은 데서 온." 주방 카운터에서 같이 주문을 하고 입구에 면한 자리로 돌아와 마주 앉은 테이블에서 그가 말했다. 대학 셔틀버스 노선을 따라 오르막길을 꽤 올라가서야 마지막 상가 건물 끝에 자리한 프랜차이즈 비빔밥집을 찾아낸 참이었다. 학생들이 두어 테이블을 차지하고 앉아 끼니를 때우고 있었다. 그는 말을 이었다. "센터에서 외국인 아내들한테 한글을 가르치거든요. 한글을 배워서 남편한테, 가족들한테 서툴게 쓴 편지를 편집해야 하는데, 그 일을 해줄 사람이 없어서요." "분량이 어느 정도 돼요?" 나는 물었다. 그는 조금 난처한 듯 웃으며 사정을 설명했다. "그 편지를 한글 파일로 주는 사람도 있지만, 그건 드물고…… 대개 편지지나 엽서에 써서 주거든요. 그게 다 안 들어왔어요. 그래, 이것부터 말해야겠다, 한 달쯤 뒤에야 일을 시작할 수 있을 거예요." 그렇다면 그 전까진 생활비를 마련할 다른 방법을 강구해야 한다. 순간적으로 속이 뒤틀렸지만, 나는 표정을 드러내지 않으려 애썼다.

그는 일에 관해 설명한 뒤, 자신과 함께 일하는 여직원에 대해 이야기하기 시작했다. 실력은 평범하지만 글도 제법 잘 정리하고, 씩씩하고 거침이 없어서 혼자 차를 몰고 부산, 해남까지 내려가서 외국인 아내들의 인터뷰를 따 온다고 했다. 그 얘기를 하는 건 내 가치를 미리 떨어뜨리고 내 노동력을 싸게 사기 위해서라는 걸 알면서도, 그 무렵엔 이미 그까짓 것에 신경 쓸 경황 없이 지쳐버린 나는 말없이 미소 지으며 고개만 끄덕여주었다.

/

그 무렵 찍은 사진이 있다. 그러니까, 곰돌이 선생님에게 보내기 위해서 말이다. 귓가의 머리카락이 눈물에 다 젖은 채로 겨우 일어나 곁에 놓여 있던 휴대전화를 충전 케이블이 꽂힌 채로 조금 들어 올리고, 닫힌 이중창이 내 머리 위에서 어느덧 파란 형광색으로 물들어 있는 것을 찍었다. 새벽이 온다. 그러나 그걸 아는 것은 나뿐이었고, 지금의 진실이 겨우 나와 함께 파묻히지 않도록 누군가에게라도 호소하고 싶었다. 내 방에서 유일하게 빛깔을 지닌 조그만 이중창은 이미지가 아니라 마치 운동처럼, 빛이 고막을 팽창시키는 소리를 내며 진동하는 것처럼 느껴졌고, 내가 타인에게 호소할 방법은 이젠 메일을 잘 읽어주지도 않는 곰돌이 선생님에게 또 한 통 컴플레인 메일을 쓰는 것뿐이었다.

그 메일은 아직 내 메일함에 남아 있다. 2014년 6월 21일. 이 모든 게 밑에서부터 거품을 일으키며 끓기 시작했을 즈음이다. 그 무렵부터, 처음부터 시작해보자.

/

토요일 오후에, 나는 그날 아침 병원에서 받아 온 2주 치 약봉지를 한꺼번에 찢어 책상 위에 쏟은 다음 자낙스만 골라낸 뒤 남은 것을 삼켜버렸다. 마침 그날은 항우울제 용량을 늘려보기로 하고 졸로프트에 프로작 캡슐이 하나씩 추가된 날이었다. 처방약을 과량 복용하는 식으로는 목숨을 끊기 어렵다는 것쯤은 알고 있었지만, 운이 좋아 다시는 깨어나지 않게 되든 고작 된통 앓는 것으로 끝나든, 내가 그때까지 망쳐온 이 요령부득한 스토리에 종지부를 찍고 싶었다.

그런 뒤 눈이 부시고 어스름한 어느 시각에 빛의 방음실 같아진 내 방에서 눈을 뜬 나는, 내 빌어먹을 스토리가 또 한 번의 코미디가 돼버렸으며, 무엇보다 이제부터 내가 감수해야 할 위기가 심상치 않으리란 것을 곧장 느낄 수 있었다. 요의가 있어 화장실부터 가자고 일어났지만 무릎을 펴기도 전에 분해된 장난감처럼 쓰러져버렸다. 자칫 얼굴뼈나 앞니를 깰 뻔했다. 이제껏 해왔던 대로 쉽게 몸을 움직일 수 있으리라고 생각해선 안 된다는 걸 깨달았다. 뛰는 가슴을 진정시키자 웃음이 나왔다. (상황이 상황인지라 나는 오히려 냉정해져 있었다. 게다가 내가 삼킨 건 2주분의 항우울제였으니 진정 효과도 있었을 것이다.) 오호라, 다리를 움직일 수 없구나. 사실상 나는 온몸을 벌벌 떨고 있었다. 열이 있었고, 마치 목과 얼굴 주위에 바람을 잔뜩 넣은 튜브라도 두른 듯 멍멍해진 귀에선 심장 소리가 들리고 시야가 좁아져 있었다. 머릿속에서는 윙윙 소리가 나고 딸꾹질이 났다. 아직은 아무것도 생각하고 싶지 않았고 또 피로해져서, 나는 다시 잠이 들었다.

벽을 잡고 다리를 한쪽씩 옮기는 식으로 걸음을 뗄 수 있게 됐을 때 나는 화장실에 다녀왔다. 다리는 제멋대로였다. 되는대로 늘어뜨린 고무 인형의 다리처럼 경련을 일으키며 앞으로 옆으로 튕겨나갔다. 몸의 무게중심도 사라졌다. 자칫하면 고꾸라졌다. 서 있던 방향을 바꾸거나 몸이 옆으로 조금 기울기만 해도 균형을 잃었다. 나중에 알게 된 사실이지만, 별것 들어 있지 않은 아주 가벼운 비닐봉지만 한쪽 손에 들어도 계단을 오르다 그쪽으로 몸이 기울어 넘어질 수도 있었다. 계단을 스스로 오른다는 것도 며칠 만에야 터득한 대단한 성취였지만.

이제는 절대 마음을 따르지 않는 몸을 추스르며, 비현실적인 머리를 가눈 채, 어찌어찌해서 책상 앞에 앉은 다음 메일을 썼다. 우선은 회사의 상사에게, '몸살'이 심해서 월요일에 출근하긴 어려울 것 같다고 썼다. 그리고 곧장 구글을 검색했다. 답은 금세 나왔다. 세로토닌 신드롬serotonin syndrome이었다.

세로토닌 신드롬은 세로토닌 작동성serotonergic 약물 복용 뒤에 일어날 수 있는 일련의 증상이다. 고열, 불안, 반사 운동 증대, 떨림, 발한, 동공 확대, 설사 등이 증상에 포함된다. 체온이 41도 이상으로 오르기도 한다. 발작, 심각한 근육 파괴 같은 부작용이 있을 수 있다.

증상을 더 찾아 읽었다.

증상은 대개 체내 세로토닌 수준이 급격히 높아진 뒤 즉각 발생한다. (…) 경미한 증상에는 심박수 증가, 떨림, 발한, 동공 확대, 간대성 근경련(근육의 간헐적 경련), 반사 이상 등이 있다. 보통의 중독 증상에는 과활동 대장음, 고혈압, 이상 고열 같은 추가적 이상이 더해진다. 반사 이상과 간헐성 경련은 상지에서보다는 하지에서 많이 나타난다. 과민한 경계심, 불면, 불안 같은 정신적 변화도 동반된다. 심각한 증상은 자칫 쇼크로 이어질 수 있는 심박 및 혈압의 급격한 상승을 포함한다. 생명이 위험한 사례에서는 체온이 41도 이상으로 오르기도 한다. 그 외 이상 증상에는 대사성 산성 혈액증, 횡문근융

해, 발작, 신부전, 파종성혈관내응고 등이 있으며, 이는 대개 이상 고열로 인한 결과로 초래된다.

증상들은 종종 임상적으로 다음과 같이 분류된다.
- 인지적 증상: 두통, 불안, 경조증, 혼동, 환각, 혼수상태
- 자율신경적 증상: 떨림, 발한, 이상 고열, 혈관 수축, 심계 항진, 구토, 설사
- 신체적 증상: 간헐적 경련, 과도한 반사 반응, 떨림[13]

졸로프트, 프로작 같은 선택적 세로토닌 재흡수 억제제SSRI 계열 항우울제는 신경전달물질 세로토닌이 재흡수되는 것을 제한함으로써 세로토닌의 세포 밖 농도를 높이는 식으로 중추신경에 작용하는 약물이다. 세로토닌 증후군이란 약물 처방이 의도한 것 이상으로 뇌 신경세포에 세로토닌이 과도하게 늘어나 생기는 증상이니, 문제가 생긴 곳은 내 중추신경임이 틀림없다.

어느 순간 공포에 질린 나는 곰돌이 선생님에게 메일을 썼다. 하지만 선생님이 혹시라도 배신감에 분노를 터뜨리지 않도록, 놀라서 외부에 연락을 취하지 않도록 나는 대수롭지 않은 투로 짧게만 적었다. 죄송해요. 약을 다 삼켰어요. 걸을 수가 없는 것 같은데, 이게 괜찮아지려면 얼마나 걸릴까요? 이틀 치 약을 복용했다고 잘못 이해한 선생님은 염려할 필요 없다고 짧은 답장을 보낸다. 이틀 치가 아니라 2주 치라고요. 뜻밖에도 선생님은 침착하게, 일

단은 물을 많이 마시라고 답을 보내온다.

월요일, 나는 급히 재택근무를 신청하고 불같이 흔들리는 몸으로, 의식만 온전한 채 책상 앞에 앉아 업무를 본다. 클라이언트가 전화를 걸어 때마침 고래고래 소리를 지르기도 한다. 나는 주저앉는다. 얼마간은 그 상태로 출근을 한다. 천천히 걷는 것만 할 수 있어 일부러 평소보다 일찍 집에서 나온다. 신호등 불이 바뀌어도 뛸 수 없고(다리가 움직이지 않았으므로) 몸 전체를 움직이지 않고는 가던 방향을 바꿀 수 없다(그랬다간 균형을 잃고 넘어지기 일쑤였으니). 시야는 정확히 이중으로 보인다. 때때로 심하게 열이 치솟고 식은땀이 흘러내린다. 나는 이 모든 증상을 '몸살'이라 둘러댔다. 회사 사람들은 모두 그대로 믿는 표정이었다. 다만 어쩔 줄 모르는 안쓰러운 얼굴로 나를 빤히 쳐다보았다.

회사는 곧 그만두었다. 남은 자낙스를 다 삼키고 나서는 심장 이상 증상에 시달렸다. 환각과 악몽도 견디기 어려운 증상이었다. 정신과 처방약이 다 떨어지고 여기저기 약국과 편의점을 들러 진통제와 감기약을 복용하기 시작하면서 그 증상은 더 심해졌다.

/

12년 만에 찾아갔을 때 곰돌이 선생님은 반백으로 헝클어진 반곱슬머리를 하고 책상 앞에 앉아 계셨다. 눈을 내리깔고, 불이 잦아든 뒤에 재가 돼서 살아남았던 가냘픈 구조물이 소리 없이 무너지는 것 같은 미소를 지으셨다. "지니씨는 옛날 그대로네? 나는 할아버지가 다 됐지?" 대화 중간에 자리에서 일어나 책장 한쪽에서 뭔가를 꺼내시더니, 몇 년 전부터 주력하고 계시는 새로운 치료법(안구운동 민감소실 및 재처리요법EMDR)을 전면에 내세운 새 명함을 건네신다. 자리에서 일어날 때의 난데없는 민첩함이나 두 다리가 번갈아 문진처럼 땅을 누르는 무심하면서도 확신이 밴 걸음걸이가 생경했다. 당신은 의사이고 이 병원의 원장이며 당신의 말은 오래전부터 그대로 대중에게 전문가 논평으로 전해져왔다. 하지만 곰돌이 선생님은, 최소한 그때 본 곰돌이 선생님은 책상 한쪽에 놓인 샬레에 손가락을 넣고 색색의 구슬 같은 것을 만지작거리며 침묵하고 계셨다. 그로부터 몇 주 뒤에야 안 사실이지만 거기에 들어 있던 것은 갖가지 알약이었다. 선생님이 차마 말씀하지 못하셨던 것은 아마도 당신의 암 투병에 관한 이야기였을 것이다.

12년 만에 곰돌이 선생님을 다시 찾은 2014년 4월, 곧 세월호의 비극이 세상을 휩쓸었고 나는 곰돌이 선생님의 '병'이란 것이 암이었음을 알게 됐으며, 그 모든 것이 뒤엉켜 그해 초여름 나는 또다시 밑바닥 중 밑바닥으로 가라앉기 시작했다.

/

병원 로비는 그날따라 북적였다. 나는 일부러 아무도 쳐다보지 않고 빈 소파를 찾아 앉았는데, 아마도 건너편 소파에 아이를 상담실에 들여보낸 부모가 앉아 있는 듯했다. 짐작이 확실해질수록 신경이 곤두섰지만, 최대한 그들이 나를 의식하지 않도록 애쓰며 (자세히 설명하자면 '텔레파시'적으로. 그들과 같은, 그리고 나와 같은 부류의 사람들이 말과 행동의 뉘앙스로 의사를 전달하는 일종의 텔레파시를 나는 수신해본 적도 없고 수신할 줄도 모르는 것처럼 가장하며) 고개를 숙인 채 휴대전화만 들여다보고 있었다. 그러나 피할 길이 없다는 것을 나는 알고 있었다. 그들은 (어쩌면 둘이 대화하는 동안에도 시선은 내내 나를 향하고 있었을지 모를 그들은) 어색하고 불편한 그들의 관계 속에 나를 집어넣었다. 나는 관객으로, 혹은 증인으로 그들이 만든 장면 속에 흡수됐다. 꿈의 장면이 상연되고 있었다.

   떨면서, 나는 그들의 대화를 감청했다. 부부는 무언가를 구입하는 것에 대해, 그 값을 지불하는 것에 대해 얘기하고 있었다. 하지만 대화는 불분명했다. 이야기가 불쑥 중간부터 이어지는 느낌이었다. 남자는 그 뭔가를 '여기서'(간호사가 앉아 있는 로비 카운터에서?) 살 수 있지 않느냐고 아내에게 묻고 있었지만, 그것이 '그렇다' 혹은 '아니다'라는 답을 요구하고 있는 건지, 아니면 그것이 얼마인지 묻고 있는 건지, 그것을 얼른 사 오라는 뜻인지, 그것을 굳이 사야 하느냐고 불만을 표하고 있는 건지 판단하기가 어려웠다. 아니, 그가 일컫는 '그것'이 무엇인지도 애매했다. 그가 정말로 아내에게 '묻고' 있는 건지, 혹은 그냥 혼잣말을 한 건지도 불확실했다. 아내는 역시 모호한 대답으로나마 그의 말에 늦지 않게 대응해주고 있었지만 둘 사이의 긴장과 갑갑함과 분노가 팽팽해져가는 건 어쩔 수

트라우마

없었고, 감청자이지만 그 풍경 속에 들어선 나는 마치 그들의 아이인 것처럼 겉으론 아무것도 못 느낀 양 심장을 꽉 쥐고, 끌어안고, 배 속으로 팔과 허벅지 속으로 침잠하고 증발하고 있었다.

그들이 목소리를 높여 싸우지 않은 것은 병원 로비에 있었기 때문일 것이다. 멀쩡해 뵈는 환자, 그러니까 내가 건너편 소파에 앉아 있었기 때문일 것이고, 그런 내게 자신들 역시 정신 나간 구제불능이 아니라 교양 있는 사람들이며 환자가 아닌 보호자로 여기 왔다는 것을 어필해야 했기 때문일 것이다. 그리고 남편의 말에 가까스로 응수해주고 있던 아내가 우울증 환자이기 때문, 지금 상담실에서 묵언 투쟁을 벌이고 있을 그들의 딸처럼 이 병원의 외래 환자이기 때문이었을 것이다. 카운터에서 나는 그들이 두 사람 몫의 약을 받아 가는 것을 엿들었고, 아이의 엄마는 안타깝게도 얽히고설킨 의사소통을 혼자 버텨내다가(풀려고 한 게 아니라) 우울증에 빠져 기권해버렸으리라고 나는 추측했다.

그때 남자가 내가 앉은 쪽으로 다가왔다. 내가 앉은 소파 옆에는 정수기와 커피 머신, 그리고 종이컵과 녹차 티백, 티슈 상자 같은 것들이 놓여 있는 낮은 장식장이 붙어 있었다. 긴장한 나는 태연한 척하는 연기에 집중했고, 저기 멀찍이서 이 광경을 지켜보고 있는 그의 아내의 불안한 마음이 강한 파동처럼 곧장 내 늑골을 휩쌌다. 내 왼쪽 가까이에서 둔중한 존재감이 기척을 내며 성량 좋은 목소리로 말했다. "……에스프레소 마실래?" 고개를 돌려 그 말을 하면서 그도 멋쩍은 듯 웃었고, 나는 그가 나라는 제삼자

앞에서 딴사람을 연기하고 있다는 걸 알았다. 여자는 숨을 내뱉듯 황망하게 웃으며 "아니……"라고만 웅얼거렸다. 그리고 그 장면은 마무리됐다. 나는 가까스로 그들이 만든 상황에 말려들어가는 걸 피했다.

마치 그것이 세상을 좀먹는 가장 큰 문젯거리인 양 중학생 딸의 보충학습에 대해, 병원에 오느라 빼먹는 수업 시간에 대해 두 사람이 드디어 처음으로 유창하고 동등한 대화를 이어나가고 있을 때, 상담실 문이 벌컥 열리고 아이가 걸어 나왔다. 아무것도 보지도 듣지도 못하는 사람처럼 고개를 숙이고 있던 나는 (진심으로 보고 싶었던) 아이의 얼굴을 보지 못했지만, 그 애가 등장하자마자 로비 안의 모든 것이 충돌을 일으키며 북적이는 것을 느꼈고 그 애의 부루퉁한 얼굴을 상상할 수 있었다. 혹은, 울어서 붉게 부은 눈을.

그 애는 나처럼 부모의 장에 발을 들이지 않고 날렵하게, 매몰차게, 버릇없이 혼자 걸어 나갔다. 한마디 건네려는 시도도 없이. 부부는 아이가 벗어놓은 가방과 이것저것을 챙겨 부산스럽게 뒤를 따랐다. 아이가 모습을 드러낸 뒤부터 잔소리를 그치지 않던 남자가 목청을 높이기 시작했다. "성혜야, 신발 똑바로 신어! 신발 꺾어 신지 말라고 했지? 신발 똑바로 신어! 성혜야!"

나는 마지막에 고개를 들고, 부들부들 떨며 속으로 외쳤다. 아저씨, 아저씨나 똑바로 사세요, 하고.

그래서 간호사가 내 이름을 부르고 상담실이 있는 3층으로 올라가 마침내 곰돌이 선생님 앞에 앉았을 때, 나는 그에게 털어놓아야 할 얘기가 하고많았는데도 어쩐지 어떤 말도 꺼낼 수가 없을 것 같았다. 그는 내가 처방약을 한꺼번에 삼킨 것을 알고 자신이 얼마나 놀랐는지, 얼마나 실망했는지 이야기하며 내 상태에 대해 물어왔다. "지금은 많이 괜찮아졌어요." 나는 대답했다. "그 정도니 다행이네." 그는 내 말의 외피를 곧이곧대로 믿는 듯했다.

"무슨 일이 있었다고?" 그는 괴로워하는 내게서 답을 얻어내려 애썼다. "밖에서 무슨 일이 있었다고 그래? 무슨 환자를 봤는데? 그럴 만한 환자는 없었을 텐데……?" 의자 등받이 쪽으로 몸을 돌린 채 축 늘어져 있던 나는 점점 숨이 막혀오는 것을 느꼈다. 좀더 깊이 들이마시고 내쉬어도 갑자기 폐가 말라버린 듯 더 깊은 숨이 간절해졌다. 발버둥치고 싶은 것을 가까스로 참으며 자세를 고쳐 앉았다가 다시 등받이에 눕듯이 기대서 천식 환자처럼 호흡하기 시작했다. 순간적으로 손과 팔이, 목과 턱과 입 주위가 미라처럼 굳었다. 날개처럼 펴진 손가락이 오그라들기 시작했다.

"그렇게 숨을 쉬니까 그렇지!" 선생님은 금속의 마찰음같이 쌕쌕 소리를 내며 가쁘게 호흡하는 나를 말로 멈춰보려 하다가 여의치 않자, 서둘러 자리로 돌아가 종이봉투를 하나 찾아내어 입에 대고 훅 불더니 입구를 막은 채 내게 가져와 그것에 입을 대고 숨을 쉬라고 했다. 나는 그의 입 냄새가 나는 봉투 속 공기를 한 번 들이쉬다 포기하고 봉투를 밀쳐냈다. 그가 조용히 웃음을 터뜨렸다. 그제야 나는 그가 나를 공황 상태에 빠트리지 않기 위해, 마치 이 모든 상황이 별일 아닌 것처럼 일부러 느긋하게 행동하고 있다는 것을 깨달았다. 그는 의사 역할을 하고 있는 것이다, 이 모든 걸 주의 깊게 지켜보면서. 나는 봉투를 쓰는 건 아무 소용 없으니 그냥 숨을 참아보겠다고 했다. 한밤중에 집에서도 이런 적이 있었고, 숨을 참으니 결국 해결됐다고. 나는 기갈을 호소하는 몸의 요구를 일절 무시하기로 했고, 그 순간부터 아무 소리도 내지 않고 눈도 입도 꽉 닫은 채 웅크리고 기다렸다. 상담실이 갑자기 조용해졌다.

호출을 받은 간호사가 자낙스 한 알과 찬물이 담긴 종이컵을 갖고 들어왔다. 알약과 종이컵을 내미는 선생님에게 "손을 못 움직인다고요" 하고 짜증을 냈다. 그는 웃으며 "특별히 이번 한 번만이다" 하고 종이컵을 내 입에 대주었다. 한 모금도 안 되는 물을 겨우 입에 머금고 다시 입술을 벌렸다. 알약을 입에 넣어주는 그의 손가락 끝을 앞니로 깨물어버렸다. 그는 소리 내 웃으면서 손을 치웠다.

아까까지와는 달리 조금 당황한 태도로 그는 내게 혼자 일어날 수 있겠냐고 묻더니, 상담실 문을 열고 앞장서서 잰걸음으로 걸어나갔다. 나는 주인이 없는 빈 상담실로 들여보내져 크고 환한 창문을 마주하고 놓인 책상 앞에 앉아, 그 넓고 육중한 책상을 잠시 혼자 쓰게 됐다. 곰돌이 선생님은 문을 조금 열어둔 채 밖으로 나갔다. 그가 간호사와 이야기 나누는 목소리가 들려왔지만 아무것도 알아들을 수 없었다. 나는 팔베개를 하고 책상 위에 엎드린 채

의사가 건네준 설문지를 설렁설렁 읽어나갔다. 하지만 쓸 수 있는 말은 별로 없었다.

/

　박지니씨. 박지니씨? 여길 봐요. 날 봐봐. 지금 무슨 생각해?
　박지니씨. 말을 해봐. 기껏 병원 와서 또 아무 말도 안 하고 가려고 그래? 얘기를 해야지 내가 듣고 도와주지.

/

보낸 날짜　2014년 6월 28일

받는 사람　곰돌이 선생님

제목　그리하여 촉발된 발화

　-내담자의 분석

"선생님은 바위 같으시다. 나 같은 아이, 그리고 나 같은 아이의 가족이 그러듯이 숨겨진 메시지를 읽거나, 읽으려고 하거나, 진의를 의심하거나, 즉발적으로 텔레파시를 시도하려고 하지 않으신다. 그분은 내 말을 곧이곧대로 믿어주신다. 오직 내가 '내놓은' 말, 내가 현실에 내놓은 말하고만 대화하신다. 그래서 내가 말을 할 수 있게 하신다. 그것은 '항상 거기 있어주는 능력'들어주는 능력'보다 더 큰 무엇이다.

–망가진 시각의 환각.

한참 혼이 빠진 채 누워 있다가 정신을 차리고 일어났어요. 약 먹으면서 가장 나빠진 것 중 하나가 바로 시력인데 워낙 좋지 않은 눈이(특히 우세안인 오른쪽이) 약간 타격을 입었어요. 미친 사람같이 없는 걸 보는 일은 다행히 없는데(라고 저는 주장하고 싶습니다) 벽 위의 자국을 계속 움직이는(아무리 다시 보아도 계속 움직이는) 벌레로 보거나 조금 전처럼 책꽂이에 꽂힌 책등의 글자를 움직이는 그림처럼 보는 일은 종종 생깁니다.

귀여운 그림을 보았어요.

어린이 그림책이나 문구류에 들어 있을 법한 토끼 혹은 고양이 모양의 귀여운 캐릭터가 사람 모양의 인형을 들고 미소 지으면서 좌우로 움직이고 있었어요. 양손으로 든 인형을 좋아라 하고 마주 보고 왼쪽으로 까딱 움직이고 오른쪽으로 까딱 움직이고 하면서. 눈을 꽉 감았다 뜨거나 시선을 옮기면 쉽게 지워질 인상이었는데 저는 그냥, 저 아이를 한번 끝까지 지켜볼까, 하는 생각이 들었어요. 그래서 눈을 깜빡이지 않고 계속, 가만히 지켜봤어요.

그 귀여운 토끼-고양이 여자아이는 한동안 인형을 그렇게 가지고 놀다가 조용히 표정이 바뀌더니 천천히, 인형을 고꾸라뜨리듯(창밖으로?) 내던져버렸어요. 슬로모션처럼. 마지막에는 그쪽으로 뒷발길질까지 하고서는 (반대쪽에 있을 문밖으로) 걸어 나갔습니다.

악몽과는 달리, 무섭거나 오싹한 느낌은 없었어요. 토끼-고양이 여자아이는 끝까지 귀엽고 샐쭉한 이미지였고 저는 특별히 겁먹거나 하지 않고, 그 광경을 끝까지 지켜볼 수 있었습니다.

-T. S. 엘리엇, 「네 개의 사중주」.

어제는 도서관에서, 시중에서는 절판돼서 구하기 힘든, 심지어 정독도서관에서조차 직원에게 부탁해 서고에서 꺼내 와야 하는 책이 된 이창배 교수의 『T. S. 엘리엇 전집』을 가져다가 「네 개의 사중주」 연시 부분만 복사해서 가져왔어요. 그걸 다시 2부 더 복사해서 저 하나, 제가 가장 좋아하고 존경하는 친구 하나, 그리고 선생님 하나, 이렇게 나눠 갖고 싶다고 생각했지요.

T. S. 엘리엇은 제가 제일 좋아하는 시인, 제가 가장 존경하고 부러워하는 시인이에요. 차라리 내가 나 아닌 그의 시가 될 수 있다면, 그럼 모든 것이 완벽하고 완전무결해졌을 텐데요. 그의 시, 특히 「황무지」와 「네 개의 사중주」는, 한 세계의 탄생인 동시에 한 세계의 완성인 것처럼 느껴져요. 인간의 삶도 완성되기는 힘든 일인데 그는 정말로 샤먼, 최소한 '20세기의 샤먼'이었던 것 같아요.

-토머스 하디, 『더버빌가의 테스』. '저보다 훨씬 더 나은 아이'.

어려서(초등학교 6학년~중학교 1학년 무렵) 읽은 토머스 하디의 『더버빌가의 테스』에서 지금도 잊지 못할 만큼 제일 기억에 남은 부분은, 별로 중요치 않은 부분일 제일 끝 무렵 테스의 이야기예요. 테스는 이런 식으로 말한답니다. "에인절, 만약 저한테 무슨 일이 생기면 저를 위해서 리자 루를 보살펴주시겠어요? 리자 루는 정말 착하고 순진하고 순결한 아이예요. 그 애는 저의 좋은 점은 모두 갖고 있으면서 저의 나쁜 점은 갖고 있지 않답니다."[14]

저는 제 동생을 생각하며 이 부분을 읽었고 지금은 제 친구를 생각하고 있어요. 그리고 영화 「에일리언」 중에서 외계 괴물의 숙주가 된 시고니 위버가 마지막에 자신의 배에서 태어나려고 하는 괴물을 꽉 붙들고 스스로 불구덩이 속으로 뛰어드는 장면을 저는 인상 깊게 기억하고 있어요. 어려서부터 지금까지.

-'말'과 '내러티브'의 힘, 해리Dissociation, 저널리스트의 관점 Journalistic Perspective.

제가 살아남을 수 있었던 이유는 제게 말이 있었기 때문, 그 말은 부모가 제게 가르쳐준 것이 아니었기 때문, 다행히도 제게는 모든 경험을 샅샅이 내러티브로 만들 능력이 있었기 때문일 거예요.

대학교 2학년 때 기숙사 방의 벽에 붙어 모로 누워 약 기운을 느끼면서 제일 무서웠던 것은, 이제 혼자 가야 한다는 것, 혼자

트라우마

이 경계를 넘어 사라지겠다는 결단을 내려야 한다는 것보다 오히려 '나는 절대 이 다음의 이야기를 알 수 없을 것'이라는 예감이었습니다. 그걸 느끼고, 그 와중에도, 저는 자신을 의아하게 생각했었죠.

유명한 소설가의 가족이 오랫동안 저희 동네에 살았었는데 그분 딸이 저랑 같은 학교 친구였어요. 야간자율학습을 끝내고 같이 버스를 타고 집으로 돌아오면서, 한번은 그 애가 크게 웃으면서 "너도 우리 엄마처럼 문어체를 쓰는구나!" 그러더군요. 나는 "말을 책으로 배워서 그래"라고 대답했죠. 그 애는 "우리 엄마도 그래. 책으로 배워서 말이 문어체로 나온다고" 그러더군요.

초등학교 5학년이나 6학년쯤 됐을 때 오랫동안 집에 안 들어오셨던 아빠가 별안간 현관문을 열고 짐짓 아무 일도 없었던 듯 들어오신 적이 있어요. 저는, 제 역할을 다하려고 일부러 한껏 명랑하게 '다녀오셨어요?' 하고 인사를 했지만 곧 제가 눈치가 없었다는 것을 알게 됐습니다. 엄마는 얼음같이 냉랭했고(그러나 그 주변 공기는 전쟁터처럼 불길로 달아올라 있었고) 동생도, 입을 열기 전에 먼저 눈치부터 살핀 동생도, 아무 말 없이 한발 뒤로 물러난 채 침묵하고 있었던 거예요.

얼굴이 달아오르는 게 느껴질 정도로 당황스러웠습니다. 그 순간 제 머릿속에는 "그것은 정말 '멋쩍은' 순간이었습니다" 같은 식의 문장이 책처럼 떠올랐어요. 바로 그 순간에요.

그 무렵, 그러니까 초등학교 고학년에서 중학생 시절에는 특히 새로 알게 된 표현들을 제 경험에 응용해보는 일이, 제 머릿속에서 거의 자동적이고 반복적으로 진행되고 있었거든요. 제 경험의 많은 부분이 등굣길이나 그 외 평상시에 강박적인 제 머릿속에서 문장으로 만들어지고 있었습니다.

제가 주체가 아닌 제삼자가 돼서 주도면밀하게 내러티브를 생산하는 일, 꾸준히 목격자−증인 자리에 서는 일, 지금 일어나고 있는 상황을 저널리스트처럼 받아들이는 일은 굉장한 노력이 필요한 'Dissociation'일 수도 있지만 취약한 존재가 오래 살아남을 수 있게끔 해주는 엄청난 힘인 것도 같아요. (종군기자야말로 Dissociation의 힘이 대단한 사람들인 것 같지 않나요?)

반면에, 그런 힘이 절대적으로 결핍된 우리 엄마는 저보다 훨씬 약한 분이랍니다. 언제나 걱정될 정도로. 훨씬이요. (비교적 낮은 교육 수준 탓에, 이를테면 사기적인 자기방어 기술을 체득하는 것조차 불가능한, 심신증적psychosomatic인 '옛날 사람', 우리 엄마.)

지난번 메일에 써드렸던 것 같은데, 시인 위스턴 오든이 했던 말이요. "언어가 뜻을 잃으면 물리적 힘이 장악한다When words lose their meaning, physical force takes over." 그건 정말 공포스러운 일이에요. 그렇지 않나요, 선생님?

엄마가 이성을 잃어버리지 않도록 저는 제 몸을 잔뜩 긴장시켜서 에너지를 발산하는 방법을 쓰곤 했습니다. 일종의 텔레파시로. 혹은 텔레파시를 끄고, 불안의 메시지가 살아나거나 그것이

공명되는 것을 철저하게 막아버리는 방식으로요.

저희 엄마에게는 말이 한정되어 있어요. 보통의, 평범한, 옛날 분이세요. 저는 면역력이 주체를 짓밟고 삼킬 정도로 강하지만 엄마는 자기보호 능력에 결함이 있어요. 저는 1년에 한 번 감기에 걸릴까 말까 할 정도로 자기방어가 무시무시하지만 엄마는 감기가 돈다 싶으면 바로 걸리는 분이랍니다.

이런 일이 있었답니다. 선생님이 말씀하시는 '트라우마'가 바로 이런 일일 텐데요, 저는 생생히 기억하고 있지만 엄마에게는 전혀 말한 적 없고 절대로 말해서는 안 된다고 믿고 있으며 다른 가족들하고도 일부러 얘기를 꺼낸 적 없는 사건이에요. (어쩌면 최악의 경우에는, 그 일을 지금까지 기억하는 건 가족 중에 저뿐인지도 모르지요. 목격자, 증인, 저널리스트, 그게 바로 저니까요.)

제가 초등학교 6학년이나 중학생 무렵이었을 거예요. 그때는 아빠뿐만 아니라 엄마도 운전을 하셨어요. (심지어 필기시험을 비롯해 면허시험 점수는 엄마가 훨씬 더 높았답니다. '아빠는 엄마 시험 준비 도와주시느라 정작 자신은 못 챙겨서 그렇다'는 게 엄마의 정성스럽고 필사적인 추론이었지만요.)

그런데 사실상 엄마는 운전에 재주가 없으셨어요. 재깍재깍 신호를 파악해서 곧바로 반응하는 등의 능력이 떨어지셨죠. 저희를 뒷좌석에 태우고 신호를 기다리는 중에 뭔가 다른 일을 하다가 뒤에서 차들이 빵빵대고 그런 일이 허다했어요.

아빠는, 제가 어렸을 때 한동안을 제외하면, 지금까지 거의 대부분의 기간을 외지에서 생활하셨거든요. 시골 학교만을 전전하며 가르치신 탓에 항상 토요일 저녁에 집에 오셨다가 월요일 새벽에 다시 외지로 떠나는 스케줄을 오랫동안 반복하셨어요.

월요일이었는데, 아주 이른 아침이었고 아파트 밖이 소란스러워서 저는 비몽사몽간에 그 소리를 듣고 있었어요. (막내는 자고 있었고, 둘째는 깨어 있었을지도 모르지만 상황에 대한 의식은 제가 맡고 있었으니까, 아마 별다른 위기는 느끼지 못했을 거예요.) 악몽처럼 불안한 기운이 명확했지만 저는 예감에 동의하지 않으려고 최선을 다해 몸을 긴장시키고 있었어요. 하지만 엄마가 돌아왔을 때 (제 레이더에 걸리지 않을 수 없을 만큼 혼이 나간 상태로, 엄마가 돌아왔을 때), 유령같이 흐릿해진 엄마가 마치 아무 일도 없는 것처럼 연기하는 투로 정답게 웃으면서(웃으려고 노력하면서) '일어났어?' 하고 인사하고는 주방으로 들어가는 것을 목격했을 때, 저는 하늘이 무너지는 위기감을 느꼈습니다.

부디 아니기만을 바라면서 조심스레('일상적인' 발걸음으로) 주방으로 가보았어요. 엄마는 요리를 하고 계셨죠. 그 유령 같은 엄마는.

그리고 저는 벼랑으로 떨어지는 듯한 느낌을 받았습니다. 평소라면 김치나 물기 있는 반찬을 담아놓는 유리그릇이 낮은 냉장고 위에 놓여 있었는데 거기에 갓 부친 계란프라이 하나가 들어있는 거예요.

자, 엄마의 이성에 금이 갔습니다. 준★어른인 저는 어떻게 해야 할까요?

어떻게 해야 세상이 붕괴되는 것을 막을까요? 어떻게 해야 저는 자신을 단시간에 중무장시켜서 엄마의 공포가 불안으로 공명하는 것을 예방할까요? 어떻게 해야 모두가 전염되고 파멸하는 것을 막을까요?

저는 할 수 있었어요. 제가 할 수 있어요, 엄마 제가 할게요. 왜냐하면 제가 할 수 있으니까요.

"엄마, 계란프라이가 왜 여기 있어?"

저는 퉁명스럽게 물었어요.

"응? 아, 그게 왜 거기 들어갔지? 엄마가 정신이 없네."

유령 엄마가 먼지를 일으키며 붕괴되기 전에 저는 충격은커녕 아무 감정 없는, 무심한, '일상적인' '동생들의 모습'을 얼른 연기하며 그 자리에서 벗어났습니다.

아빠를 터미널까지 태워다드리고 아파트 단지로 진입하던 엄마는 아침부터 자전거를 끌고 나온 남자아이를 보게 됐는데, 경적을 울려도 반응이 없자 브레이크를 밟는다는 것을 액셀러레이터를 밟아버린 거예요. 아이는 치여서 팔에 깁스를 해야 했고 그 뒤로 한참 동안 그 애 부모님과 저희 집 사이에 어마어마한 에피소드와 텐션이 있었는데 (어쩌면은 제게만) 트라우마로 남은 그 사건을 저는 도무지 아무하고도 돌이킬 수가 없게 됐답니다.

보낸 날짜   2014년 6월 30일

받는 사람   곰돌이 선생님

제목   RE: Ambivalence

일요일 아침, 7시 반쯤에 폭식-구토용 먹을거리를 사러 근처 편의점에 갔어요. 손님 없이 한가한 편의점에는 마침 어떤 라디오 방송이 흘러나오고 있었는데, 진행자와 게스트가 퓰리처상 수상 사진전을 소개하고 있었어요. 게스트는 사진가 케빈 카터 이야기를 했어요. 굶주린 남아프리카 소녀가 웅크리고 있고, 바로 뒤에 아이를 노리는 거대한 독수리가 날개를 펼 기회만 엿보고 있는 그 유명한 사진을 찍은.

젊고 패기만만한 저널리즘 사진가로 비극의 현장에 걸어 들어가('뱅뱅클럽Bang Bang Club'이라는, 자의식적이고 징후적인 이름의 사진가 모임 출신답게), 그가 참여한 시간 속에서 지금 막 벌어지고 있는 불의의 상황을 현실에서 분리된 시체, 더 이상은 개입이 불가능할 한 단락의 내러티브로 바깥세상에 전송했던 사람이지요. 하지만, 그 장면을 보았을 때 카메라 셔터를 누르는 대신 아이를 구했어야 하지 않느냐는 사람들의 비난에 그는 1994년에 스스로 목숨을 끊었습니다.

저는 '저널리스트적 관점 대 현실적 행동'이라는 화두에 대해 생

233

트라우마

각했어요.

그 이야기 직후에, 여자 진행자는 옛 소련 로커 빅토르 최의 노래를 선곡해 틀어주었는데요, 하필 노래 제목이 「엄마, 우리는 모두 많이 아파요мама, Мы Все Тяжело Больны」였어요. 저는 구토할 음식을 고르다가 혼자 피식 웃어버렸어요.

/

보낸 날짜　2014년 8월 10일
받는 사람　곰돌이 선생님

일로 돌아가기 전에, 한 가지에 대해 더 쓸게요. 자낙스를 먹은 다음 고통스러운 시각적 혼란이 생기는 메커니즘 중에 몇 가지 올을 찾아냈어요.

1. 눈이 모든 시각적 이미지를 이상한 '운동'과 함께 받아들이는 것 같아요. 눈 자체에 떨림이 생기는 건지, 아니면 심박 같은 진동을 예민하게 감지하는 건지는 모르겠지만 어쨌든 거의 모든 것이, 특히 부작용 증상이 심한 동안에는 더더욱, 박동·진동하는 식으로 인식돼요. 그래서 거기서 뭔가 '공격적인' 존재에 대한 해석이 나오는 것 같아요. 심지어 아까는 잠시 눈을 감고 있었는데, 검은 시야에서 시계 방향으로 쾌속 질주하는 정확한 원

형의 운동이 보였어요. 눈을 움직이는 식으로 시각을 바꿔보려고 해도 거의 방해 없이 계속되더라고요, 그 운동, 운동하는 이미지는요.

2. 그리고 거의 모든 사물에서 '얼굴'을, '눈코입'을, 그러니까 '표정'을 찾아요. 끊임없이, 찾아낸 얼굴에서 '표정'을 읽으려는 것 같아요. 보통은 구겨진 천 같은 데서만 눈코입을 찾는데, 오늘은 심지어 불 켜진 전등, 흰 벽 같은, 음영이나 요철이 거의 없는 표면에서도 순식간에 '표정 있는 얼굴'들을 인식했어요!

이게 실은, 같은 메커니즘인 것 같아요, 6월에 슈도에페드린 때문에 환각에 시달렸을 때, 방 안의 온갖 사물의 끈질기고 끊임없는 공격에 쉴 새 없이 맞서야 했던 것하고요. 그러니까, '움직임'을 찾아내는 것, '공격성'의 조짐을 미리 읽어내려는 것. 그래서 대비할 수 있도록.

3. 또, '매직아이' 이미지를 볼 때처럼, 눈이 저절로 먼 곳에 있는 사물 이미지를 아주 가깝게 끌어들이는 것 같아요. 잠들기 위해 의식을 놓으려 하거나 막 잠에서 깨어났을 때 의자의 팔걸이라든가 옷장의 여닫이문 윤곽, 세워진 진공청소기의 검은색 호스 같은 것이 불필요하게, 아주 억척스럽게 제 바로 코앞까지 다가와버리는 거예요.

시각이 저절로 그렇게 해버리는 탓에, 매직아이를 볼 때와는 전혀 딴판으로 굉장한 노력을 들여야 그 시각을 깨트릴 수가 있어요. 어지간해서는 아주 '공격적으로' 제 눈앞에 들이닥쳐 있는 무시무시한 의자 팔걸이가 그 가공할 위압감을 포기하질 않아요. 대체 무슨 원리일까요? 왜 감각은 모든 것에서 위험 요소를 찾고 공포에 질려 대피하기를 요구하는 걸까요?

/

내가 12년 만에 돌아왔을 때, 곰돌이 선생님은 머리가 반백이 되어 나를 맞았다. "박지니씨는 예전 그대로네. 나는 할아버지가 다 됐지?" 곰돌이 선생님은 종종 눈을 내리깔고 미소를 지으며 말했다. 미소가 없어질 때도 있었다. 그는 입을 다물고, 잠시 말을 잇지 못했다. "예전에는 선생님, 제가 '무슨 약 무슨 약 주세요' 하면, '정말 너무하네, 다들 나한테 주문만 하고, 여기가 중국집이야?' 그러셨잖아요." "내가 그랬나?" 선생님은 정말로 기억이 나질 않는 모양이었다. "그랬다고? 그땐 순발력이 괜찮았나보네. 유머감각도." 대체 무엇이 잘못된 건지, 나는 알 수가 없었다.

어느 날 곰돌이 선생님은 내게 소매를 걷어 올린 팔뚝 안쪽을 가리켜 보이며, 주사 자국이 보이느냐고, 어제 혈액검사를 했고, 모두 정상으로 나왔다고 이야기했다. "아니. 왜 이렇게 울어, 박지니씨. 난 안심시켜주려고 한 말인데. 괜찮아. 선생님은 이제 괜찮아. 안 아파. 이젠 다 나았어. 박지니씨?"

나는 수많은 회사를 전전하며 갖은 일을 해왔다. 대학 계간지나 입시 홍보 책자를 만들고, 의류 광고 카피도 쓰고, 신진기술 서비스를 기획하기도 하고, 그래, 제약회사의 리플릿을 만들기도 했지. 당뇨병, 고혈압 약을 팔고, 표적항암제 광고를 기획하기도 했다. 항암치료는 간교한 들쥐들과의 싸움과 같다고 어느 책에서 읽은 기억이 난다. 그 들쥐들이란, 언제 어디로부터 다시 달려들기 시작할지 모른다.

나는 거의 모든 일을 기억한다. 약으로 지운 것 외에 모든 것을. 공중에 외떨어져 있었던 시간. 야간자율학습까지 끝내고 돌아오는 길에 교복을 입은 채로, 아파트 옥상 문을 열고 나가 밤바람에 휘둘렸던 우스꽝스러운 일. 옥상 가장자리를 두른 금속 난간은 바람이 나를 휩쓸면 손을 쓸 수가 없겠다 싶게 낮아 보였지만, 막상 다가가자 작은 철봉만큼 높아 넘으려면 거의 턱걸이를 해야 할 정도였다. 밤중인데도 가까이 보는 하늘은 검기보단 푸르렀고, 형광등이 웅웅대는 소리나 어쩌면 지구가 자전하는 소리 같은 공포스러운 소음을 들으면서, 나는 베란다 쪽이 아닌 아파트 뒤쪽으로 가기 위해 치마 차림으로 엉금엉금 기어 물탱크를 넘었다.

그리고 내 용기는 거기까지였다. 덜덜 떨면서, 나는 물탱크 밑에 주저앉아 몸을 웅크렸다. 겨우 가방에서 일기장을 꺼냈지만, 아무 것도 쓸 수가 없었다. 말을 할 수 있었대도, 펜이 움직이는 것조차 보이질 않았으니.

우리를 시험에 들게 하지 마시옵고, 다만 악에서 구하옵소서.

초등학생 시절 교회에 겨우 두어 해 다니는 동안, 나는 성화를 베껴 그리고 요한계시록을 탐독하는 막무가내의 신자가 됐다. 정경正經이 아닌, 외경外經스러운. 나는 동생과 같이 지내는 방에서 살얼음의 신비한 결정에 덮인 창문에 손가락이 시려 아픈 것을 견디며 예수의 실루엣을 그리고, 방 안의 온기가 그림을 녹이는 것을, 녹은 물이 흘러내려 그 좋았던 얼굴을 기괴하게 만들어버리는 것을 공포에 질려 지켜보았다.

그러나 중학생이 되자마자 나는 모든 것을 그만두었다. 오후 학생 예배는 시장터였다. 오빠들은 통기타 실력을 뽐내기 바쁘고, 언니들은 앞머리를 둥글게 말아 높이 세웠다. 긴 의자를 아예 뒤로 밀어놓고 바닥에 모여 앉아 벌칙 게임을 했다. 나는 아무도 멋지지 않고 닮고 싶지도 부럽지도 않고, 넌덜머리가 나서 신앙 따윈 이제 그만두기로 했다.

주산 학원 건물 공중화장실에서 있었던 일을 이야기해야 할까? 그게 중요한 일일까? 의미 있는 일인가? 단지 몇 가지만. 그가 아픈 사람이 아니라 술에 취한 남자였으며, 그가 내가 있던 곳의 문을 열고 들어왔을 때 내가 소스라쳐 운 것은 버르장머리 없고 이기적인 행동이 아니었고, 그의 뜻대로 내가 행동하지 않은 것은 잘못이 아니었으므로 꾸지람을 들을까봐 엄마에게 숨기지 않아도 됐다는 것을, 나는 20대 후반이 되어서야 깨달았다는 것.

나는 그 모든 것을 생각하며 돌연 기억에 휩쓸려 약 기운 속에서 혼자 울었다. 세로토닌 신드롬에 시달리는 동안 새로 얻은 과호흡 증상이 그때도 나타났다. 나는 새된 소리로 씩씩거리며 가쁜 숨을 쉬며 발버둥 쳤고, 그럴수록 사지와 목과 얼굴이 늪에서 발굴된 고대 미라처럼 굳고 오그라들었다. 두어 차례 발작을 겪으며 나는 나름의 해법을 찾아냈다. 그건 바로 숨을 쉬지 않는 것. 병원에서 발작이 일어났을 때 곰돌이 선생님은 이미 알려진 처치법에 따라 빈 종이봉투에 훅 하고 날숨을 불어 담고 그 이산화탄소를 내게 마시게 했지만, 그보다 좋은 것은 아예 호흡 욕구를 배반해버리는 것이었다. 숨이 막힐 때 숨 쉬기를 포기하는 것. 그럼 몇 분 뒤에는, 모든 것이 괜찮아졌다.

신약 성경의 첫 부분처럼, 우리는 죽은 사람들의 이름을 나열할 수 있을 것이다. 그리고 사라진 장소, 뒤바뀐 거리를. 병원을 오가며, 나는 예전에 병원이 있었던 대로변의 건물을 오래 유심히 바라보았다. 그곳엔 대신 치과가 생겼고, 1층 전체에 싸구려 기름 냄새를 풍기던 돈가스집은 프랜차이즈 베이커리로 바뀌었다. 모든 것이 달라졌다. 그리고 변화에는 감정이 없는 까닭에, 내가 알았던 것들이 헛것으로 무너지는 속도는 언제나 가차 없다. 병원을 다시 찾기 시작했을 때는 높은 펜스가 쳐져 있던 곳이 어느샌가 고층 호텔의 위용을 갖추고 겨울바람에 먼지를 씻어내고 있는 걸 보고, 그렇게 생겨나는 것들과는 반대로 나는 사라지고 있는 것처럼 느껴진다고 곰돌이 선생님에게 말했다.

트라우마

"건물이 오르는 건 긍정적인 일이지." 그는 말했다. "왜 자신이 사라진다고 느끼지?"

그리고 내가 눈물을 떨어뜨리고, 아무 말도 하지 못하고 의자에 자그마하니 붙박여 있었을 때, 그는 조짐을 눈치채고 안절부절못했다. "박지니씨, 그렇게 자기 목숨을 내려놓으면 치료자 마음이 어떨지는 생각 안 해?" "금방 잊어버리시겠죠." 나는 웃음 지으며, 그러나 몸은 옴짝달싹 못한 채 중얼거렸다. "아니야. 계속 생각난단 말이야."

/

보낸 날짜　2015년 7월 21일

받는 사람　글쓰기 선생님

제목　자살의 전설

존 베리먼이라는 시인에 대한 짧은 글을 읽었어요. 데이비드 밴의 『자살의 전설』이 생각나는 이야기였어요. 베리먼이 우리 나이로 열세 살이 되던 해 그의 아버지가 집 뒤쪽 현관에서 권총으로 목숨을 끊었어요. 그리고 베리먼은 젊은 시절부터 「꿈 노래Dream Songs」라는 연작시를 비극이 있던 해로부터 40년이 지나서까지 세 번에 걸쳐 묶어 총 385편이나 발표해요.

시 속에서는 어린 존 베리먼이 '헨리'라는 외로운, 어린 소년으로 등장해요. 이런 설명이었어요. 3인칭으로 쓰여지던 시는 어느 순간 1인칭으로 바뀌며, 주인공의 정직한 감정이 시를 마감한다고. 그리고 제가 읽은 책에 예시로 실린 두 편의 시는 초기 시들, 「꿈 노래 1」과 「꿈 노래 28」이었어요. (처음 시편은 어색한 번역을 제가 살짝 고쳤어요.)

성 잘 내는 헨리는 숨어 있었다 그날,
달랠 길 없는 헨리는 실쭉해 있었다.
그의 의향을 나는 알겠다―자기 생각을 이해시키려는 것이다.
감당할 수 있다고 그들이 생각한다는 것이
헨리로 하여금 심술궂게, 가버리게 한 것.
떳떳하게 나와서 이야기를 해야 했건만.

온 세상은 한때 양모¥毛의 애인처럼
헨리 편에 있는 것 같았다.
그러다 떠남이 왔다.
그 뒤로는 제대로 되는 일이 없었다.
온 세상이 볼 수 있도록 속속들이 파헤쳐진
헨리가 어떻게 생존했는지 나는 모르겠다.

이제 그가 하고 싶은 말은 세상은
견딜 수 있고 견뎌내고 있는가 하는 긴 의문.

트라우마

한때는 플라타너스 나무 꼭대기에서
나는 기뻐 노래했었다.
강력한 바다는 땅을 힘차게 침식하고
모든 잠자리는 비어간다.

_「꿈 노래 1」

그것은 축축하고 하얗고 신속했고 내가 있는 곳을
우리는 모른다. 어둡기도 했지만
지금은 그렇지 않다.
짖는 것이 온다면 좋으련만. 아무것도 먹지 않는 것이
있는 것 같다. 나는 이상하게 피곤하다.
외롭기도 하다.

발의 숫자가 적은 기이한 것이 오기만 한다면,
나는 늘 그렇듯이 입 벌려 기도할 것을.
내가 즐기던 그의 곡조는 어디 있는가?
무서운 것들이 있을지도 모른다. 상상하기 어렵다.
짖는 것이 나를 문다. 하지만 어쩐지 그 역시
내 편이라는 느낌이 든다.

나 역시 외롭다. 끝이 보이지 않는다. 우리 모두가
뛸 수 있다면 이 일만으로도 좋겠지. 배고프다.

햇볕은 따갑지 않다.

유쾌한 상황이 아니다.

그 모든 일을 되풀이해야 한다면

나는 사양하리라.**15**

_「꿈 노래 28: 눈雪의 선」

그리고 베리먼은, 평생을 알코올중독과 우울증에 시달리다 1972년에 다리에서 뛰어내려 목숨을 끊어요. 전편의 시를 다 읽어보고 싶어요. 혹시나 싶어 교보문고에서 '존 베리먼'을 검색해 봤는데 역시나 번역된 책은 없는 듯싶어요. 제가 읽은 책은 『미시입문』이라는 미국 시 입문서였어요. 트라우마 연구자들한테 존 베리먼의 시를 보여주고 싶어요.

그리고 이 사람도 좋아해요. 로버트 로웰이라는 시인. 제가 거울을 들여다보면 거기 비치는 모습은 어쩌면 존 베리먼보다는 로웰 쪽에 조금 더 가까울지 모른다는 생각이 들어요.

이제 아이의 보모는 가버렸다,

보금자리를 암사자처럼 지배하며

아이 엄마를 눈물지게 했던.

그녀는 돼지껍질 조각들을

얇은 실의 나비매듭으로 묶어 석 달 동안

눅눅한 구운 빵처럼 매달아두었다,
우리 집 8피트 높이의 태산목에.
참새들이 보스턴의 겨울을
헤쳐나갈 수 있도록.

석 달. 그래, 석 달 만이다!
리처드 왕은 이제 다시 제정신으로 돌아왔는가?
우쭐한 기분에 보조개를 띠며
딸아이는 욕조에서 나를 맞이한다.
우리는 서로 코를 비비며
길게 늘어뜨린 머리 타래를 매만진다.
아무것도 변한 게 없다고 말한다.
이제는 내가 마흔이 아니라
마흔한 살이지만, 허비한 시간은
아이들 장난 같다. 13주가 흘렀어도
딸아이는 여전히 두 뺨을 얼굴에 갖다 대어
면도를 하게 만든다. 우리 부부가
푸른 코르덴 바지를 입히자
딸아이는 선머슴으로 변해서
내 면도용 솔과 목욕 타월을
수세식 변기에 띄운다……
사랑하는 딸아, 나는 여기서 북극곰처럼 빈둥거릴

수 없다, 비누거품을 칠한 채.

회복기에 놀지도 않고 일하지도 않는다.

세 층 아래에선

일꾼이 관 하나 묻을 만한 우리 집 정원을 손질하고,

일곱 송이 튤립이 가로로 피어난다.

정확히 열두 달 전에

이 꽃들은 훌륭한 품종을 자랑하는

네덜란드 수입산이었다. 그러나 이들을

잡초와 구분할 필요는 없다.

봄의 잔설에 덮여

빠르게 늘어나는 또 한 해의 무기력에

이들은 대처하지 못한다.

나에겐 지위도 없고 부서도 없다.

치료는 끝났지만, 활기도 없이 초라할 뿐이다.

_「석 달 만의 귀가」

아마도 이 시가 쓰였을 무렵 찍었을 로버트 로웰과 그의 딸 사진들을 좋아했지요. 소파에 쪼그리고 누운 딸의 모습을 보면 그 애가 꼭 저처럼 느껴졌고 로웰과 어린 딸에게 동시에 감정이입이 됐어요.

트라우마

10장

데이비드 보위

보낸 날짜　2010년 2월 18일

받는 사람　글쓰기 선생님

제목　책을 피하는 제자

엊그제 밤에 텔레비전에서 패션 디자이너 알렉산더 매퀸의 추모 특집 방송을 하는 걸 지켜봤는데, 언제 찍은 영상인지 그가 그러더군요. 자기 작업은 '자전적인 것'이며, 디자이너는 '엑소시스트'라고 생각한다고 말이에요. 아, 전 그 사람도 그런 생각을 하고 있었을 줄은 몰랐어요. 그 '유령'이란 것 말이에요.

작년에는 한참 어떤 영국 아티스트에 빠져 있었는데 전후에 태어난 그는 마치 생애를 통틀어 20세기를 되살고, 미리 살고 있는 것 같았어요. 기차로 대륙을 가로지르고, 바다로 나가 아시아 태평양까지 항해하고, 베를린 장벽 밑에서 울고, 소련 노동절 행사를 지켜보는 등 항상 과거를 재현하는데 정작 그 자신은 미래 혹은 외계에서 온 존재 같아요. 그에 관한 글들을 (퇴고도 없이) 번역해서 블로그에 올리고 했었는데, 지난달에 그만뒀죠. 글도 다 닫았는데, 지금 다섯 개만 다시 열어놨어요. 주인공은 몰락한 대영제국 가난한 부모 밑에서 태어난 데이비드이고 그가 서양사를 피상적으로 가로지른다는 게 줄거리예요. 피상적이지만 진짜 가로질러요.

번역은 정말 재미있어요. 보통은 제가 안 하는 말, 제가 할 수 없는 얘기를 제 손으로 쓸 수 있으니까요.

책이 무서운 제자 올림

/

2010년 초, 수원으로 달리는 버스 안에서 나는 데이비드 보위의 「Zeroes」를 듣고 있었다. 1977년에 발표한 곡 「Heroes」와 운은 맞지만 정반대의 분위기에 평단에서도 정반대의 평을 받은 노래. 「Zeroes」 즉, '00년대'는 이제 마무리됐다고 나는 생각했다. 보위가 (나중엔 스스로도 '카바레 쇼'였다고 회고했던) 1980년대 후반의 팝 앨범을 만들었을 때처럼, 나도 새로운 '시장'에 나를 던지겠다고 생각했다.

음악에 몰입하면 반의식 상태로 세상을 탐험할 힘을 얻게 됐다. 2010년 초 수원으로 거처를 옮겨 스마트폰 사용 설명서 제작

데이비드 보위

회사에서 일하는 동안, 아침에 출근할 힘을 준 것은 볼륨을 높여 쿵쿵쿵 이어폰으로 크게 듣던 보위의 1987년도 앨범 「Never Let Me Down」이었다. 그 클리셰적이고 자유분방한 전개, 망설임 없는 비트로 내 몸을 대량생산의 세계로 끌고 들어갈 수 있었다.

그해 여름의 끝에 다시 모든 걸 정리하고 고향으로 내려가 부모님 집의 방 한 칸에 스스로를 가두고 3년 동안 프리랜서 번역가로 활동하는 동안에도, 일 외의 관심사는 보위와 20세기 팝 음악사였다. 번역을 하는 틈틈이 나는 '20세기 플레이리스트'를 만들었다. 1960년대부터 2000년대까지 보위의 음악들을 선곡해 띄엄띄엄 배치하고 나서 빈 곳을 다른 아티스트들의 음악으로 채우는 작업이었다. 플레이리스트는 연도순으로 배열되기도 했고 그렇지 않기도 했다. 나는 경제사학자 니얼 퍼거슨의 『로스차일드』를 번역하면서 책 속에 등장한 아비 바르부르크와 그의 집요한 작업에 매혹됐다. 그러면서 어쩌면 내가 플레이리스트를 두고 매일같이 고심하고 보완하는 것이 바르부르크가 했던 것과 본질적으론 같은 작업일지 모른다는 생각도 했다. 바르부르크가 『므네모시네 아틀라스Mnemosyne Atlas』를 앞에 두고 온종일 서성이며 고심했던 것처럼 나도 금방 고친 플레이리스트를 이어폰으로 들으며 방안을 서성이다가, '이건 아니다' 싶은 순간 마치 나 말고 다른 관객이 있었던 것처럼 당혹스러움에 얼굴까지 붉히며 도로 책상 앞에 앉아 플레이리스트를 재배치하곤 했다. (나중에 안 일이지만, 아비 바르부르크 역시 베르타 파펜하임, 엘렌 베스트와 마찬가지로 벨레브 요양원에서 치료를 받았다고 한다. 바르부르크를 담당했던 의사 역시 빈스방거였다.)

　보위에 관심이 생기고 그의 삶과 음악에 매혹되기 시작한 건 2008년 늦가을이었다. 나는 그때 회사를 그만두고 춘천에 내려와 있었고, 오래간만에 과외 교사 일을 시작해 고등학생 남자아이에게 영어를 가르치고 있었다. 보위를 알아가는 건 겹겹의 알레고리를 파헤치는 일 같았다. 내게는 그의 앨범들, 뮤직비디오, 인터넷에서 찾은 출처 모를 사진들, 수십 년간 쌓인 기사들이 있었다. 그것들을 하나하나 해석해가며 의미를 더미로 쌓고 또 쌓았다. 마치 석탄을 채굴하듯이. 그렇게 노래 하나하나 앨범 하나하나를 온몸으로 프로세싱해나갔다. 어느 날, 마침내 보위의 1975년 앨범에 담긴 「Young Americans」를 들을 용기를 내고, 나는 과외 교습을 마치고 집으로 걸어 돌아오는 길에 이어폰을 꼈다. '딕 캐빗 쇼The Dick Cavett Show'에서의 무대를 녹화한 뮤직비디오는 보려다 곧 포기한 뒤였다. 코카인 중독에 빠져 거식증 환자처럼 여윈 모습을 한 그가(보위는 실제로 한동안 우유와 붉은 고추만 섭취하며 코카인에 취한 기아 상태로 버텼다고 한다) 체격에 비해 너무 무거운 기타를 겨우 메고 연주의 속도를 따라가는 걸 보는 것은 고통이었다.

　그렇게 한 세계가 열리고 또 열렸다. 이듬해, 나는 친구에게 이런 장광설의, 열띤 메일을 보냈다.

　　　　　　　　　　　　　데이비드 보위

보위와 루 리드에 빠진 건 작년 10월, 11월쯤이었을 거야. 내겐 그 둘의 음악이나 삶이 정말 많은 의미를 갖는다. 특히 보위의 것이. 보위한테는 너무 쉽게 감정을 이입하게 돼. 그 사람은 47년생인데 나와 생일이 사흘 차이야. 코카인 중독으로 요절할 뻔했지만 그 시절을 극복하고 살아냈어. 둘 모두 젊은 시절 최악의 상황까지 곤두박질쳤었고 그걸 미국식 대중 심리학이나 아둔함이라든가 대책 없는 낙관주의라든가 가족의 사랑이라든가 하는 걸로 대강 넘겨버린 게 아니라 생짜 그대로, 온전히 자기 식으로 뚫고 여기까지 왔어. 바로 그런 것들이 아무 때나 울컥할 정도로 나를 마구 뒤흔든다.

그 둘 때문에 자유를 좀더 알게 된 것 같아.

어떻게 살든, 어떤 삶이든 평가의 대상이 될 수 없다는 걸 깨달았어. 진심으로.

꼭 예수나 부처가 아니라도, 어떤 식으로든 자기 살을 깎아 먹으며 다른 많은 사람의 삶을 대속해주는 이들이 있곤 하다. 나는 보위나 루 리드 같은 구제불능 문제아들이 그런 영광의 삶을 살아주었다고 생각해. 소설 속 주인공처럼 빛 같은 삶을 살아주었고 나는 그 삶의 증인이 됐어. 그걸로 족하다는 느낌이야.

보위보다 아홉 살 많았던 그의 이복형은, 어린 보위에게 소설가 잭 케루악과 모던 재즈를 가르쳐주고 조현병이 발병해 병원 생활을 하다가 10년 뒤 병원을 탈출해 기찻길에 드러누워 목숨을 끊었어. 사람들은 그런 식으로 살아가는 것 같다. 어떤 사람들은 진창 속에서 흙덩어리를 입에 넣으며 벌레같이 산다. 그러나 그런 삶이 무의미하지 않은 것은, 바로 그런 삶이 죽고 또 죽은 틈에서 상처투성이의 빛 같은 삶이 잠시 출현하기 때문이야.

나는 보위의 형과 같은 벌레 같은 삶을 내가 살아가는 게 억울하지 않다. 때때로 죽었거나 살아가는 모든 사람의 고군분투가 저무는 밤처럼 온몸에 느껴지기도 해. 그럼 나는 엉엉 울고 싶은 기분이 든다. 하지만 그렇게 또 살아가. 나는 아무 미련이 없어. 나는 어떤 장점들을 갖고 있지만 전반적으로 눈살 찌푸리게 하는 문제덩어리다. 나는 길거리에 누가 뱉어놓은 침 같은 인생을 살았어. 우리는 우리 인생을 최선을 다해 대속했어. 우리는 온몸을 다해 잘못을 저지르고 그럼으로써 속죄받는다.

나는 이게 삶이라고 생각해.
하루하루 가슴이 벅차서 그 느낌을, 형언할 수가 없어.

/

나는 생계를 위한 일을 하면서도 일 속에서 보위를 언급해보려

데이비드 보위

는 시도를 계속했다. 디자인 에이전시에서 기획자로 일할 때는 피오피POP 광고물에 보위의 곡 제목이기도 한 'Fantastic Voyage'라는 문구를 집어넣고, 기고하는 칼럼에는 보위의 곡 「Sweet Thing」의 가사를 인용하기도 하고, 나중에 출판사에 근무하면서는 아예 보위에 관한 책을 출간했다. 철학자 사이먼 크리츨리가 쓰고 번역가 조동섭 선생님이 번역하신 『데이비드 보위: 그의 영향』이 그 책이다.

하지만 보위가 90년대 후반 아티스트 트레이시 에민에 대해 쓴 글을 읽으면서는, 마음 한편이 아려오는 것을 어쩔 수 없었다. 처음 느끼는 감정도 아니고 자라면서부터 수없이 느꼈던 감정이었지만. 보위는 이렇게 썼다.

그는 자신의 작업이 요제프 보이스와 앤디 워홀에 비견돼왔다고 말한다. 그 말을 나는 전혀 믿지 않는다. 대신 떠오르는 사람이 있다면, 마이크 리가 쓴 시나리오에서의, 여성으로서의 윌리엄 블레이크다. 그의 작업에는 빈정댐도, 냉소도, 의도된 아이러니도 없다. 키키 스미스의 신비스러운 히피주의나 그의 단짝 세라 루카스의 자족적 수줍음도 없다. 그의 작업에 있는 건 자기self에 대한 구성 개념이다. 18세기 후반에 있었던 자의식의 여명, 그리하여 19세기 초 자화상들에서 발견되는 자기에 대한 최초의 자각. 혹은, 마게이트의 메리 셸리.

거기에는 또한 '아웃사이더' 아티스트들의 요새인 비엔나의 구깅병

원, 또는 비주류들의 바티칸이라 할 로잔의 아르브뤼Art Brut 미술관
에서 보는 극도로 분열된 작품을 상기시키는, 박살나 깨진 유리 파
편 같은 효과 또한 존재한다.

워털루에 있는 그의 작은 스튜디오는 90년대의 부조리보다는 19세
기의 업데이트된 반향, 존손경박물관Sir John Soane's Museum의 '내가
존재한다I am'는 외침의 파문에 더 가깝다.**16**

나는 이 글을 나에 대한 서술처럼 읽었다. 나는, 아니, 어쩌면
'우리'는, 언제쯤에야 그 지긋지긋한 '자아 발견'을 끝낼 수 있을까?

/

덧붙여, 피오나 애플에 대해서. 2017년 9월의 어느 날, 나는 곰
돌이 선생님에게 피오나 애플의 노래를 들려드렸다. 곰돌이 선생
님이 스마트폰 볼륨을 키워 (당신의 젊을 적 추억이 담긴) 동물원의
「혜화동」을 들려주신 직후였다. 내가 좋아하는 음악은 뭐냐고 물
으시기에 냉큼 피오나 애플이라고 대답했다. 선생님은 서툴게 검
색을 시작하셨다. 유튜브를 열도록 겨우겨우 유도하고 「Never is a
Promise」 뮤직비디오를 찾아드렸다. 이상한 긴장 속에서, 선생님
이 검색을 포기하지 않았으면 했다. 노래가 시작됐다.

우리는 그 음악을 오래 듣고 있지 못했다. 나는 선생님이 그 뮤
직비디오를 다 보셨으면 싶으면서도 그만 음악 듣는 걸 중단했으

면 싶기도 했다. 얼굴이 달아올랐다. 선생님은 어색하게 웃으며 "거식증이네. 거식증 노래네"라고 중얼거렸다. 노래를 끝까지 다 듣지 못하고 선생님은 그만 뮤직비디오를 꺼버리셨다.

피오나 애플은 실제 거식증 환자였다. 10대 시절 다른 곳도 아닌 바로 집 앞에서 당한 성폭행의 후유증이었다. 하지만 노래의 가사나 뮤직비디오의 이미지 이외에 무엇이, 음악 자체의 무엇이 그의 노래를 그렇게, 그 정도로 '증후적'으로 만드는 것일까?

몇 년 전 나는 이에 대해 트위터에 썼다. 피오나 애플 특유의, 더 천착하고픈 그의 '앙스트$_{Angst}$(불안)에 대해.

@ReadingJeannie Jul 13, 2019
피오나 애플에 대해 생각하고 있다, 며칠 전부터. 그녀의 Angst—'Angst'라는 표현이 그녀를 격하시키는 격이 될지도 모르지만—그건 그냥 '아무것도 아닌' 게 아니다. 그건 '무엇'이다. 입원병동에 있을 때, 혼자 있는 방에서 피오나 애플 테이프를 틀어놓고 있으면 A 간호사 선생님이 굉장히 싫어하셨다. 끄라고 하진 않으셨지만, 크리스천인 그녀의 느낌에는 내가 어떤 '안 좋은 영향력'에 끌려 들어가는 것 같았는지도 모른다.
→ 피오나 애플의 노래는, 환자들의 감각을 아는 사람들에게, 무엇을 연상·재체험시키는 걸까? 그 노래엔, 목소리엔, 무엇이 들어 있나?

11장

훈　　　습

2018년 서울국제도서전이 열리고 있던 코엑스에 방문했을 때, 나는 문자 그대로 빈털터리였다. 지갑에 현금은 단 한 푼도 없었고 통장에도 잔액이 남아 있지 않았으며 빚을 지는 식으로 신용카드만 겨우 쓸 수 있었다. 점심 식사치료에 가기 전에 잠깐 들르자는 생각이었다. 미리 간다고는 말씀 못 드렸지만, 가서 독립출판사 움직씨 발행인분들을 뵙고 내가 번역한 그림책이 출간된 것을 직접 보고 와도 좋을 것 같았다. 나는 종잇장처럼 가벼운 몸을 하고(청바지 속으로 집어넣은 살구색 티셔츠는 품이 남아 헐렁했고 청바지도 골반에 겨우 걸쳐져 흘러내리지 않고 있었다) 무작정 코엑스에 입성했다. 오전이었고, 관람객은 아직 많이 없었다.

그러나 연락 없이 불쑥 들른 것이 잘못이었다. 그날은 마침 두 분이 오후에나 전시회에 출근하는 날이었던 것이다. 잠시 고민하다 나는 점심 식사치료를 취소하고 두 분을 기다리기로 했다. 전시장 한쪽 구석에 마련된 간이 카페에 자리를 잡고 앉았다. 플라스틱 의자에 척추뼈와 꼬리뼈가 딱딱 소리를 내며 배겨 아팠다. 나는 시원한 오미자차를 주문해 마시고, 청포도에이드를 추가로 주문한 채 기다렸다. (당시는 병원에 가져갈 식사일기를 쓰고 있던 시절이라 주문한 음료 내역을 정확히 적을 수 있다.)

도서전에 함께 참여하는 독립서점 점장님들이 부스에 먼저 와 계실 거라는 발행인분들의 연락을 받고, 나는 조금 전까지는 진열대가 천으로 덮여 있던 조그만 부스로 다시 향했다. 남녀 두 분의 점장님이 한창 책을 진열하고 있었고, 왜소한 체격에 예쁘장한 여자분이 나를 보더니 대뜸 활짝 웃으며 다가와 나를 끌어안아주셨다. 안녕하세요, 인사를 나누었다. 나중에 알고 보니 '어서 오셔서 (저를) 안아주세요'라는 내 농담조의 문자를 받은 움직씨 출판사 발행인분이 서점 점장님께 '아주 마른 여자분이 오실 테고 그분이 번역가님이니 저 대신 안아주시라'고 부탁을 해두었단다. 유쾌한 첫 만남이었다.

손바닥만 한 부스 진열대는 퀴어 문학과 독립출판물들로 촘촘히 채워졌다. 벡델의 『펀 홈』을 비롯한 움직씨 출판사의 대표작들과 갓 인쇄돼 나온, 내가 번역한 그림책 『첫사랑』이 제일 잘 보이는 곳에 놓였다. 나는 마치 도서전을 찾아온 관람객인 양 진열대 앞에 서서 한참 동안 책들을 넘겨보았다. 책 홍보에 나서는 거라는 우스갯소리로 점장님들을 웃기려고도 해보며 『첫사랑』을 표지가 잘 보이게 들고 서서 몰두해 읽는 시늉도 했다. 손님들이 하나둘 오갔다. 정오가 되어 출판사 발행인 두 분도 전시장에 도착했다.

한 분은 내게 '혹시 못 드시는 것 아니죠?'라고 사려 깊게 물으며 팥빵 한 개와 포도 주스 한 병을 건넸다. 나는 부스에 진열된 책들 중 버지니아 울프의 미니북, 에밀리 디킨슨의 얄팍한 시집 같은 것을 사고 싶었지만, 신용카드 리더기가 말썽인 것 같았고 내게 현금이라곤 동전 몇 푼뿐이어서, 부스를 지키는 점장님들께 부끄럽고 미안하기도 했지만 아무것도 사지 못했다.

도서전을 떠나려는 나를 출판사 발행인분들이 배웅해주셨다. 사주와 타로점을 보기도 하는 두 분께 나는 종종 내 사주를 묻곤 했었다. 발행인 한 분이 내게 '그러지 말고 고향에 내려가 쉬는 게 어떠냐'고 조심스레 물었다. 몹시 안 좋아 보이고, 사주로 봐도 내 지금 상황이 좋지 않다는 것이었다. '이것이 마지막 만남일지도 모르겠다'고 내가 농담을 던지자 두 분은 야유했다. 우리는 서로의 건강을 기원하며 헤어졌다. 나중에 들은 얘기지만, 두 분은 내가 그때 자칫 생명을 잃을지도 모른다고 생각하셨다 한다. 어쨌든, 나는 그해 여름을, 가까스로나마 견뎌냈다.

너무도 힘겨웠던 나는 잠자리에 누워 한참씩 베개를 눈물로 적시는 날을 이어가다, 마침내 용기를 내어 엄마에게 문자를 보냈다. 내 상황의 일부만을 고백했다. 집과의 연락을 거의 끊다시피 한 것은 책망받을 것에 대한 두려움 때문이었다. 나는 '혼날' 것을, '엄마를 실망시킬' 것을 각오하고 문자를 보냈고, 엄마는 '이미 알고 있었다'고 답을 주셨다. '지난번에 봤을 때도 그렇게 야위어 보였는데 어떻게 모르겠니'라고. 나는 이제야말로 가족에 대해 이야기할 때라고 생각했다. 내가 자라면서 겪은 주관적 경험에 대해, 조심스럽게나마 엄마에게 털어놓아보자는 용기를 냈다. 4월이었다.

우리는 격주로 토요일마다 만나기로 했다. 엄마가 기차에서 내리고 또 바로 탈 수 있는 용산역 안의 샤브샤브집에서 만나 점심을 먹었다. 엄마는 그렇게나마 내게 뭔가를 먹일 수 있었다. 샤브샤브 육수에 버섯과 배추를 잔뜩 가져와 넣고 익히셨다. 나는 그때마다 과식을 했고, 엄마와 헤어지면 허탈감에 눈물을 참으며 자취방으로 돌아와야 했다. 태풍이 몰려왔을 때도, 폭염이 시작된 뒤에도, 엄마는 와주셨다.

그러나 경제적으로 수렁에 빠진 상황만은 엄마에게도 쉽게 털어놓을 수 없었다. 몇 해 전부터 나는 회사를 그만두고 수입이 없는 동안의 부족한 생활비를 신용카드 대출 서비스로 충당해온 참이었고, 그 빚이 불어 결국은 대출 가능 액수가 제한되더니, 나중에는 신용카드를 전혀 사용할 수 없게 됐다. 빚을 내어 빚을 갚는 것이 더는 불가능해진 여름, 나는 카드사에서 걸려온 전화를 받기 위해 사무실을 피해 공유오피스에 마련된 통화 부스로 들어갔다. 왜 전화 주셨는지 안다고, 애써 웃으며 침착한 척 말했다. 미결제 금액을 오늘 저녁때까진 입금해달라는 퉁명스러운 대답에, 오늘은 어려운데요, 하고 나는 말끝을 흐렸다. 내일까지는 혹시 안 될까

훈습

요? 빨리 입금해주세요. 알겠습니다.

카드를 쓸 수 없게 된 나는 인출해둔 현금만 쓸 수 있었다. 편의점에서 계산할 때도, 약국에서 변비약을 살 때도, 병원에서 진료비를 낼 때도 지폐와 동전을 일일이 세어 내밀었다. 일하고 있던 스타트업 대표님은 내가 컨디션 난조를 이유로 재택근무한 날들을 모두 제하고 월급을 정산해야겠다고 알려왔다. 저는 집에서 일을 했는걸요. 여름휴가도 가지 않았으니까, 그날들을 휴가로 쳐주시면 안 될까요? 그렇게는 할 수 없다는 완고한 응답. 나는 그만 포기했다.

사무실에서 허기를 달래기 위해 샐러드를 사 먹으러 빌딩 지하 편의점으로 내려갈 때의 그 가파른 나선 계단에서, 나는 그 꼭대기에서 두 층 높이의 대리석 바닥으로 몸을 던지고픈 충동과 싸워야 했다. 파우더룸처럼 깔끔한 여자 화장실에 들어서면, 맞은편 벽에 붙은 히터를 밟고 올라서면 창을 열고 뛰어내릴 수 있지 않을까 생각했다. 끝내 스타트업 사무실에 출근하는 것조차 그만두었다. 두려움과 무망함에 이불 속에 누워 움직일 수가 없었다. 이 상황을 끝내야 한다. 어떻게? 누군가에게 구조 요청을 하는 수밖에 다른 방법은 없었다.

엄마에게 문자로 사실을 털어놓고, 한참 동안 답장을 열어보지 못했다. 수치심과, 모든 게 끝장난 듯한 느낌에 심장이 쿵쾅대고 머리가 어지러웠다. 나는 내 완전한 실패를 고백했다. 20대 시절, 학생도 직장인도 아무것도 아닌 채로 오이와 뻥튀기로 연명하며 방 안에 갇혀 지냈던, 가족들에게 암묵적으로 금치산자 같은 취급을 받았던 그때로부터 전혀 발전하지 못했다는 걸 시인한 것이다. 엄마는 실망하셨고 속상해하셨지만 내 제안대로 자취방을 빼고 보증금으로 카드빚을 갚는 데 동의하셨다.

그리하여 나는 다시 춘천으로 돌아갔다. 6년 동안 불어난 짐들을 미어터지도록 싣고, 아빠는 내비게이션을 켜고 차를 출발시켰다. 날이 제법 일찍 저물기 시작한 가을의 초입이었다.

/

춘천에서 가족과 함께 지내며 프리랜서로 일하는 동안, 나는 서울에서 한동안 내게 약을 처방해주었던 의사로부터 소개받은 병원을 다니게 됐다. 진료실에 들어서자 의사는 내가 소개로 온 환자라는 걸 미처 모르고 초진 환자라고만 생각한 듯, 전에 심리치료를 받아본 적이 있는지, 상담실에 앉아 있는 게 낯설고 불편하지는 않은지 물었다. 상담은 이미 너무 많이 받아봤다고 나는 입을 열었다. 나를 처음 진료하는 정신과의사에게 필요할 법한 이력들을 간추려 이야기하니 "짧게 얘기했는데 그 안에 정말 많은 이야기가 있네요" 하셨다.

현재 가장 불편한 게 뭐냐는 질문에 나는, 집에 내려와 생활하면서 체중이 불어 몸에 대한 불만감이 커진 것과 내 식습관이라고 말씀드렸다. 자기주장하는 법에 서툰 것도 문제지만 무엇보다

'신체상body image', 내 몸을 참고 일상을 영위해야 하는 고역이 가장 고통스럽다고 대답했다. 이번 상담에서 바라는 것이 있는지 묻는 질문에는 '아무 기대도 없'다고, 다만 약을 정량대로 처방받고 싶을 뿐이라고 솔직히 고백했다. "프로작은 꼭 프로작이 아니어도 괜찮아요. 제네릭◆이어도 괜찮아요, 성분만 같으면요." 일부러 신경써서 전문용어를 쓰지 않고 (환자답게) 가능한 한 일상어로 서술하려고 애쓰던 와중에 터져버린 말이었다. 의사는 폭소하며 '제네릭'이라는 말을 쓰는 환자는 처음 봤다고 이야기했다.

인지행동치료에 대해 아느냐는 질문. 1999년에 엘리스의 REBT 기법으로 상담을 받아봤다는 대답. 자기주장 훈련에 대해서는 '빈 의자를 놓고 얘기하는 것도 해봤다'고 이야기했다. "저 정신분석까지 받아봤어요. 비록 엉망진창으로 끝나긴 했지만요." "그럼 다 해보셨네요." 의사는 웃으며 말했다. "그럼 이제 남은 건 현실에서 시도해보는 것밖에 없네요."

그리하여 현실에서의 행동 실험, '훈습薰習, vāsanā'이 시작됐다.

대학 졸업 후 5년간 대기업에서 회사원으로 일한 뒤 의대에 진학해 의사가 됐다는 독특한 이력을 가진 그는, 덕분에 내가 일상에서 부딪히는 일들에 대해, 특히 내가 이듬해 봄 다시 서울로 거처를 옮겨 회사 생활을 재가동한 이후 맞닥뜨린 일들에 대해 잘 이해했다. "이거 읽어봤어요?" 그가 내민 책은 다름 아닌 그 유명

◆ 특허 만료된 기존 약품과 동일한 성분으로 제조해 판매하는 후발 의약품 또는 복제약.

한 『미움 받을 용기』였다. "아뇨. 베스트셀러는 안 읽어서요." "나도 안 읽지만…… 그래서 그런데, 꼭 읽을 필요는 없어요. 안 읽어도 돼요." 마치 책을 다시 선반에 꽂아놓을 눈치였다. "저 좋아요, 읽을 거예요." 나는 냉큼 책을 받아 왔다. (1999년 교수님이 내게 리처드 칼슨의 『우리는 사소한 것에 목숨을 건다』를 추천해주셨던 일이 기억났다. 『미움 받을 용기』는 세기말에 칼슨의 책이 했던 것과 같은 역할을 하고 있구나 생각했다.)

책을 읽으며 몇몇 구절을 타이핑했다. 이를테면 이런 구절.

지금 단계에서 말할 수 있는 것은, 피하지 말라는 걸세. 아무리 어려워 보이는 관계일지라도 마주하는 것을 회피하고 뒤로 미뤄서는 안 돼. 설령 끝내 가위로 끊어내더라도 일단은 마주 볼 것. 가장 해서는 안 되는 것이 이 상황, '이대로'에 멈춰 서 있는 것이라네.

그러면 자네의 직장에 관해 부모님이 심하게 반대하는 장면을 가정해보지. (…) 아버지는 노발대발 화를 내고, 어머니는 눈물을 흘리며 반대했네. 도서관 사서라니 절대로 인정할 수 없다. 형과 함께 가업을 잇지 않으면 부모자식 간의 연을 끊자, 라고 압박했지. 하지만 여기서 '인정할 수 없다'는 감정과 어떻게 타협할 것이냐는 자네의 과제가 아니라 부모님의 과제네. 자네가 신경 쓸 문제가 아니지.[17]

의사는 '네가 또 그렇게 되면 엄마는 더 아파!'라는 엄마의 말에 내가 전전긍긍하고 매이는 것은 잘못이라 지적했다. 나는 내 모든 감각과 경험을 '해석'하지만, 엄마는 과잉의 경험을 신체 증상으로 전환시키는, 심신증적 증상들을 자주 겪는 분이다. 나는 엄마가 아프게 되는 걸 원치 않았다. 나 때문에 엄마가 앓아눕는 건 원치 않았다. 그러나 의사는, 내 거식증이 재발하고 엄마가 정말 나 때문에 병이 나더라도 그건 '엄마 책임'이라고 단언했다. 나는 성인이기 때문에 엄마 아빠와 의견이 부딪치더라도 굽힘 없이 내 뜻대로 행동할 수 있고, 엄마 아빠에게 상처가 되더라도 해야 할 말은 할 수 있다는 것이었다. 이전에도 몇 번 들어본 논리였다. 하지만 감정적으로 납득하긴 어려웠다. 의사는 "보통은 다른 사람한테 하기 힘든 말도 엄마한텐 할 수 있는데, 지금 경우엔 엄마한테 얘기하는 게 더 힘든 것 같네요?"라고 말했다.

내 훈습의 제1과제는 어림짐작과 소위 '텔레파시'로 이루어져왔던 모호한 의사소통을 직접적이고 구체적인 발화로 대체하는 것이었다. 과제를 부여할 때, 의사는 늘 이렇게 말했다. "현실에서 그렇게 실천해도 되고, 꼭 그렇게 하지 않아도 돼요. 그렇게 하는 쪽이 더 편하겠으면 그렇게 하는 게 맞고, 그게 아니라 이제까지 해왔던 것처럼 있는 게 더 편하겠다면 그렇게 있으면 돼요. 하지만 전자가 더 편할 것 같다면 실제 상황에서 한번 그렇게 해보세요. 그리고 어땠는지 다음에 얘기해주세요."

보낸 날짜　　2017년 3월 31일

받는 사람　　글쓰기 선생님

제목　　그리고, 책에서 이런 구절을 봤어요

며칠 전부터 읽기 시작한 『라캉, 환자와의 대화』에 실린 실재 대화(그러니까, 녹취록?)에서요.

G. 고립된 영역과 경계가 없는 세계에 대해서 말하는 것은 제 안에서는 모순되지 않습니다. 당신에게 어떻게 설명하면 좋을까요? 저는 고립된 영역에 있습니다. 왜냐하면 저는 현실과 단절되어 있기 때문입니다. 따라서 저는 고립된 영역을 말하는 겁니다. 하지만 그렇다고 해도, 경계가 없는 상상 속의 세계에 있지 않다는 것은 아닙니다. 정말로 저 자신은 경계를 가지고 있지 않기 때문에, 크든 작든 무너뜨려서 경계가 없는 세계에 사는 경향이 있습니다. 만일 당신의 침입을 막으려는 경계가 존재하지 않는다고 한다면, 당신은 대립하는 상대가 될 수 없고 대립 자체가 없어지고 맙니다.

그리고 무엇보다, 이 구절이요. 이 사람 역시 '텔레파시'라는 표현을 쓰고 있어요!

(G는 그 환자, L은 라캉의 말을 의미해요.)

G. 텔레파시는 생각을 전파합니다.

L. 그렇다면 누구에게 전해지는 겁니까? 누구에게? 예를 들면?

G. 저는 누구에게도 전혀 메시지를 보내지 않습니다. 제 머릿속에서 일어나고 있는 것이 텔레파시를 수신하는 사람에게 들린다는 겁니다. 저는 정말로 그것이……

L. 예를 들자면, 저는 그것을 수신하고 있습니까?

G. 모르겠습니다, 모르겠어요, 왜냐하면……

L. 저는 그다지 우수한 청취자가 아닙니다.

위에서 라캉의 반응은 굉장히 지혜로웠다고 생각해요. 굉장히 훌륭했고요.

L. 그렇군요. 그런데 어떻게 해서 다른 사람이 텔레파시를 받는다는 사실을 알 수 있지요?

G. 그들의 반응을 보면 압니다. 혹시 제가 그들을 공격하거나, 허황된 이야기를 할 경우에…… 피넬에서도 의사가 저에게 그 질문을 몇 번이나 했지요. 제가 하는 것은 추론이에요. 누군가 어떤 사람에 관해서, 그 사람의 얼굴이 굳어지지는 않는지, 표정에 변화가 보이지는 않는지 등을 관찰합니다. 하기야 저는 다른 사람들이 인정할 만큼 객관적, 과학적인 관념을 갖고 있지 않지만요.[18]

보낸 날짜   2014년 7월 16일

받는 사람   곰돌이 선생님

제목   Dear doctor-diary

어떤 기관의 홈페이지를 발견해 읽고 있었어요(http://www.energeticsinstitue.com.au/). 어떤 곳인지는 아직 찾아 읽기 전인데, 여하튼 이곳에서는 제가 종종 '텔레파시'라고 부르는 무언가를 일종의 '에너지'로 취급하는 것 같아요. 건강치 못한, 서로 얽혀 있는 사람들 사이의 무시무시하고 들쑥날쑥하며 '의도'의 힘으로 움직이는 중력장.

제가 10여 년 전 병원에 다닐 때 엄마와 제 동생과 저 사이의 '텔레파시'에 대해 메일로 써드렸던 것 혹시 기억나실는지 모르겠어요. (아마 안 나시겠죠.) 제가 그 상황을, 아마도 상담 시간에도 말씀드리면서 "그게 진짜일까요, 아니면 제 상상일까요?"라고 질문드렸는데 그때 선생님이 "50 대 50"일 거라고 답해주신 기억이 나요.

그 답을 지금까지 기억하고 있는 건, 그게 맞다고 생각했기 때문이에요. 왜냐하면 엄마도, 아빠도 가족 밖에서는 존경받는 분들이시니까. 많은 사람이 좋아하고, 힘들 때는 의지하는. 그 '텔레파시'란 수신 기관이 열려 있는 사람한테만, 쩌렁쩌렁한 '목소리'로 전해지는 것이니까요.

그때, 그 절체절명의 시기에 저희 모녀 '삼각'의 해결책은 한 사람은 (한눈에도 괜찮지 않아 보이는) 통원 환자가 되고 한 사람은 외국으로 떠나 '모국어'를 폐기하고 우리가 모르는 다른 언어를 배워 오는 것이었어요. 중어중문학을 전공한 동생이 중국으로 어학연수를 가기로 결정했을 때, 저는 굳이 제가 과외비로 모은 돈까지 보태주며 이렇게 생각했지요. '너무 좋은 생각이야, 여기 것은 완전히, 깨끗이 씻어버려. 여기 일은 내가 맡을게. 엄마는 내가 맡을게.' 왜냐하면 저는 36킬로그램이 겨우 넘는 몸과 (엄마에게도 승인받은) 거식 의지로 이미 중무장되어 있었기 때문이에요. 그래서 두려울 게 없었죠.

『미움 받을 용기』는 또 다음과 같이 말한다.

조금 불편하고 부자유스럽긴 해도, 지금의 생활양식에 익숙해져서 이대로 변하지 않고 사는 것이 더 편하니까. '이대로의 나'로 살아간다면 눈앞에 닥친 일에 어떻게 대처해야 할지, 그리고 그 결과 어떤 일이 일어날지 경험을 통해 추측할 수 있어. 비유하자면 오래 탄 차를 운전하는 상태인 거네. 다소 덜거덕거려도 차의 상태를 고려해 가며 몰면 되지. 하지만 새로운 생활양식을 선택하면 새로운 자신에게 무슨 일이 일어날지도 모르고, 눈앞의 일에 어떻게 대처해야 할지도 몰라. 미래를 예측할 수 없어서 불안한 삶을 살게 되지. 더 힘들고, 더 불행한 삶이 기다리고 있을지 몰라. 즉 인간은 이런저런 불만이 있더라도 '이대로의 나'로 사는 편이 편하고, 안심되는 거지.

간단히 말해 한 발 앞으로 내미는 것이 무서운 거지. 현실적인 노력을 하고 싶지 않다, 지금 누리고 있는 즐거움—예를 들면 놀거나 취미를 즐기는 시간—을 희생해서까지 변하고 싶지 않다. 즉 생활양식을 바꿀 '용기'가 없는 거라네. 다소 불만스럽고 부자유스럽지만 지금 이대로가 더 편한 거지.[19]

나는 다시 서울에서 직장인 생활을 재개한 뒤에도 격주로 춘천에 내려오는 식으로 춘천의 병원에 계속 통원했다. 나는 남에게 내가 느끼는 상황을 (가능한 한 글이 아니라) 대면 상황에서 말로 설명하는 것, 내가 원하는 바를 (상대방이 결국 반대하더라도) 주장하는 것을 연습했다. 그렇게 꼬박 1년이 흘렀다.

12장

20년 전에
한 말을
기억하는군요

보낸 날짜   2019년 3월 25일

받는 사람   L 교수님

제목   출근한 지 3주째예요

최근에 이런 생각이 들었습니다. 오래전 제가 스무 살 때 교수님께서 이런 말씀을 해주셨어요. 20년간 살았던 삶을 바꾸려면 다시 20년이 필요할지도 모른다고. 저는 그게 말이나 되나 하고 생각했었답니다. 도전해보고 싶단 생각은 전혀 들지 않았고, 마흔 살에 내가 살아는 있을까 생각했지요.

하지만 이제 전 마흔 살이고 인생의 여기저기서 파란불이 보이는 걸 보니 스무 살부터 20년을 헛살지는 않았던 것 같습니다. 교수님 말씀대로 배우고 연습하면서 삶을 고쳐나갔던가봐요.

받은 날짜　　2019년 3월 25일

보낸 사람　　L 교수님

제목　　RE: 출근한 지 3주째예요

박지니 선생께

20년 전에 한 말을 기억하는군요. 저는 요즘 세 살 버릇 여든까지 간다는 말을 스스로에게서 확인하고 있습니다. 다행히도 오래된 버릇 중 가끔이라도 쓸 만한 것도 있고, 인생 살면서 새로 생긴 괜찮은 버릇도 있긴 합니다만……

파란불이 보인다는 건 그만큼 노력하고 분투했다는 증거이니 당연히 헛살지 않은 것입니다. 박 선생의 삶과 도전을 응원합니다. 앞으로 파란불이 더 많아지기를 바랍니다. 그렇지만 신호등도 빨강, 노랑이 있어 초록이 더 반가운 법입니다. 한 가지 색인 인생은 재미없을 수도 있으니, 다채로운 색을 그저 보며 즐기기 바랍니다.

／

교육 형평성이라는 이상을 실현하기 위해 설립된 비영리단체에서 일하는 동안, 나는 적극적으로 이리저리 발품을 팔며 뛰어다녔다. 책을 편집하는 일을 넘어서 내가 할 수 있는 또 다른 일을 찾아 자료를 모으고 해외 소식을 받고 사람들을 만났다. 그해 가을에는 모교를 방문할 일도 생겼다. 함께 대학생활을 했던 동기가 학과의 조교수로 임용된 것을 알았고, 그가 마침 아동의 인지발달을 연구하고 있던 덕분이었다. 반가운 마음에 나는 즉시 메일을 보냈고, 그도 기쁘게 화답했다. 나는 10월에 그를 찾아갔고, 교수 식당에서 함께 밥을 먹었으며, 새로 건립된 연구동에 마련된 그의 방을 구경하고 거기서 이야기를 나눴다. 우리는 시간 가는 줄 모르고 이야기했다. 추상적인 수학 개념을 아이들에게 어떻게 이해시킬 수 있을지에 대해, 그가 다른 대학에서 가르치던 시기 어느 명민한 학생이 제출했던 유아수학 과제에 대해, 그리고 그의 열 살 된 딸이 그림을 그리는 창의적인 방식에 대해. 우리는 날이 저물도록 이야기했고 그는 차로 나를 전철역까지 데려다주었다.

난독증과 난산증을 연구하는 소아청소년 정신과전문의 정재석 선생님과 그 연구 그룹의 작업을 알게 됐고, 정 선생님 등이 진행하는 난산증 워크숍에 참석할 기회도 갖게 됐다. 정재석 선생님을 위시한 이 맹렬하고 자발적인 연구자들은 2000년대 들어 주목할 만한 성과를 보여온 세계 난독증·난산증 연구 결과를 낱낱이 추적해 오랫동안 답보 상태에 머물고 있는 국내 특수교육 분야에 외로이 동력을 북돋고 있는 사람들이다. 내가 번역 출간을 위한 판권을 확보하고 싶어했던 어느 저명한 학자의 신간을 정 선생님은 출간되자마자 전자책으로 읽기 시작했고, 내가 어떤 학자들과 책을 언급하면 그 저자들의 주요 저작들을 몽땅 메일로 보내주기도 했다. 나는 캐나다와 호주, 영국 학자들의 연구를 짚어보고, 중국과 싱가포르에서 한창 이루어지고 있는 인지신경과학 실험들을 조사했다. 흥미진진한 탐구였다.

비영리단체에서 일한 덕분에 사회적 기업을 포함한 시민 섹터에도 관심을 갖게 됐다. 나는 뚝섬과 홍대에서 열리는 강의와 워크숍을 찾아다녔고, 섹터의 동료도 여럿 만날 수 있었다. 그러면서 내가 이젠 사람 만나는 일을 좋아하고 있다는 것, 오래전 전화받는 것조차 두려워하던 내가 많이 변했다는 걸 깨달았다. 내가 모르는 사이에, 나는 얼마나 더 복잡하고 용감한 사람으로 변화했는지.

짤막짤막한 경력의 소유자답게 비영리단체에서의 생활도 1년 만에 마무리됐지만, 결코 무용하지 않은 시간이었다. 나는 내 스스로 뭔가를 할 수 있겠다는 감을 잡기 시작했다. 어쩌면 내 스스로 발의해서 행동을 일으키고 사업을 끌고 나갈 수 있지 않을까 하는 생각을 비로소 하기 시작했다.

/

보낸 날짜　2019년 10월 21일

받는 사람　L 교수님

제목　교수님께

어제였던 10월 20일은 제가 어설픈 자살미수 사건을 벌이고 병원으로 실려갔던 1999년 10월 20일로부터 20년이 되는 날이었어요. 그때가 스무 살이었는데 지금은 마흔 살이 됐고요. 그때를 기점으로 그 이전에 20년, 그 뒤로 다시 20년을 산 셈이에요.

이런저런 불만은 아직 많지만, 그래서 직장 동료들의 생각이나 의도를 멋대로 추측하지 않고 내 일에만 집중하기 위해선 조용한 사무실에서도 귀에 이어폰을 꽂고 음악을 듣고 있어야 하지만, 이 회사에서 이만큼이나 버틴 건 '교육 문제'라는 대의적 이슈에 제 마음이 긴밀히 밀착돼 있어서일지도 모르겠단 생각이 들었습니다. 이제까지 광고 일도 해봤고, 출판사에도 다녀봤고, 홍보, 마케팅, 부동산, 사물인터넷, 심지어 암호화폐 일도 건드렸는데 이렇게까지 적극적으로, 그리고 양심의 가책 없이 홀가분하게 내달린 일은 지난번의 출판사 이후로 처음이니까요.

아니, 양심의 가책이 아예 없는 건 아니에요. 고매한 사명을 위해 활동한다는 명목으로 결국은 유해한 결과를 초래하는 것도 가능한 일이니까요. 오래전 글쓰기 선생님이 해주셨던 얘기가 있어요. 지난 금요일 퇴근길에 문득 다시 떠올랐는데, 선생님은 시골 교회 목사의 둘째 아들이었어요. 선생님의 형제를 포함한 교회의 장난꾸러기 아이들이 예배가 시작되기 전에 마련된 방석을 몇 개씩이나 먼저 가로채서 층층이 쿠션을 만들고 앉는 바람에, 나중에 온 신자들은 방석 없이 앉아야 했어요. 그 상황이 너무 안타깝고 화가 났던 선생님은 아이들을 타일러도 봤지만 소용이 없었어요. 그래서 생각한 것이, 그 아이들이 방석을 낚아

채기 전에 먼저 방석을 숨겨놓자는 것이었대요. 그렇게 긴장감 넘치는 비밀 작업을 진행하던 중에 문득 깨달은 것은, 이제 '도둑질'을 하는 건 바로 자신이라는 사실이었다고 했어요.

20년 전에 비해 극명히 달라진 건 생각의 중심이 나의 외로운, 거의 일차원적인 내면에서 좀더 바깥으로, 바깥으로 옮겨졌다는 점일 거예요. 삶의 경험치 덕분에 저절로 얻게 된 이점이겠죠. 학교에서의 경험이 어떻고 10대, 20대의 나이에 느끼는 감정, 특유의 시야, 사고의 패턴이 어떤지를 너무 잘 알기에, 이제 '내' 일은 아니지만 다른 세대의 삶을 위해 할 수 있는 최선을 다하고 싶은 마음 상태 말이에요.

20년 전에도 이런 이타적인 포부가 가능하다는 것을 알고 그런 포부를 위해 살고 싶다는 생각도 물론 할 수 있었지만, 그걸 이렇게 피부에 와닿는 식으로, 현실적으로, 그럴듯하게 느낄 순 없었어요. 배울 준비가 되어 있어야 배울 수 있고 깨달을 준비가 된 상태에서야 깨달을 수 있다고 하는 것처럼, 혹은 학생들에게 읽으라고 읽으라고 권해지는 고전 문학작품들이 사실은 나이가 더 들어서야 진정으로 이해되는 것처럼, 저 역시 '시간'의 덕을 본 것 같아요.

교수님을 처음 뵈었던 날이 1999년 11월 2일이었어요. 약속 시간은 오후 2시였고요. 왜 그걸 기억하냐면요, S 선생님의 전화를 받고 '두 번째 상담 선생님이라 2일 오후 2시구나' 생각했었거든요.

다시 한번 감사드려요, 교수님.

건강하세요, 교수님.

남은 한 해 즐겁고 보람 있는 일 많으면 좋겠습니다.

박지니 올림

받은 날짜   2019년 10월 22일

보낸 사람   L 교수님

제목   RE: 교수님께

20년의 세월을 두 번 산 감회가 아주 생생하게 전해집니다. 인생 전반기는 '자아'의 시기, 후반부는 '자기'의 시기라는 융의 말이 기억납니다. 자아의 시기가 사람들과의 관계 속에서 자신을 정립해가는 시기라면 후반부는 관계나 성공을 떠나 진정한 자기를 찾는 시기라고 합니다. 아들러와 엘리스라는 심리치료자도 개인적 관심을 넘어 사회적 관심을 갖게 되는 과정을 진정한 인간의 성장이라고 했습니다. 그런 면에서 다른 세대를 위한 교육을 고민하는 박지니 선생은 이미 삶의 후반부에 이뤄야 할 인생의 목표에 다가가고 있는 듯합니다.

20년간 박지니 선생의 삶을 지켜보면서 참 많은 것을 배웁니다.

내가 감사를 받기보다는 감사를 드려야 할 것 같습니다. 세 번째 20년을 거의 다 채워가고 있는 요즘 마치 달관한 듯 착각에 빠져 있었는데, 삶의 의미와 목적을 다시 다잡게 해주어 고맙습니다. 교육에 하나의 정답은 없겠지만 적어도 자아실현의 장이 되어야 하니까요.

늘 응원하겠습니다.

/

내 책을 쓸 기회를 얻게 된 것도 비영리단체에서 일하는 동안의 일이었다. 새로 출간한 책을 홍보하기 위해 광화문의 대형 서점 신간 발표회에 참석했을 때, 우연히 5년 전 적을 두었던 홍보 회사의 대표님을 만나게 됐다. 2014년, 나는 안팎에서 들려오는 충격적인 소식들과 실패로 끝난 입찰 프로젝트에 절망한 나머지 약물을 과용하고 모든 걸 놓아버렸었다. 그러면서 엉겁결에 그만두게 된 회사였는데, 수개월 뒤 대표님으로부터 뜻밖의 문자를 받았다. 내가 그렇게 그만둔 것에 처음엔 화가 났지만, 이젠 용서할 수 있을 것 같다는 내용이었다. 이후 대표님은 홍보 회사 일을 접고 1인 출판사 운영을 시작했고, 대형 서점 신간 발표회에서 각자의 출판사 담당자로서 재회하게 된 것이다.

몇 차례 연락을 주고받았을 때, 나는 용기를 내어 내가 써놓았던 글 두 편을 대표님께 보내드렸다. 뜬금없이 전송된 그 글을 대표님은 성의껏 읽어주셨고, 혹시 책을 내고 싶은 마음이 있는 것인지 물었다. 네, 하고 나는 대답했다. 기회를 놓치지 않고 '네!'라고. 그리하여 그 두 편의 글과 내 오래된 이메일 계정에 저장돼 남아 있던 수 편의 글을 바탕으로 나는 책 한 권 분량의 글을 쓰기 시작했다. 최종적으로 우리 두 사람의 이인삼각 프로젝트는 무산됐지만, 스스로의 역량이나 내가 취할 수 있을지 모를 기회에 대한 믿음이 절대적으로 부족한 내게 대표님은 본격적으로 '책'이라는 구체적 목표에 도전할 수 있도록 하는 감사한 계기를 만들어주셨다.

그리고 또 한 가지. 마샤 리네한의 회고록이 곧 출간되리라는 걸 알게 된 것은 『정신병을 만드는 사람들』의 저자이자 정신질환 진단 및 통계 편람DSM-IV의 개정을 총괄했던 미국 정신과의사 앨런 프랜시스의 SNS를 통해서였다. 리네한이 회고록을 준비 중이라는 소식은 이미 수년 전에 접한 차였다. 그가 대형 출판사와 회고록 출간 계약을 맺었다는 뉴스는 2012년에 발표됐다. 그러나 오랫동안 책은 감감무소식이었다. 그런데 생각지도 못한 순간, 프랜시스 박사가 자신이 영광스럽게도 그 책의 추천사를 쓸 수 있었다고 밝힌 것이다.

마샤 리네한은 변증법적 행동치료DBT의 창시자로 이름이 알려진 심리학자다. DBT는 소위 '경계선 성격Borderline Personality'이라 불려온 불안정한 심리 상태와 자해 및 자살 위험이 높은 사람들에게 효과적으로 적용되는 치료 기법으로 알려져 있다. 그런 그가 2011

년, 그때까지 숨겨만 왔던 자신의 과거 이야기를 대중에 밝혔다.[20] 그 역시 10대 시절 자살 충동에 시달렸고 조현병으로 오진된 채 폐쇄병동에서 치료받아야 했다는 이야기였다. 자해 흔적이 뚜렷이 남은 그의 팔 사진도 언론에 공개됐다. 그는 병원에 있을 때 이런 맹세를 했다고 한다. 자신이 그곳을 빠져나갈 수 있게 된다면, 마침내 그곳에서 스스로를 구출할 수 있게 된다면, 아직 그 지옥을 빠져나오지 못한 사람들을 자기 힘으로 구하겠노라고.

수년 전, 출판사에서 일하는 동안 10여 년 만에 L 교수님을 다시 찾아뵈었을 때 나는 이렇게 말했다. "좋은 책을 낼 수 있었으면 좋겠어요, 사람들한테 도움이 되는." 교수님은 대답하셨다. "좋은 책도 내고, 나중엔 박지니 선생 본인 책도 내야지. 심리학자들 중에도 자신이 실제로 어려움을 겪었고 그 경험을 바탕으로 좋은 치료법을 만든 사람이 많거든." 나는 곧바로 여쭈었다. "마샤 리네한이요?" "리네한도 그렇고, 그 이전엔 설리번도 그랬고." 교수님은 아마도 해리 스택 설리번을 언급하셨던 것 같지만 확인하지는 못했다.

아무튼 나는, 리네한의 회고록이 출간 예정이라면 국내 출간을 위한 판권 역시 이미 계약된 상태이리라는 생각에 흥분을 누를 수가 없었다. 나는 앨런 프랜시스 박사의 SNS 계정으로 내 사정을 간략히 전하고 혹시 판권에 대해 물을 연락처를 알 수 있겠는지 질문했다. 프랜시스 박사는 친절하게도 리네한 박사의 딸 제럴딘 로드리게즈의 이메일 주소를 알려주었다. 나는 그를 포함해 몇몇 곳으로 메일을 써 보냈다. 해외 출판사로, 에이전시로. 예상대로 판권은 이미 계약된 참이었다. 나는 포기하지 않았다. 어찌어찌해서 판권을 계약한 국내 출판사를 알아냈다. 그곳으로 메일을 보냈다. 운 좋게도 마침 번역가를 선정 중이던 출판사 담당자는 내게도 번역가 선정 테스트에 참여할 기회를 주었다. 그리고 나는 기회를 따냈다.

　그 과정에서 나는 제럴딘 로드리게즈로부터 답장도 받을 수 있었다. 그는 이렇게 썼다.

　지니에게
　이메일 감사합니다. 어머니의 회고록을 번역하는 일에 관심을 보여주신 것, 그리고 번역을 맡고 싶은 까닭을 우리에게 고백해주신 것에 감사드립니다. 고귀한 의도이고, 감동적인 일입니다. 당신이 옳아요, 담당 편집자는 한국 번역출판권을 이미 계약한 상태입니다. 한국 출판사 이름은 듣고 잊어버린 터라, 다시 한번 물어볼게요. 어쨌든, 연락 주어 감사합니다. 건강을 기원하며, 친절한 마음을 실어 보냅니다.
　제럴딘과 마샤

　　　　　　　　　／

받은 날짜　　2017년 8월 28일

삼키기 연습

보낸 사람　글쓰기 선생님

제목　RE: 두려움

나는 지니가 인생을 망치고 있다는 생각 안 들어. 다만 망치고 있다는 두려움이 지니를 힘들게 할 수는 있을 거 같아. 지니는 앓고 있는 신경증을 잘 헤쳐나가고 있고, 그 헤쳐나가는 과정을 지니의 글로 언젠가 표현하기를 나는 기다리고 있어.

지니는 오래전에 무너질 수도 있었어. 그런데 이만큼 해왔어. 이것만으로도 이미 훌륭해. 난 지니가 자신이 겪는 어려움을 알아가고 방법을 찾아보는 게 이미 훌륭해 보여.

언제나 생각이 문제야. 난 지니가 망치긴커녕 잘해왔다고 생각해. 지니가 좀더 공부해서 어떤 미래를, 어떤 글을 써낼지 궁금해.

/

보낸 날짜　2020년 4월 13일

받는 사람　글쓰기 선생님

제목　RE: 2001년 심리검사&엄마 면담 결과들

글을 쓰면서 필자로서의 제 입장(관점)이 과연 신뢰할 만한 것일까 의혹이 들어서요. 심리검사와 엄마 면담 내용◆에서 드러나듯

　　　　　　　　　　　　　　　20년 전에 한 말을 기억하는군요

이래저래 '문제'가 많은 사람인데, 과연 제 목소리에 권위가 실릴 수 있을지 그런 생각이 들었어요.

받은 날짜 2020년 4월 13일

보낸 사람 글쓰기 선생님

제목 RE: RE: 2001년 심리검사&엄마 면담 결과들

아니야, 전혀 그렇지 않아.

이를테면 엘프리데 옐리네크의 『피아노 치는 여자』의 주인공은 엄청난 성도착증 환자야. 그런데 그녀는 다른 누구보다도 강렬한 진실을 보여주고 있어! 자기 글이 구체적이기만 하면, 그건 엄청난 거야! 우리 모두 자기 나름의 신경증을 갖고 사는 거야!

◆ 2001~2002년 입원병동에 있을 당시 기록된 차트에서 읽은 내용을 일컫는다. 이에 대한 이야기는 마지막 장인 14장에서 다시 언급된다.

13장

사이언티픽 인터벤션

새해를 고작 며칠 앞둔 일요일, 나는 아침 일찍 출근할 채비를 했다. 코로나19가 재차 확산되며 고객 서비스 담당자를 제외한 거의 모든 직원이 재택근무를 하던 참이었다. 나 역시 마찬가지였다. 온갖 최신 인지신경과학과 계산정신의학 논문을 다운로드해놓고, 지능이란 정말 무엇인지, 어떤 인터벤션을 통해 아이의 인지능력에 실제 변화가 생긴다면 그것을 어떻게 관찰할 수 있을 것인지, 몇 주 밤낮을 고민하고 있었다. 주로 침대 위에서, 꿈과 현실을 오가며, 주로 두통 속에서. 나는 일을 내팽개쳐놓은 것이기도 했고 일을 하고 있는 것이기도 했다. 영재교육 전문가들이 만든 인지훈련 애플리케이션의 '치료적' 근거를 찾아야 했다. 아니면 일련의 과제들을 그렇게 개발한 이론적 배경이라도, 거꾸로 찾아야 했다. 힘들어하는 아이에게 이 모바일 앱을 '처방'할 수 있을까? 과연 그게 가능할까? 주로 처방을 '받아'왔던 사람으로서 내 기준은 엄격했고, 그 덕택에 내가 스스로에게 부여한 과제는 (회사가 부여한 것보

다) 무거워지고 또 무거워졌다.

　그러다 일요일에 새벽같이 갑자기 출근하기로 한 이유는, 화장실을 쓰기 위해서였다. 더 정확히 말하자면, 화장실 배관 공사를 위해 하루 종일 집을 비워줘야 했기 때문이었다. 비어 있던 옆집 화장실에서 오수가 역류한다는 집주인의 연락이 왔다. 양 옆집 모두에서 벌어진 일이었다. 그중 한 곳은 이미 그달 초에 (집주인의 표현에 따르면) '대대적인' 공사를 진행한 참이었다. 그런데 또 역류가 일어났고, 양쪽 집은 마침 빈방이 되어 있었으므로, 나란한 세 집의 화장실 배관을 꽉 막아버린 범인은 바로 나였다.

　원인은 노후한 건물의 배수구로 2년에 걸쳐 내가 하루에도 몇 번씩 흘려보낸 토사물이었다. 하지만 나로서는 20년 만에 처음 겪는 일이었다! 그런 이야기를 들은 적은 있었다. 18년 전 입원병동에서. 정현 언니가 토크쇼처럼 들려줬던 그의 파란만장한 몇 해 동안의 에피소드 중 하나였다. 우리 집은 단독주택인데 내 폭식증 때문에 하수관이 막혀서 공사를 했어. 공사하는 사람이 '여기 먹고 토하는 사람 있어요?' 하고 물었대. 언니가 그 이야기를 한 게 벌써 2002년의 일이었다. 그러나 다행히, 나는 집주인으로부터 '혹시 먹고 토하는 것 아니에요? 기술자분이 종종 폭식증 환자가 사는 집에서 화장실이 막힌다고 그러던데' 하는 말을 듣지 않을 수 있었다. 그것만큼은 정말, 정말 다행이라고 나는 생각했다.

　눈이 얼어 발밑에서 빠득빠득 부서지는 아직 어둑어둑한 길로 쫓겨나듯 나와 가방을 메고 걸으며, 나는 그것만큼은 다행이라 생

　　　　　　　　사이언티픽 인터벤션

각했다. '전에도 보니까 너무 마르셨던데, 혹시 먹고 화장실에 토하시는 것 아니죠?' 귓가에 쟁쟁 울릴 정도로 머릿속에선 이미 몇 번을 상상해본 목소리였다. 그 말이 현실화되지 않았다는 건 다행이었다. 물리적 파동으로 실현되진 않았다는 건. 나는 다만 '귀찮아서 음식물 쓰레기를 변기에 버려온 입주자'일 뿐이었다. 다행이었다, 다행이었다. 하마터면 정신 나간 여자 취급을 받을 뻔했는데, 바쁘고 생활에 서툰 직장인 여성으로 상정되는 데 그쳤다. 나는 공사비만 물어주면 됐다. 내가 먼저 나간다고 하면 됐다. 집주인이 '미안하지만, 나가주셨으면 좋겠어요'라고 말하기 전에.

출근한 사람은, 정말로, 아무도 없었다. 건물 전체는 아니더라도, 최소한 6층 전체엔. 토요일이 아니라 일요일이라서, 연말이라서 더 그랬다. 나는 내가 앉은 사무실 한쪽에만 불을 켜고 적막한 건물에 혼자 앉아 있었다. 읽어야 할 논문들을 그대로 두고. 집에서 그랬듯이 사무실에서도, 등받이 의자에 늘어지듯 기대앉아서. 답을 찾을 수 있을까? 내게 '답'이 있을까?

이건 정답 없는 시험 같다. 아무리 생각해도 답이 안 나와. 석인이는 이메일에 그렇게 썼었다.

참으로 다양한 분야의 혁신적인 스타트업이 모여 둥지를 튼 공공으로 운영되는 건물에서, 나는 소위 '디지털 치료제digital therapeutics'를 개발하는 청년들 팀에 합류해 있었다. 성장환경에서의 결핍 탓에 지적으로 뒤처진 아동들을 빠르고 효과적으로 중재

할 수 있는, 일종의 퍼즐 게임을 만드는 팀이었다. 스마트폰이나 태블릿PC의 스크린을 접점으로 아이들에게 주로 시공간적 지각 능력을 테스트하는 게임을 보여주고, 아이가 제시되는 게임을 의욕적으로 일정 분량 꾸준히 해낼 수 있도록 긍정적인 피드백 루프를 만들었다.

그해 여름, 전문의약품처럼 처방받을 수 있는 비디오게임으로 미국 FDA에서 최초로 승인받은 아킬리인터랙티브Akili Interactive의 ADHD 치료제 '엔데버RxEndeavorRx'는 캘리포니아대학 샌프란시스코의 애덤 가잘리 교수가 기존의 주의력—그중에서도 (1) 방해 자극이 있음에도 불구하고 집중할 수 있는 능력, (2) 다른 과제가 추가로 주어졌을 때 멀티태스킹할 수 있는 능력—을 시험하는 테스트에 기반해 개발한 레이싱 게임이었다. 가잘리 교수에게 도로주행 능력을 테스트하는 기존의 단순한 인지검사가 예술가에게 '파운드 오브제Found Object'◆에 해당하는 것이었다면, 우리에게는 아이들을 위한 영재·창의력 교육의 교구들이 있었다. 이 '파운드 오브제'를 어떻게 치료 맥락 내에서 작동하도록 위치시키고 재정비할 것인가가 문제였다.

하지만 아킬리와 우리의 상황은 사뭇 달랐다. 목표한 적응증은 모두 신경발달장애에 속했지만, 아킬리가 주의력, 그중에서도 몇 가지 협의의 주의력만을 다룬 데 비해 우리는 '전반적 지능'을 다

◆ 통상적으로는 예술작품의 소재로 여겨지지 않는, 그러나 예술가에게 발견되어 작품으로 변모하는 사물들.

루고 있었다. '지능'은 학계에서도 아직 모호한 개념이었다. 나는 인지 발달의 '민감한 시기sensitive periods'에 관한 최신 논문을 읽었고, 언어지능이나 시공간능력, 유동지능 같은 일반 지능의 구성 요인들이 서로 어떻게 기능하는지를 이론화한 '과정중첩이론Process Overlap Theory'에 관해 읽었으며, 소위 시공간 지능visuospatial skills 발달에 관한 여러 논문을 찾아 읽었다. 뇌의 구조와 기능에 관한 최신 논문들을 잘 선별해 읽다보면, 우리가 만든 애플리케이션이 아이들의 뇌에 어떻게 작용하는지를 기능성 자기공명영상fMRI이나 뇌전도검사EEG를 통해 확인할 수도 있을 것 같았다.

그러나 또 한편, 우리 게임이 건드리고 있는 영역은 초등학교 취학 전 학교준비도school readiness와도 좀더 밀접한, '교육'에 가까운 영역이었다. 실제로 유아기의 시공간 추론력visuospatial reasoning은 학령기 수학 실력에 영향을 주는 것으로 증명됐다. 하지만 이런 효력을 발달장애 아동의 어떤 '결핍'을 메워주는 것으로 재정비할 수 있을까. 안구통까지 이어지는 편두통이 오래갔다. 간단하게 해결될 고민이 아니었다.

그러니까 이런 상황이었다. 몇 년은 쓴 거대한 노트북을 미니 테이블에 올려놓고 침대 가장자리에 걸터앉은 채 모니터 불빛과 음량 줄인 텔레비전이 쏟아내는 아스라한 불빛을 조명 삼아 논문 파일만 하릴없이 스크롤하고 있다. 아니, 아니다. 나는 어둑한 방 침대에 웅크린 채 누워 익사한 사람처럼 꿈과 현실을 비몽사몽 헤매고 있다. 현실의 문제들이 한껏 더 화려하게 증강되어 꿈속에서도 이어지며 내 지능을 시험한다. 나는 지치고 절망한 상태다. 현실에서 도피하기 위해 잠으로 빠져든다. 화장실 배수관이 막힌 지 사흘째다. 인터넷으로 대용량 배수관 클리너를 여덟 개나 사서 들이부어봤지만 효과는 없다. 그 와중에 폭식구토 충동은 억누르지 못한다. 뭔가 '안전한' 것을 먹고 소화시키자 해봐도, 결국엔 버려야 할 토사물이 생긴다. 며칠에 걸쳐, 나는 구토한 비닐봉지를 묶어 종이봉투에 담아 들고 밖으로 나가 버릴 곳을 찾는다. 가장 가까운 전철역 화장실에 가서 버리기도 하고, 근처 상가 화장실을 이용하기도 한다. 나는 짐짓 포기한 상태다. 내가 통제할 수 없으며 이해할 수도 없는 '자연'이, 그 물질들의 현상이, 얼마쯤 시간이 지나 어떤 순간에 스스로 해소되길 기다리는 수밖에 없지 않나 하고 자포자기한다.

그러던 중 느닷없이 밖에서 조급한, 거친 인기척이 들리고, 그 소음이 벽 건너편으로부터 연이어 들려오기 시작한다. 그리고 전화, 전화…… 나는 받지 않는다. 보지 않아도 집주인의 전화다. 말소리는 이제 더 이상 벽 너머에서 들리지 않는다. 바로 문 앞에서 들린다. 쾅, 쾅, 쾅, 계세요? 쾅, 쾅, 쾅. 문을 열어주지 않으면 아무도 없다고 생각하고 마스터키로 열고 들이닥칠 것 같다. 네, 하고 나는 말하며 벌떡 일어나지만, 몸은 침대에서 솜처럼 일으켜진다. 유령 같은 내가 문을 연다. 얇아지고 다 늘어난 스웨터를 걸치고, 화장실을 청소할 때마다 튄 표백제 때문에 군데군데가 주황색으로 탈색된 허름한 운동복 바지를 입고 섰다. 나보다 키가 한 뼘 반은 큰 집주인의 아들이 내 앞에 서 있다. 화장실 괜찮냐고 묻는다. 아니요, 라고 나는 대답해야 한다. 언제부터 그러셨어요? 오늘 아침부터라고, 나는 같잖은 거짓말을 한다.

"음식물 쓰레기 버리셨어요?"

"그런 건 아닌데⋯⋯."

얼굴이 달아오른다. 그런 건 아니라고? 그러지 않았다고 둘러대고 싶었지만, 그게 말이나 될까. 혹은, 토사물이니 정확히 말해 '음식물 쓰레기'는 아니라는 걸까.

나는 쫓겨난다. 폭설이 그친 거리로. 문자 메시지로 소식을 듣고 걱정하시는 A 간호사 선생님께는, 서점이 가까이 있으니 거기 갈 거라고 말씀드린다. 서점으로 간다. 성탄절 이튿날이고 마침 토요일이라 팬데믹 와중에도 손님이 꽤 많다. 단정한 난색 계열의 조명, 깔끔한 목질 무늬와 딱 떨어지는 공간 구획보다 나를 더 초라하게 만드는 것은 두셋씩 무리를 이뤄 거길 찾은 사람들, 일상에서 전혀 이탈되지 않은 사람들, 연말 주말의 분위기를 느낄 '여지'를 지닌, 나에 비하면 몹시도 '부유한' 사람들이었다. 저 사람들. 지금 이 공간이, 이 시간이 지루하고 갑갑하고 재미없을 사람들. 살 만한 책이 없다고 느낄 사람들, 날이 어두워졌으니 서점을 끝으로 집에 돌아가자고 생각할 사람들.

책 제목 하나가 인문학 매대 곁을 지나던 나를 사로잡았다. '너는 너의 삶을 바꿔야 한다.' 그건 릴케의 시에서 나온 구절, 몇 년 전 출판사에서 일할 때 번역 출간하고 싶었던 릴케와 로댕의 우정을 다룬 전기소설의 제목과 같았다.♦ 하지만 전혀 다른 책이었다. 페터 슬로터다이크라는 철학자의 책으로 '인간공학Anthropotechnik' 이라는 부제가 붙어 있었다.[21]

나는 서너 번쯤 그 책을 집었다 놓기를 반복했다. 시간을 때우기 위해 서점 전체를 한 바퀴 돈 뒤에도 다시 돌아와 그 책을 들고 아무 페이지나 넘겨 읽었다. 그건 '수행修行'에 관한 책이었다. 글쓰기 선생님이 수유너머 연구실에서 강의를 열었을 때부터 강조했던 '반복'에 관한, '반복'이 결국 '변화'가 되는 위력에 관한 이야기, 수전 손택이 자신의 일기에도 인용해 썼던 '생각한 대로 살지 않으면 사는 대로 생각하게 된다'는 폴 발레리의 말, 우리 몸의 어떤 생리적 작용은 수술로도 투약으로도 크게 변화시킬 수 없고, 특히 뇌의 작동 방식은 거꾸로 그것의 현현을 제어함으로써만, 그 자동 반사적 표출의 순간에 비직관적 행동을 끼워 넣기를 거듭함으로 써만 바꿀 수 있다는, 현대 신경과학의 앎의 수준에 관한 이야기 이기도 했다.

그날 당장은 책을 사지 못했다. 내 몸을 더 무겁게 만들 여력이 없었다. 이튿날 일요일 회사에 출근해서, 뇌리에서 떠나지 않는 그 책을 온라인으로 주문했다. 내가 이메일로 전한 책 이야기에, 글쓰기 선생님은 이런 답을 보내주셨다.

♦ 이 책은 결국 번역 출간됐다. 레이첼 코벳, 『너는 너의 삶을 바꿔야 한다』, 김재성 옮김, 뮤진트리, 2017.

사이언티픽 인터벤션

길이 있을까? 더 나아지는 방법이 무얼까? 그게 과연 가능할까? 이렇게 물으면 사실 없을 것 같아. 그런데 우리는 너무나 잘 알고 있잖아? 토굴 속에 들어간 선승처럼 정신을 가다듬는다면, 아니 고시생이나 고3처럼만 공부한다면, 우린 얼마든지 달라져!

슬로터다이크의 책은 목차만 보니 나름 매혹적인 철학책이네. 그런데 이런 책을 경유하지 않고도 곧바로 직지인심直指人心하면, 사실 길은 얼마든지 있을 거야. 나도 이 길을 찾고 있는 중이야. 그래서 지니가 보낸 모처럼의 메일이 아픈 이야기로 가득하지만 그럼에도 너무 반가워!

나도 이렇게 늙고 이제 죽어가는 일만 남았나? 하고 자문할 때가 여러 번이야. 그러나 사실 이러한 질문을 하는 이유는, 그만큼 변화를 원하는 내 안의 욕망 때문인 것 같아.

그리고 정직하게만 실천하면 길은 너무나 많다는 걸, 나는 그 무엇도 제대로 하지 못했다는 걸, 그래서 아직 더 직지인심하며 길을 찾아야 한다는 걸 인정하게 돼.

지니도 힘들겠지만 길을 찾아나갈 수 있기를.
나도 지니도 더 나은 길, 더 나은 생각 문장을 찾을 수 있기를!

/

우리가 처한 문제를 이해하는 회사와 나의 방식이 적잖이 달

랐던 탓에, 나는 회사를 그만두고 정신건강 분야의 '디지털 치료제' 연구를 계속할 기회를 찾기 시작했다. 곳곳에 콜드 메일을 보냈고, (이 글을 쓰고 있는 2021년 2월 초인 지금까지) 다섯 곳쯤의 디지털 치료제 스타트업을 방문했고, 그 외 인공지능 등 관련 영역의 스타트업 사람들을 만났다. 트위터로 정보를 받고 있는 세계 전역의 신경과학 연구소를 지켜보고 있자면 오슬로나 그로닝겐, 런던, 베를린 같은 곳에서 인공지능 석사 과정이라도 밟고 싶어진다. 링크드인에 공지를 올리는 곳이나 이따금 DMH 허브 커뮤니티Digital Mental Health Hub Community에 올라오는, 내가 원하고 기대했던 직무 내용을 온전히 보여주는 영미권 디지털 멘탈헬스 스타트업들의 채용 공고에 지원하고 싶은 마음이 굴뚝같지만, 이 글을 쓰고 있는 현재로선 아직 영문 이력서도, 커버레터도 준비하지 못한 상태다. 대신 나는 비대면 상담 플랫폼을 운영하는 회사와 젊은 여성들을 주고객으로 하는 온라인 인지행동치료CBT, Cognitive Behavioural Therapy 프로그램을 개발 중인 사람들, 그리고 노화성 경도인지장애를 타깃으로 앞서 내가 참여했던 것 같은(그리고 아킬리인터랙티브가 하고 있는 것 같은) 인지훈련 프로그램을 개발하는 몇 곳의 사람들을 만났다.

그리고 이런 메일을 글쓰기 선생님께 보냈다.

20, 30대 여성들의 경미한 정동장애를 타깃으로 했던, 먼저 면접 봤던 곳에선 역시나 파트타임 일을 제안해왔는데 아니나 다

를까. 그곳의 소위 '전문가'들이 생각하는 '치료'와 제가 생각하는 것 사이의 격차가 너무 컸어요.

그 사람들은 '환자'를 매끈하게 마름질된, 정형화된 캐릭터로 보고 있는 게 아닌가 싶었어요. '문제'라는 걸 굉장히 단순하게 생각하는 것 같아요.

제일 마지막에 만났던, 치매를 연구하는 사람들로부터 연락이 오기를 고대하고 있어요. 거기서 계속 뇌과학 쪽을 공부하고 싶어요.

그리고 심리학과 교수님께는, 장문의 이메일을 보냈다.

제가 뛰어들고 싶은 분야는 문장 구성으로 대표되는 환자의 사고에 개인화된 피드백을 줄 수 있는, 게임으로 만들어진 중재책이에요. 하지만 정서장애 영역에선, 최소한 국내에선 그런 기획을 추진하는 곳은 없는 것 같았습니다. 실제로 저와 대화가 가장 잘 통했던 쪽은 치매를 타깃으로 하는 신경과학 쪽 스타트업 사람들이었고 오늘 두 번째 미팅을 했던 선생님들과는 안타깝게도 의견이 좁혀지질 않았어요.

여러 생각을 하고 있어요. 마이아 샐러비츠라는 저널리스트는 중독을 일종의 '학습장애'로 개념화하는데, 어떤 면에선 그 개념화에 사고 전환의 단초가 있을 거라는 생각이에요. 오래전 교수님께서 제게 앨버트 엘리스를 소개해주셨을 땐 그의 '과학자'적 접근법이 못마땅했지만, 이젠 '실험 과학자' 혹은 '철학자'적 접근, 그리고 '현실적 기술practical skills'을 강조했던 리네한의 주장 등이 모두 하나로 통합되는 느낌이에요.

인지 역량이 발달하는 것은 성인기에서 장년기에 이르기까지도 청소년기와 크게 다를 바 없다고 생각해요, 교수님. 특히 성인기 초기가 중요한 시기인데도 미처 신경 쓰지 못하는 환경이기 때문에, 심리적 어려움을 겪는 사람들이 많은 게 아닐까 싶기도 하고요. 경영계의 거물 레이 달리오라든가 자기계발서를 내는 애덤 그랜트 같은 저자들, 요즘 많이 눈에 띄는 행동과학자들도 결국은 모두 같은 얘길 하고 있는데, 스토아 학파에서 이해한 이른바 '세상이 돌아가는' 방식을 인지하지 못하거나 이해하지 못하는, 사고가 아직 미숙한 사람들은 잘못된 믿음이나 귀인으로 괴로움을 겪게 되기 쉽다는 거예요.

저는 그런 점에서 CBT나 DBT◆ 같은 것을 다시 보고 싶었어요. 거기서 힌트를 얻어 디지털 인터페이스에서의 인터벤션을 구상할 수 있지 않을까 생각했고요. 글쓰기 선생님이 알려주셨던 (NLP◆◆에서 착안된 '의미망 내리기chunking-down'의 반대말로서의) '구체적인 문장 작법'과 역시 글쓰기 선생님이 알려주신 불교적

◆ CBT는 인지행동치료Cognitive Behavioural Therapy, DBT는 변증법적 행동치료Dialectic Behavioural Therapy를 뜻한다.

◆◆ 신경-언어프로그래밍Neuro-Linguistic Programming.

사이언티픽 인터벤션

명상가 바이런 케이티의 '작업The Work' 같은 것에서도 힌트를 얻어서요. 그 모든 것이, 이제 와 생각해보면 결국 같은 결로 이루어져 있다는 걸 알겠거든요.

그리고, UI·UX도 중요해요. 페니베이커의 방식◆으로 무언가를 쓰게끔 만드는 것도 좋은 방법일 텐데, 제 느낌으론 읽는 사람 없이는 정성껏 모놀로그를 쓸 동기가 안 생길 것 같았거든요. 그렇다고 무작정 커뮤니티를 꾸리기엔 위험 부담이 너무 크고요. 그런데 '카인드 워즈Kind Words'라는 게임이 있다고 해요. 조그만 방 책상 앞에 앉은 캐릭터가 익명의 누군가에게 편지를 쓰게 하는데, 이렇게 아름답고 서정적인 캐릭터와 스토리라인이 전제된다면, 정말로 마음을 다해 '쓸' 수 있는 환경이 만들어질 수도 있겠다고 생각했어요.

2주 전쯤 만났던, 치매를 타깃으로 한 인지훈련을 개발하는 스타트업 사람들과의 대화가 열띠고 흥미로웠던 데 반해 아직 별다른 소식이 없어 실망하고 있었는데, 이번 주 들어 다시 이런저런 곳들을 노크하고 사람들을 만나러 다니고 있어요. 내일은 암호화폐 기반 게임을 만들었던 카이스트 출신의 젊은 CEO를 만나기로 했는데, 아주 나이브한 치매 예방 게임을 개발 중이더라고요. 어쩌면 그와 같은 사람이 저를 필요로 할지도 모른다는

◆ 미국 심리학자 제임스 페니베이커는 '표현적 글쓰기expressive writing'가 피험자의 안녕에 도움을 준다는 것을 밝혀냈다.

생각에 내심 기대를 갖고 내일 미팅을 기다리고 있답니다.

디지털 치료제는 무척 흥미로운 영역이에요. 특히 저처럼, 기존 필드에서 자격을 획득하지 못한 문외한에게는 상상력과 기획력을 발휘해볼 좋은 기회가 되고 있으니까요.

/

회사를 그만두기 전 맞이한 마흔두 살 생일날, 나는 다시 한번 꽉 막힌 변기를 뚫기 위해 배수관 압축기를 눌렀다 빼기를 오전 내내 반복했다. 그러잖아도 근육이 빈약하게 붙은 팔을 발발 떨면서 저녁 식사치료 시간에라도 미역국을 먹겠다고, 그 시간만이라도 혼자 있지 않겠다고 병원을 찾아왔을 때, A 간호사 선생님은 이 가련한 오랜 환자를 위해 한 사람을 위한 슈퍼바이즈드 테이블을 세팅해주셨다. 공깃밥이 반만 덜어진, 간소하게 차려진 그냥 어느 백반집의 미역국 한 상. 소고기가 들어간 뻣뻣한 미역국. 나는 젓가락을 든 팔을 발발 떨면서도, 소고기 조각을 집어 입에 넣기 전 선생님을 향해 "선생님, 저 고기 먹어요!" 하고 자랑해 보이는 코미디를 펼쳤다.

"선생님, 저 소시지 먹습니다!"

"그래, 좋아!"

그리고 또 며칠 전, 콜드 메일로 약속을 잡은 회사 대표와 만나기 위해 판교까지 다녀오고 나서 갑작스럽게('신경쇠약'이라는 의미

사이언티픽 인터벤션

의 'nervous breakdown'이라는 표현의 말뜻 그대로) 절망감에 빠져 5일 치 약을 한꺼번에 삼키고 이튿날 나절까지 잠 속을 헤맸던 나는, 그날도 병원에서 저녁을 먹겠다고 A 선생님께 연락드렸다. 내 '솔푸드', 된장찌개를 다시 먹겠다고.

이유가 뭐였냐고, 선생님은 물으셨다.

"모르겠어요. 죽으려던 건 아니었을 거잖아요, 5일 치만 먹었으니까. 모르겠어요…… 뭔가를 '끊어버린다'는 표현이 생각나는데, 딱 그것 같지는 않고…….”

오른손을 칼처럼 빳빳하게 펴서 왼팔을 잘라 곧장 내버리는 시늉을 하면서 말했다.

"뭔가가 저를 자극한 것 같아요. '사고'가 시작되기 전에 먼저 신경생리적으로 반응하는 부분이 있어요. '사고를 바꿀' 여지 없이 벌어지는 일이에요…… 면접이 끝나고, 뭔가 석연치 않은 느낌이 있었거든요. 어쩐지 저를 썩 마음에 들어하지 않는 것 같다는 인상. '생각'한 바를 말하라면, 분명 100퍼센트 그렇게 판단한다고 말하지는 않겠지만요. 이성적으로는 꼭 그렇게 결론 내릴 수 없다는 것을 알겠는데, 제 몸은 그렇지 않거든요. 이미 일어나고 있는 일이니까. 이미 저는 주저앉고 있으니까…….

말로 표현할 수 없는 게 있어요. '형언'할 수 없는 것이요. 상담실에 생전 처음 들어온 아이가 치료자가 묻는 말에 아무 말도 못하고 입을 꾹 닫고 앉아 있는 것처럼. 그 애한테는 치료자의 질문 자체가 이해가 안 되는 거예요. 그런 질문 자체를 해본 적이 없

으니까. 그 애한테는 그 모든 게 아직 전부 '형언 불가능한' 거예
요…… 제게도 아직 그런 상태가 남아 있는 것 같아요. 어떡해요,
선생님. 이런 식이면 CBT는 어떻게 하죠? 문장이 형성되기 이전의
상태가 있는데."

"그건 CBT가 개입할 수 있는 그 앞 단계에서 벌어지는 일이니
까." 선생님은 대답하셨다. "편도체에서 매개하는 일이니까. 네가
겪은 어떤 현재의 경험이 편도체에 저장돼 있던 유사한 트라우마
기억을 자극해서 벌어지는 일일 거야."

그럼, 그건 어떻게 해결할까?

나는 나를 위한 '사이언티픽 인터벤션'(과학적 중재, 개입)을 어떻
게 고안해야 할까?

/

어떻게 하면 나는 '울면서라도 하는' 경지에 다다를 수 있을까?
아니면, 어떻게 내게 환경적 '넛지nudge'를 제공해 이상적인 액션
을 보다 쉽게 취할 수 있게 할 수 있을까? 어떻게 하면 '감정이 끼
어들기 전에' 행하고 다시 행하는 수행자가 될 수 있을까? '감정은
사라지고 결과는 남는다'는 지혜의 말을, 언제쯤에야 체득할 수 있
을까? 내 '생각'에, 내 마음속 '문장'에 얼마만 한 감정이, 신경생리
적 부하가 걸려야 '생각이 행동을 바꿀' 수 있게 될까? 대니얼 카
너먼이 말하는 '시스템 2'의 느린 사고◆ 모드를 최대한 활성화시키

사이언티픽 인터벤션

기 위해 전제되어야 할 조건은 무얼까?

아니면, 여기까지의 이 모든 생각은 사회문화적 편견이 얽히고 설켜 있는 오류일까? 문제가 내 '내부'에 있는 게 아니진 않을까? '문제'는 과연 어디에 있을까? 우리는 무엇을 바꿔야 할까? '사이언티픽 인터벤션'은 무엇을 타깃으로 삼아야 할까?

◆ 2002년 노벨 경제학상을 받은 심리학자 대니얼 카너먼의 이론에 따르면, '느린 사고'라고 일컬어지는 두뇌의 두 번째 작동 방식 '시스템 2'는 의식적이고 합리적이며 논리적이고 회의적인 사고이며, 우리 사고의 98퍼센트를 구성하는 무의식적이고 자동적인 생각인 '시스템 1'과 성격상 대척점에 위치한다.

14장

직접 겪은 경험

보낸 날짜   2015년 5월 26일

받는 사람   글쓰기 선생님

제목   안나 오

주디스 허먼이라는 유대계 정신과의사는 트라우마 전문가예요. 그에 관한 영문 자료만 띄엄띄엄 보다가, 그의 가장 유명한 저서가 이미 국내에 번역되어 있다는 걸 뒤늦게 알게 됐지요. 아마 지난 늦여름 혹은 가을쯤이었을 거예요.

곰돌이 선생님과 계속 얘기하면서, 무엇보다 제 생각들을 줄기차게 메일로 적어 보내면서, 한참 트라우마에 대해 생각하던 시기가 있었어요. 그 화두에 때로 감명받고 자주 매몰됐던 시기가요. 흥미로웠던 이야기 하나는 허먼이 책에 기술한 브로이어와 프로이트의 유명한 환자 안나 오의 이력에 대한 것이었어요. 베르타 파펜하임이 본명이었던 여자. 사실 저는 스무 살 때부터 정신의학사에 등장하는 여자들에 대해 관심이 많았어요. 지금까지 'Pappenheim'이라는 단어를 온라인에서 비밀번호로 쓰고 있을 정도로. 그리고 '도라'의 본명이었던 '이다 바우어'를 메일 아이디로 썼던 시절, 다비에게서 아이디가 혹시 '농부'와 관련된 뜻이냐는 질문을 받기도 했지요. 독일어에서 'Bauer'가 뜻이 '농부'라는 거예요.

브로이어가 치료를 중단한 뒤, 파펜하임은 몇 년을 더 앓다가 마침내 회복됐어요. 그가 다른 삶을 살게 된 중요한 계기는 메리 울스턴크래프트와 당대의 여성운동을 접한 것이었대요. '파울 베르톨트'라는 가명으로 울스턴크래프트의 책을 독일어로 번역하고 여성인권을 주제로 한 희곡을 직접 쓰기도 했고, 무엇보다 여아들을 위한 고아원을 설립하고 유대인 여권단체를 만들고 유럽 전역을 돌며 여권운동을 벌였다고 해요. 그녀에 대한 동료의 언급 중에 "학대받는 여성과 아동을 위한 그녀의 싸움은 (⋯) 신체적으로 느껴지는 고통에 비할 바했다"라는 표현이 있었는데, 저는 그 말에 진실이 담겨 있다고 생각했어요.

나는 지금 뭘 하고 있는 걸까. 무엇을 하려는 걸까. 무엇을 피하고 무엇을 좇으며 어떤 길을 내고 있는 걸까. 그런 생각이 들고, 온갖 방향으로 조류가 움직이는 물 한가운데나 우주 한가운데 있는 것처럼 느껴져요.

대학교 1학년 때 잠깐 몸담았던 문학 동아리의 선배와 샌드위치를 먹으면서, 도무지 글을 쓰지 못하겠다고, 글을 쓰는 게 어렵다고 선배의 조언을 구한 적 있어요. 지금 생각하면 선배 역시 별반 좋은 해답이 없었겠지만, 선배는 샌드위치를 썹으며 이렇게 얘기했어요. 경험한 게 없어서 그런 거 아니야? 글 쓸 소재가 없어서. 그것도 일리가 있었던 말이라 저는 아, 그렇구나, 그렇겠네요, 대꾸했지요.

그런데 그 이후로 10여 년 동안 얼마나 개연성 없고 복잡다단한 사건들을 경험했는지. 개중에는 꼭 제가 겪은 일이 아닌 것 같은, 상상이거나 누구에게 들었거나 작품으로 간접경험을 한 것 같은 일들도 있어요. 문득 떠올랐을 때 생경해서 당혹스러워지고 구역질이 날 것만 같은 장면들이.

나는 누구일까. 지금, 바로 지금, 나는 누구로 살고 있을까. 이 모든 것은 여기 있는 나를 통해 무엇을 하고 있는 것일까.

또 이따금 생각나는 이야기는 진중권의 『미디어아트』에 짧게 언급된 일화예요. (지금 찾아봤는데) 질 볼트 테일러라는 신경해부학자는 뇌에 종양이 생기면서 많은 일상 능력을 상실하게 됐어요. 9년의 재활훈련을 통해 정상 기능을 회복했지만, 그 전까지 느꼈던 '자신'과 '세계'는 경계가 모호한 흐름 같은 것이었대요.

(…)

너무 무서워요. 동시에 제 몸속에서는 많은 사람의 이름이 불리고 있는 것 같아요. 저도 모르는 제가 사람들을 부르고 있어요. 제가 사랑하는 사람들을요. 물론 선생님도 부르고 있어. 불쌍한 곰돌이 선생님을, 그보다 더 불쌍한 다른 사람들을, 수많은 사람을, 그리운 수많은 사람을요.

(…)

이 사람들 사이에서 나는 무엇을 하려는 걸까, 나는 무엇을 해왔을까, 궁금해져요. 선생님의 가르침과는 달리, 저는 대개 생각 없이 살아왔어요. 집중하지 않고 지내고 있어요. 이런 식으로 해서 저에 대한 비밀이 밝혀질까요. 결국 때가 되면 저절로 암호가 풀릴 거라고 느긋이 기대해도 좋은 걸까요. 혹은, 그렇게 해서는 아무것도 제대로 못 본 채 가수면 상태로 끝나게 될까요.

새벽 4시 20분이에요.

/

A 간호사 선생님이 차트를 보여주시기로 한 날이었다. 간만에

직접 겪은 경험

점심 식사치료 시간을 잡은 나는 내가 가장 '안전하다'고 느꼈던 메뉴인 된장찌개를 주문했고, 도착한 테이블에는 내가 그나마 아직 '안전하게' 받아들이는 '2분의 1 포션'으로 공깃밥 반 공기가 덜어져 놓여 있었다. 식사치료 참석자는 나를 빼고 두세 명으로 평소보다 적었다. 20대 환자와, 놀랍게도 초등학생 환자가 앉아 있었다. 선생님은 다른 환자들 상담을 먼저 끝내고 나와 둘이 남는 시간을 만들었다. 그리고 주황색 차트 파일들 밑에 놓여 있던 검은색 파일을 꺼냈다. 문서에 타공을 해서 금속철로 묶게 만든 구식 파일이었다. 표지에 붙은 라벨에는 내 이름과 주민등록번호, 세 차례의 입원AD과 퇴원DC 일자가 펜으로 적혀 있었다.

예전 차트가 혹시 남아 있는지 내가 여쭈었을 때 선생님은, 10년이 지난 의료 기록은 파기하도록 되어 있어서 아마 없을 확률이 높겠지만 예전 병원 물건들이 옮겨 간 분점 클리닉에 차트가 남아 있을지도 모른다고, 알아봐주겠다고 하셨다. 차트는 기적같이 남아 있었다. 선생님은 그쪽 클리닉 담당 간호사에게 부탁해 차트를 받아내셨다. 그리하여 근 20년 전에 기록된 내 입원 시절 차트가 손에 들어왔다.

내 신체검사, 심리검사 결과지는 물론, 원장 선생님의 기록과 처방들, 간호사들의 일지와 내가 써서 제출한 글들이며 내가 보냈던 이메일까지 모두 인쇄되어 깨끗이 묶여 있었는데, 그중 예상외로 정말 재미있던 건 간호사들이 기록한 자잘한 나날의 이야기였다. 입원 당시부터 '감정 표현 없'고 '고분고분'하며 심지어 '눈 맞춤도 없이 '퍼즐 맞추기에만 열중'하는 내 모습에 대한 묘사는 얼마나 우스꽝스럽던지! 더 우스운 건 내가 아무도 모르리라고 생각하며 했던 행동들을 간호사들이 빠짐없이 기록하고 있었다는 사실이었다. 이를테면 '주로 병실에서 지내는데 치료자에게 보이지 않도록 옷장 문 열어놓고 그 안에서 서성이며 줄곧 책 읽는 모습임'이나 '자다 깨어서 잠이 안 들어 옆의 Pt.와 얘기하고 있음' 같은 부분에서는 폭소가 터져 나왔다. '새로운 Pt.와 다른 Pt.들이 어울려 서로 자기들의 증상이나 지금 마음 상태에 대해 얘기하는 데서 따로 분리되어 있고 혼자 책 읽거나 조용히 있는 모습임. 신문에서 모성母性이나 페미니즘에 관한 기사 스크랩하며 관심 보임' 같은 기록도 남아 있었다. 원장 선생님은 내가 차트를 보는 것을 다소 우려하셨다지만, 내게는 때때로 즐겁기까지 했던, 흥미로운 경험이었다.

선생님과 나는 2001년 말 문을 열고 대략 5년 정도 운영됐던 섭식장애 입원병동에 대해 이야기했다. 병원이 문을 닫고, 선생님은 2007년부터 외래 클리닉에서 지금과 같은 집단상담식의 식사 치료를 이어갔다. 2007년 구정 연휴를 앞둔 퇴근길에, 마침 병원이 있던 대로의 건너편 빌딩에서 근무하던 나는 혹시나 원장 선생님과 A 간호사 선생님을 만날 수 있지 않을까 싶어 병원 앞에서 기다리고 있었다. 그리고 운 좋게도 깜짝 만남은 성사됐다. 나는 꼭 맞는 짧은 연분홍색 재킷에 다갈색 미니스커트를 입고 있었다. 그리고 선생님들이 간만에 본 내 외모를 어떻게 생각하실까, 내가 아직 저체중이라 생각하실까 아니면 별 감흥이 없으실까 골몰했다. 물론 겉으로는 내색 않고 반갑게 인사만 드렸지만.

입원병동은 실험이었다. 우리나라에 섭식장애 전문 입원병동은 처음이었다. 북미와 유럽, 호주엔 물론 많다. 스물일곱 살에 요절한 영국 뮤지션 에이미 와인하우스의 대표곡 「Rehab」에서 작중 화자가 '재활원'에 가지 않겠다고 거부하는 것처럼, 약물 중독자들을 위한 재활원만 있는 것이 아니라 섭식장애 환자들이 치료받는 센터도 다수 있다. (그리고 실제로 에이미 와인하우스는 심각한 섭식장애 환자이기도 했다.) 영국의 젊은 시인 캐럴라인 버드의 시 중에 「문명으로부터 멀리Far from civilization」라는 작품이 있다. 미국 애리조나주 사막 한가운데 위치한 '재활원rehab' 생활을 겪은 시인 자신의 경험을 녹여낸 시다. 그 시를, 나는 이렇게 번역했다.

젬마의 발목은 비행으로
부어올랐다. 짜증을 냈다.
'완전 코끼리잖아.' 극미한 뺨 속에서
웅얼거렸다.

우리는 저마다 가진 약들을
선인장 뒤에 쏟아버렸다. '여기가 인도야?'
엘르가 말했다. 목걸이를 머리카락에 얽고 묶어
자기를 교수형시키려는 듯.

'아니.' 주얼이 말했다. 그녀의 관_棺을
유리 조각마냥 흠 내고 팠다. '하지만
깨달음은 먼지의 끝에 온다던데―
여긴 사방이 모래 먼지니까.'

'애나_{Ana}는 공항 화장실에 버리고 왔어.'
젬마는 말했다. (애나는 그 애의
섭식장애에 붙인 이름이다). 젬마는
기만적이지 않다, 확실히 거짓말쟁이긴 하지만.

엘르는 소매 속에 꿰매어 단
비밀 돌멩이를 만지작거렸다. '부처를 만난다면
우린 영원히 깨끗해질 테지!'
픽시는 조울증이고 약 따윈 잊고 있었다―

'물에 빠진 생쥐 꼴이 된 것 좀 봐!'
그녀는 쓰고 있던 커다란 곤충 눈 안경이
자길 녹이고 있다고 생각했다.
'내 상처는 잠자고 있어.' 젬마는 말했다.

살갗에서 지저분한 껍질을 뜯어내면서
말라붙은 치약을 떼듯. 순간, 빛나는

313

건물이 시야에 들어왔다. '저기가 사원이야?'
'저기가 부처의 사원이라고?' 주얼이 말했다.

'엘르! 부처의 사원을 찾아냈어.'
픽시가 말했다. '젬마 말로는 틀림없이
그 사람 집이래.' '아니기만 해봐,
자살해버릴 거니까.' 반 농담으로 엘르는 말했다.

'고요의 집'에 가까워, 주얼은
초조해졌다. '저기서도 담배 피울 수 있겠지?
못 피우게 하면 돌아버릴 거야.'
엘르는 소매에 키스했다. '이제 난

육신의 오줌통이야!' 픽시는 소리를 지르고
젬마는 선인장 뒤로 사라졌다가
불멸이 되어 돌아왔다. '우리가 뭘 배울 수 있을까,
저 땅딸막한 사내한테서 말이야.' 내가 말했다.

이들은 함께 재활원에 가는 길이다. 가는 곳은 모든 정신과 환
자를 받는 곳인가보다. 거식증 환자가 분명한 젬마와 조울증 환자
픽시 모두 동행이니까. 재활원 형태의 섭식장애 전문 치료센터, 혹
은 당시 신문에서 묘사했듯 '내부 구조는 일반 가정집과 동일'²²한

새로운 입원병동은 2001년 11월 개원한 그곳이 국내에선 최초의 시도였다. '목표 체중'을 상정하고 하루 세끼 식사와 세 번의 간식으로 이루어지는 엄격한 식사치료 프로토콜이 도입됐고, 따라서 영양사가 고용돼 일했으며, 자기표현훈련이나 미술치료 등 그룹치료 프로그램을 위한 임상심리학자와 정신보건사회복지사들이 채용됐다. 2교대로 순환 근무하는 간호사들까지 포함해 병동 운영비는 금세 크게 불어났다.

A 간호사 선생님은 입원병동에서 도입한 식사치료 프로그램을 참관하기 위해 타 병원에서 스태프들이 방문한 적도 있다고 했다. 하지만 섭식장애 분야에서 현실적으로 긴박한 문제는 늘 그렇듯이 '시스템' 이전에 '구인'이었다. 지금도 마찬가지지만 과거에도 섭식장애 분야 전문가를 구하긴 어려웠다. 간호사나 심리학자 등 후임 치료자를 트레이닝하려고 해도 오래 버티는 사람이 드물었다. 병동은 개원 당시부터 '적자로 운영됐다'고 선생님은 말씀하셨다. 사실상 환자 입장에서 당시 지불해야 했던 입원비는 저렴하지 않았다. 엄마는 은행에서 대출을 받아 입원비를 냈다. 그 사이에 격차가 있었던 것이다. 섭식장애 치료에는 훨씬 많은 양의 자원이 필요했다. 하지만 그것을 누가 어떻게 부담하느냐에 대한 체계적 답이 부재했다.

섭식장애 아이들을 위한 낮병원을 오랫동안 운영했던 곰돌이 선생님 역시 수년 전 낮병원 운영을 그만두셨다. 낮병원을 닫던 날 이야기를 해주시기도 했다. 아이들은 쉽사리 집으로 돌아가려

하지 않았다. 진료를 마치고 퇴근하는 선생님을 발견하고 길에서 완강히 붙잡더라고 했다. 곰돌이 선생님 역시 동료이자 후임으로 일할 섭식장애 전문의를 찾지 못하셨고, 당신 역량의 한계를 이유로 낮병원 운영을 그만두신 지금은 아예 구인을 포기하신 듯한 눈치다. 2000년대 초중반 국내 섭식장애 치료 최전선에서 활약했던 또 다른 병원 역시 이제는 나이 든 1세대 선생님들이 후방으로 물러난 참이다. 섭식장애를 전문으로 다루는 2세대 병원이 존재하기는 하나, 1990년대 후반에서 2000년대 초중반까지 제법 열띠었던 치료적 실험과 도전은 식은 채로 있는 듯하다.

오랜만에 찾아뵌 곰돌이 선생님 역시 국내 섭식장애 치료의 '방식'과 '시스템'에 대해 이야기했다. 나는 내 입원 차트에서 발견한 진단명들(비정형 거식증Atypical Anorexia Nervosa, 우울증Depression, 경계선 성격Borderline Personality)을 두고 선생님의 의견을 여쭸는데, 내가 나열한 세 가지 진단명에 대해 당신은 그렇게 보지 않으며 섭식장애에서 정신과 진단은 중요치 않다고 생각한다고 말씀하시고는, 당신조차 20년 전 본인이 취했던 치료적 접근법을 지금 생각하면 당황스러울 때도 있다고 하셨다. 이제는 트라우마에 초점을 맞춰 '컴플렉스 PTSD'로 섭식장애 환자를 이해하려고 노력하는 선생님은, 과거 '경계선 성격 장애' 진단이 자주 내려졌던 것처럼 요즘 대학병원에서는 저체중 상태에서 과잉활동을 보이는 거식증 환자들에 대해 자꾸 '조울증' 진단을 내리고 있다며 안타까워하셨다. 그러고는 섭식장애 치료에 드는 부담에 대한 이야기가 이어졌다. 즉

'영국형 모델'이 옳은가, '미국형 모델'이 옳은가, 그도 아니면 '제3
의 모델'은 어떤 것이어야 하나에 관한 문제였다.

영국에서는 어느 정도까지의 섭식장애 치료를 누구나 무상으
로 받을 수 있는 사회주의적 체제로 국민보건서비스NHS가 운영되
긴 하지만, 시스템 자체의 자원 부족으로 치료를 받을 수 있을 때
까지 환자들이 대기하는 기간이 지나치게 길어진다는 치명적 결
점을 보이고 있다. (치료를 더 이상 기다릴 수 없어 극단적 선택을 하
고 마는 섭식장애 환자에 관한 기사들이 종종 온라인에서 보일 정도다.)
미국은 모든 것이 환자 부담이다. 그룹치료 등 다양한 프로그램을
위해 여남은 명의 스태프를 고용하는 규모의 섭식장애 재활원에
서도 말이다.

국물만 남은 된장찌개 뚝배기를 앞에 그대로 둔 채, 나는 A 선
생님과 계속 이야기를 나눴다. 나는 영국의 섭식장애 자선 재단
'비트Beat'(www.beateatingdisorders.org.uk) 같은 조직이 한국에도
있었으면 좋겠다고 말했다. 비트는 1989년 창립된 영국 최초의 섭
식장애 자선 재단으로 현재까지 섭식장애에 관한 다양한 정보 제
공과 온라인 상담 서비스, 지지집단 조직, 전문가 트레이닝 등 폭
넓은 활동을 펼치고 있다. 매해 '임팩트 백서'를 만들어 공개하는
어엿한 비영리단체NPO다.

선생님은 수년 전 어느 환자의 어머니가 병원에 무려 1000만
원을 기부하려 했던 이야기를 해주셨다. 그 아이의 가정은 꽤 부

유한 편이었고, 외래 진료 차 들른 병원에서 우연히 형편이 어려운 환자의 이야기를 엿듣게 된 부인이 좋은 일에 써달라며 기꺼이 돈을 쾌척했던 것이다. 그러나 당시 병원은 자선활동을 꾸려갈 준비가 전혀 되어 있지 않아 돈을 받을 수 없었다.

공적 영역에서 섭식장애 치료 문제를 해결할 수 없다면, 우리에게도 비트 같은 단체가 있으면 어떨까? 치료비 부담이 어려운 환자들을 지원할 뿐만 아니라 온오프라인 강좌나 워크숍도 운영하고, 어쩌면 섭식장애 연구를 지원하고 섭식장애 치료에 관심이 있는 미래의 치료자들을 양성할 수도 있을 것이다. 지원자들을 받아 그중 일부를 선정해 해외 유수의 섭식장애 치료 시설에서 연수할 수 있도록 후원해주는 것이다. 그런 일을 할 수 있을까? 혹시 내가 나서서 힘을 보탤 수는 없을까? 나는 희망으로 꽉 차서 선생님을 바라보았다.

/

이 소설을 읽기 전까지 나는 거식증에 대해 거의 무지했다. 유럽의 한 친구에게서 자기 나라에는 한 반에 한 명 꼴로 방학이 지나면 눈에 띄게 말라서 나타나는 거식증 환자가 있다는 얘기를 들었을 때, 나는 의아해하며 우리나라에는 거식증 환자가 별로 없다고 단정지어 말했다. 정상적인(!) 또는 평균치의 인간인 내가 모르는 걸 보면 그런 나의 생각이 그다지 틀리지 않을 것이라고 모르는 것이 참으로 많은 내가 용감하게도 말해보았다. 그러나 그 얘기를 해준 친구는 그렇지 않을 거라고 한국에도 분명히 그런 아이들이 많을 거라고, 혹은 많아질 거라고 말했다. 그리고 그 병은 이상하게도 남자아이들에게는 잘 나타나지 않고, 여자아이들 특히 청소년기에 이른 똑똑한 여자아이들에게만 나타난다고 덧붙였다. 그리고 일단 거식증에 걸리면 치료가 거의 불가능하며 (…) 그러나 왜 그런 병에 걸리는지에 대해서는 '일종의 정신병' 이상의 설명을 아무에게서도 들을 수 없었다.[23]

곰돌이 선생님이 일본 연수를 끝내고 서울에 섭식장애 전문 클리닉을 연 것은 1995년의 일이고, PC 통신 '하이텔'에 섭식장애 게시판 '고 이팅Go eating'을 연 것은 이듬해 1996년의 일이었다.[24] 곰돌이 선생님의 낮병원은 A 간호사 선생님의 입원병동처럼 2000년대 초반에 개원했다. 그 사이, 그리고 그 이후 지금까지, 국내 섭식장애 환자는 폭증했고, 초등학생 환자와 무수한 10대 환자들, 그들 사이의 '폭토' '먹토' '씹뱉' 같은 은어들, '프로아나'를 표방하는 수많은 SNS 계정까지 생겨났다. 그러나 섭식장애 치료 및 예방 전선에 대한 국가적·사회적 지원이나 대책 마련은 전혀 없었다.

지난 2015년, 영국의 비트에서는 섭식장애가 환자와 보호자, 그리고 NHS 시스템 및 사회 전반에 미치는 부담을 연구 발표했다.[25] 비트에 따르면 영국 내 유병률로 따져볼 때 환자와 보호자들이 연간 부담하는 재정적 부담은 26~31억 파운드이며, NHS가 부담하는 총치료비는 39~46억 파운드에 이른다. 그 사이 경제적 손실은 약 68~80억 파운드에 달한다는 집계다. 환자와 보호자들에게 지워지는 경제적 부담은 치료비뿐만 아니라 병으로 인해 직장을 잃거나 학업을 중단하는 탓에 짊어지게 되는 손실까지 합산한 값이다.

미국 하버드대 T.H. 챈보건대학원에서는 2009년 "청소년 및 성인의 건강에 중대한 위협을 제기함에도 공중보건 및 예방의료 전문가들로부터 온당한 관심을 받지 못하고 있는"[26] 섭식장애 문제를 해결하기 위해 '섭식장애 예방을 위한 전략적 전문연수 이니셔티브Strategic Training Initiative for the Prevention of Eating Disorders', 줄여서 'STRIPED'라는 소위 '공중보건 인큐베이터'를 론칭했다. 이 이니셔티브에서 지난 2020년 6월 섭식장애아카데미Academy for Eating Disorders(www.aedweb.org) 등과 함께 진행했던 '2018/19 회계연도 중 섭식장애가 미국 경제에 부과한 비용 연구' 결과를 발표했다.[27] 조사된 액수는 약 650억 달러였으며, 이 중 75.2퍼센트를 차지하는 486억 달러가 직업생산성 손실로 인한 비용이었다. 보고서는 또한 21세기의 두 번째 10년 동안 섭식장애 사례 역시 5퍼센트 가까이 증가한 것으로 추정하고 있다. 섭식장애의 직접적 결과로 한 해 동안 사망하는 사람은 무려 1만 200명에 달했으며, 섭식장애 환자의 자살률은 일반에 비해 23배 높았다. 평생 유병률은 9퍼센트로, 2880만 명의 미국인이 평생에 한 번은 섭식장애에 걸린다는 뜻이다.

2018년 『가디언』에 실린 호주 작가 피오나 라이트의 에세이[28]는 섭식장애를 경험하며 7년간의 치료 과정에서 부담해야 했던 비용에 관한 이야기다. 그는 이렇게 썼다.

거식증은, 특히 성인 환자의 경우 더더욱, 치료가 어렵기로 악명 높고 의사와 심리치료사 등 전문가들의 인해전술이 필요한 질병이다. 섭식장애는 모든 정신질환 중 사망률이 가장 높다. 회복에 걸리는 기간은 평균 7년이다. 치료 초기 단계에서는 상담치료를 일주일에 두 번 잡는 것이 최선이다. 환자의 몸과 존재 자체가 거부의 비명을 지르는 와중에 하루에 여섯 차례 꼬박꼬박 식탁에 앉아 음식을 먹는 것은 지극히 어려운 일이며, 이틀에 한 번 정도의 심리적 지지 없이는 치료 궤도에서 이탈하지 않기란 거의 불가능하기 때문이다.

마침내 가족에게 도움을 청하기 전까지, 나는 집세와 병원비를 내고 남은 50달러 미만의 돈으로 매주 생활비를 충당해야 했다. 이따금 외식에 도전하는 것, 일주일에 걸쳐 하루도 빼놓지 않고 저지방이나 무지방 제품이 아닌 일반 우유를 넣은 커피를 사 마시는 것 같은 훈련이 내 치료과정에 포함되었다는 것은 두말할 것도 없다.

병원에서 알게 된 친구와 이 이야기를 나눈 적이 있다. 그 역시 파트타임 간호사로 일하고 있던 학생이었고, 다니고 있던 대학에서 20달러짜리 기프트카드 형태로 제공하는 재정 지원을 신청해둔 상태였다. (…) 그는 우리의 문제를 이렇게 요약했다. 먹는 법을 배우기 위한 돈을 내고 나면, 먹고살 돈이 없어져. (…)

호주 의료보험인 메디케어Medicare는 이제 지역보건의GP 진료비를 대부분 커버해주고 있지만, 정신의학 지식을 충분히 갖추고 있으면서 진료비 전액을 보험 청구해주는 의사를 찾기란 하늘의 별 따기다. (…) 1차 진료에서 정신과전문의에게로 의뢰되더라도, 실제 상담치료 비용은 350달러인 데 반해 메디케어에서 환급해주는 금액은 156.15달러에 그친다. 일인당 환급받을 수 있는 한도는 연당 총 10회의 상담치료가 전부다. 섭식장애 환자는 대략 아홉 배는 더 잦은 상담치료가 필요하다. 나는 3월이 끝나갈 무렵이면 그해 환급받을 수 있는 상담치료 한도를 넘겨버리곤 한다.

7년에 걸친 치료 기간 동안 내가 지불한 비용을 계산해보니 7만 5000달러가 넘는다. (…) 그 지출이 낭비였다고 생각진 않는다. 나는 많이 배웠고 많이 변화했다. 비록 아직 병을 떨치지 못했고, 아마도 평생 그러지 못하겠지만. 그래도 그 지출을 감행하지 않았다면, 나는 지금 살아 있지 못했을지도 모른다. (…)

섭식장애 환자를 위한 호주 비영리단체 버터플라이재단Butterfly Foundation(butterfly.org.au)에서는 지난 2012년 섭식장애가 호주 경제에 미치는 영향에 관한 보고서를 발표했다. 섭식장애는 호주 인구의 약 4퍼센트에 해당하는 91만여 명의 유병률을 보이고, 이 4퍼센트의 사람들이 1년 동안 의료비로 지출하는 금액 및 질병으로 인한 기타 비용은 5억 9000만여 달러에 달한다. (…)

버터플라이재단은 섭식장애의 사회경제적 비용을 연간 약 700억 달러로 추산한다. 이 중 89퍼센트는 개인 부담으로 지워지며, 정부가 부담하는 비용은 7퍼센트 정도다. 남은 부담은 가족과 친구, 고

용주, 그리고 '사회 및 기타'라는 모호한 범주의 몫으로 떨어진다.

나는 작년 언젠가에 정기적 섭식장애 치료를 그만두었다. 그러고 나서야 내 병의 일부였던 범불안장애가 얼마만큼이나 치료비 마련에 대한 경제적 불안에서 왔었는지를 깨달을 수 있었다. 치료를 중단한 뒤 매일같이 통장 잔고를 확인하고 계산하는 일을 그칠 수 있게 되면서 비로소 정기적 치료비 지출을 감당하는 것이 얼마나 큰 스트레스였는지를 알 수 있었다. 그 안도감은 거의 몸으로 느껴지는 것이었다.

그러나 이 이야기가 단지 내 얘기만은 아니다. 호주 인구 중 약 4퍼센트의 사람들이 섭식장애를 앓고 있을 뿐 아니라, 인구의 약 20퍼센트는 일생 중 어느 시기에 정신질환을 겪는 것으로 추정된다. 신체질환 역시 큰 비용을 야기하며, 종종 환자와 가족들을 불안과 우울에 빠트리기도 한다.

하지만 실은 이렇다. 비용합리적이고, 시기적절하며, 질적으로 우수한 의료서비스에 대한 접근성은 인권이며, 호주의 법은 "모든 국민이 의료서비스 및 의료적 관심을 받을 수 있는" "환경을 창출"하는 것이 정부의 책임이라 명시하고 있다. 거식증 특유의 복잡한 속성과 사례의 희소성 탓에 나는 이미 적잖은 난관에 부딪쳐왔다. 그리고 이보다 더 극악한 것은 경제적 부담이 치료 접근성을 막고 있는 현실이다. 치료를 받기 위한 경제적 부담이 내 질병의 신체정신적 부담에 더해져서는 절대 안 되는 것이었다. 이 같은 의료체계는 병적이며 징벌적이다. 그리고 내가 경험한바, 그 체계 안에서 건강을 회복하기란 대단히 어렵다.

/

예전에는 주로 회고록을 통해서, 1979년 최초의 섭식장애 회고
록을 출간한 에이미 류, 미국 가수 팻 분의 딸 체리 분, 베스트셀
러『나에 반대하다Wasted』로 유명해진 작가 마리야 혼배커 같은 섭
식장애 '경험자'♦들을 만날 수 있었지만, 요즘은 SNS를 통해 섭식
장애를 극복했거나 아직 고투 중인 세계 각지의 사람들을 만날 수
있다. 영국의 사회학자 클레어 마컴, 뉴질랜드에 정착해 활동 중인
학자 겸 활동가 안드레아 라마르, 미국의 섭식장애 치료 체계에 관
한 책『불모의 병Famished』을 쓴 인류학자 리베카 레스터, 몇 해 전
회고록을 써 주목받은 호주 작가 피오나 라이트 등이 그들이다.
그 외에도 섭식장애에 관한 인문학적 박사논문을 쓰는 등, 자기
경험을 연구하고 고찰하는 데 전념인 사람은 무척 많다. 나는 이
들로부터 용기와 자극을 얻는다.

    내가 가장 흠모하는 섭식장애 '경험자'는 미국의 시인 루이즈
글릭이다.♦ 그녀는 10대 시절 심각한 거식증을 앓았고, 무려 7년

♦ 최근 정신건강 담론에서는 '환자'라는 표현 대신 '정신질환을 겪은 경험을 가지고 있는people
with mental health lived experience'이라는 표현을 사용하기도 한다. '직접 겪은 경험lived
experience'과 그 경험을 지닌 이들의 담론 및 연구에의 참여에 대한 논의가 활발히 이루어지고
있다.

에 걸쳐 정신분석 치료를 받는 동안 대학 진학마저 포기했다. 대학 진학 대신 정신분석이라는 모험을 택한 셈이다. 그의 시에 대한 평론에서는 '거식증의 시학' 혹은 '거식증의 미학'이라는 표현들이 등장하기도 한다. 그는 자신의 책 『증명과 이론Proofs & theories』에서 이렇게 썼다.

> 거식증의 비극은 그 귀결은 그렇긴 하나 그 의도가, 자기파괴는 아니라는 데 있다. 거식증의 의도는 되레 그럴싸한 자기self를 쌓아 올리려는 것—수단이 아주 제한적인 상황에서 가능한 유일한 방법으로 자기를 만들려는 것이다. 지속되는 행동, 그 '거부'라는 것은, 자신을 타인과 구별하기 위한, 또 자기를 몸과 분리시키기 위한 것이다. (…) 정신분석을 받았던 그 7년간, 때때로 나는 의사에게 저 고리타분한 비난을 돌렸다. 그가 나를 너무 건강하게, 너무 온전하게 만들어버려서, 나는 다시 쓸 수 없을 거라고. 하지만 마지막에 그는 나를 침묵시켰다. 그는 말했다, 세상이 네게 충분한 슬픔을 주리라고.[29]

1943년생인 그가 아직 작가로서 왕성히 활동 중인 것이 나는 기쁘다. 그와 동시대에 살고 있다는 사실이 마음을 달뜨게 한다.

◆ 이 장의 초고를 썼던 것은 2020년 4월이었고, 그해 가을 놀랍게도 다른 누구도 아닌 글릭의 노벨 문학상 수상 소식을 듣게 됐다! 글릭 시집과 산문집의 번역 출간을 기다리는 독자 중 한 사람이 바로 나다.

직접 겪은 경험

그의 시는 아름답다. 그는 내가 알지만, 뚜렷이 알지만, 말로 표현
못하는 것들을 말로 표현해낸다. 수년 전 입원병동에서 혜정 언니
가 내가 들려준 기형도의 시에 현기증을 일으켰듯이, 글릭의 시는
내게 그런 어지럼증을 일으킨다. 아니, 배 속의 아이가 태어나 비
로소 엄마 아빠의 목소리를 똑똑히 듣게 되는 것처럼, 그렇게 내가
가까스로 희미하게만 알고 있던 것을 퍼뜩 명백히 알게 해준다.

나는 말했다, "들어라, 천사여, 나를 이것으로부터 떼어내다오."
나는 말했다, "이 형편없는 것으로부터 나를 분리해다오, 시리얼의
남용,
보드카와 토마토 주스의 남용으로 이루어진 꾸준한 식이食餌로부터.
장식품들 사이에 네가 꽂은 연애편지로부터."
머무는 것은 내 반격의 방식이었다.
나는 그의 빈혈증을 돌보고 설거지를 했다,
넉 달 동안이나―그 곤욕스러운
표준 동거同居. 하지만 내 사랑, 내 사랑,
지금 내가 네 손을, 네 머리칼을 꿈꾼다면,
그것은 내가 그리는 막다른 길의
생생함. 체스 같은. 마음에 반대하는 마음.[30]

내가 그의 시와 그의 존재를 기꺼워하는 것은 그가 묘사하는
'직접 겪은 경험'이 너무나 정확하고 정교하기 때문이다. 당사자들

의 목소리에 더 많은 귀가 기울여졌으면 좋겠다. 그들의 목소리가 단지 취약한 '희생자'나 의료 서비스의 이용자로서 들리는 대신, 이들처럼 학자로서, 작가로서, 활동가로서, 또는 '상처 입은 치료자'로서 다양하게 발화됐으면 좋겠다. 빅토리아 시대의 영국 의사 윌리엄 걸의 논저에 치료 전후의 환자로 묘사됐던 여성들이 이제 일인칭 화자로 나서 각자 자신의 진짜 이야기를 들려주었으면 좋겠다. 거기서, 그들이 발화하는 풍성한 '직접 겪은 경험'들 속에서, 섭식장애가 촉발되는 본질적이고 구조적인 지점들이 비로소 드러나지 않을까? 나는 그렇게 본다.

최근 가장 고무적인 소식 중 하나는 10대 시절 거식증을 앓았던 크리스티나 새프런이 2019년 설립한 온라인 가족기반 섭식장애 치료 스타트업 '에큅Equip'(https://equip.health/)이 1700만 달러 수준의 시리즈 A 투자를 유치했다는 뉴스였다.[31] 새프런은 고작 열 살이 되던 해 거식증 진단을 받았고, 이후 네 번에 걸친 입원 치료와 반복된 재발을 겪어야 했다. 그러나 가족의 도움으로 회복되고 나서는, 열다섯 살 때인 2008년 경제적 문제로 섭식장애 치료를 받기 힘든 이들을 위한 기금을 마련하자는 취지로 비영리단체 '프로젝트 힐Project HEAL'(www.theprojectheal.org)을 시작했다. 2017년 『포브스』에서는 새프런을 '영향력 있는 30세 이하 리더(30 Under 30)' 중 한 명으로 선정했다.

섭식장애 환자, 더 나아가서는 정신질환 환자들의 직접 경험을 연구를 비롯한 학계 담론에 어떻게 반영할 것인가에 대한 논의가 (세계 어느 곳곳에서는, 특히 맹렬하게) 이루어지고 있다.[32] 섭식장애로부터의 '회복'이라는 모호한 목표에 관해서 역시 '회복'을 어떻게 정의내려야 하느냐, 자신 혹은 누군가가 '회복'되었는지를 어떻게 알 수 있느냐 하는 질문이 참으로 다층적인 논의를 촉발하기도 한다. 장애학이 유용한 새로운 언어를 찾아주기도 하고, '인식론적 부정의epistemic injustice'가 화두로 떠오르고 있다. 특히 자기 경험의 인식론적 권위epistemic authority와 관련해, 캐나다의 사회철학자 애비게일 고셀린은 "경험의 일인칭 기술은 다른 식으로는 접근 불가능한, 혹은 결핍되거나 왜곡된 방식으로만 접근 가능한 관점을 제공할 수 있으며, 삼인칭 관찰이 놓칠 수 있는 세부와 뉘앙스를 조명할 수 있다. 페미니스트 인식론자들이 지적하듯이, 특히 소외marginalization의 일인칭 경험은 권력 관계의 본질을 이해하기 위한 특별한 지식을 건네고, 추상적인 이론화 또는 삼인칭적 관찰만으로는 파악하기 어려운 소외의 측면들을 조명할 수 있다"고 정리한다.[33] 그는 이어서 우리의 인식론적 가능성을 제한할 수 있는 '젠더화된 지식 위계'에 대해 설명하고, 특히 "인식론적으로 신빙성을 잃게 할 수 있는 정보를 공개한 사람들의 경우—지적장애, 정신질환, 두뇌 손상 등 특히 이성의 한 측면을 약화시키는 상태를 고백한 경우" 우리가 지닌 고정관념과 낙인, 추측과 일반화가 이 고백을 어떻게 무력하게 만들 수 있는지에 대해서도 역시 짚는다.

하지만 무슨 용기인지, 나는 더 깊고 본질적인 진실을 이해해나가고만 싶다. 지난 세기 후반부터 있었던 일을 2008년에야 비로소 쓰기 시작해 2021년이 되어서야 책으로 묶어 출간할 수 있게 된 것처럼 내가 내 목소리를 비로소 들리게 할 수 있을 것인가의 여부는 내 의지를 넘어 그때그때의 삶의 흐름에 좌우되겠지만, 나는 '붕괴'로 닥치는 현실의 경험을 '지식'으로(정적인 지식이 아닌, 변화무쌍한, 계속 변하는 지식으로) 번역해내는 것이 내 삶의 목적이라는 생각이 든다. 그리고 그 지식이 항상 모두의 박수를 받을 필요는 없으리란 느낌도 든다.

그러니 당신 자신의 이야기로
우리가 아직 틀렸고 불완전하다는 것을
거듭 인식케 해주기를.

직접 겪은 경험

감사의 말

10여 년에서 20년에 걸쳐 나의 멘토가 되어주셨던 분들—소설가 이만교 선생님, 백상식이장애센터 안주란 선생님, 서울대학교 심리학과 이훈진 교수님, 마음과마음식이장애클리닉 김준기 선생님께 감사드린다. 그분들은 이메일로 귀찮게 하는 내게 매번 사려 깊은 답장을 보내주셨고, 나는 시대가 달랐다면 이 편지들을 'Letters' 라는 제목으로 묶어 출간할 수도 있지 않았을까 상상한다.

초등학교 4학년이 되어서야 독후감을 쓸 때 책에 대한 '자신의 느낌을 쓴다'는 게 어떤 것인지 이해할 수 있었던 내게 글쓰기의 매혹을 느끼게 해준 그 이후의 백일장들에 감사한다.

사랑하는 다비, 그리고 입원병동의 아이들, 낮병원 온라인 게시판에 모여들었던 모든 아이에게 감사한다. 사랑한다. 그들을. 너무나.

너무나. 세상 전부를 주고 싶을 만큼.

내가 만났던 모든 사람, 내가 겪었던 일들에 감사한다. 내게 기회를 주고, 새로운 것을 깨닫게 하고, 나에 반대하고, 나를 비껴갔던 사람들, 이해할 수도 없었고 정의롭지도 않았던 모든 사건에 감사한다. 그들이 아니었다면, 나는 지금의 내가 아니었을 것이다. 엄마가 만약 양가 부모님이 반대하셨을 때 아빠와 결혼하지 않았으면 어땠을까 하는 얘길 하실 때, 내가 "그럼 우리는 태어나지 않았을 거야. 다른 결혼이었다면 우리 같은 아이 말고, '다른' 아이들이 태어났을 거야"라고 말하는 것과 같은 맥락에서.

수많은 작은 도서관과 서점, 인터넷 아카이브에 감사한다. 중학교 때 점심시간마다 들렀던 손바닥만 했던 교내 도서관, 고등학교 때 육림고개를 넘어 찾아다녔던 춘천 중앙도서관, 대학 시절 강의를 번번이 빼먹으며 처박혀 있었던 도서관 외국문학 서가와 정신의학 서가, 사범대 전산실에서 글자 8포인트 100매짜리 양면 인쇄물을 만들게 했던 펍메드의 논문 초록 아카이브, '앎' 그러니까 내 '고통'을 해결할 수 있을 '앎'에 목말랐던 내게 희망의 샘이자 새로운 생각의 단초가 되어주었던 서울의 서점들, 그리고 회사를 쉬고 고향에 잠시 내려와 있었을 때나 방에 갇혀 번역 일에만 몰두했던 몇 년 동안 폭염에도 혹한에도 찾아갈 수 있었던, 너무나 애틋한 벗이 되어준 춘천의 도서관들, 춘천평생교육정보관(현 춘천교육문화관)과 춘천시립도서관에 감사한다.

이제껏 여권 한번 써본 적 없는 나의 견문을 정말로 넓혀준, 트위터라는 플랫폼에 모여 지식과 일상을 공유해준 전 세계 사람들에게 감사한다.

감사의 말

책을 만들기까지 조금도 예상치 못했던 그 모든 과정에서 인연을 맺었던 모든 분께 감사드린다. '시장'에서 15년을 버틴 나에 비해 문학성에 대한 다치지 않은 믿음을 갖고 계신 덕에 (내가 놀린 바) '선비 같은' 문장 감각과 글의 음악성을 듣는 노련미를 발휘해 주셨던 글항아리 진상원 편집자님께도 감사드린다. 원고가 최종 완성되기도 전에 무작정 PDF 파일을 보내드리며 혹시 추천사를 써주실 수 있을지 여쭤봤을 때, 생각지도 못한 뜨거운 지지를 보내주셨던 여러 선생님께도 감사드린다. 여러분 덕분에 저는 몇 번이고 도움닫기를 할 수 있었고, 발밑에 로켓 분사구를 단 것처럼 새로운 가능성, 다시 또 다른 가능성으로 도약할 수 있었습니다.

2021년
박지니

주註

1 기형도, 「정거장에서의 충고」, 『입 속의 검은 잎』, 문학과지성사, 1989.

2 주디스 허먼, 『트라우마: 가정폭력에서 정치적 테러까지』, 최현정 옮김, 열린책
들, 2012, 45~46쪽.

3 앞의 책, 16쪽.

4 http://nbbs2.sbs.co.kr/index.jsp?cmd=read&code=tb_wantknowd2&top_
index=000007039998&field=&keyword=&no=588&page_no=49

5 Salvador Minuchin, "The Triumph of Ellen West", *Family Kaleidoscope*,
Harvard University Press, 1986, p. 206.

6 앞의 책, pp. 212~213.

7 "How Pro-Eating Disorder Posts Evade Filters on Social Media", *Wired*,
2018. 6. 13. https://www.wired.com/story/how-pro-eating-disorder-
posts-evade-social-media-filters/

8 "ONLINE 'COACHES' ENCOURAGE GIRLS TO STAY ANOREXIC,
SHARE NUDE PHOTOS: DUTCH STUDY", *NL Times*, 2019. 5. 31. https://
nltimes.nl/2019/05/31/online-coaches-encourage-girls-stay-anorexic-
share-nude-photos-dutch-study

9   https://twitter.com/MarkOneinFour

10 "We can find 'our people' on social media - but not if mental health content is over-regulated", *Mental Health Today*, 2019. 6. 10. https://www.mentalhealthtoday.co.uk/blog/technology/you-can-find-your-people-on-social-media-but-only-if-politicians-avoid-knee-jerk-regulation

11 실비아 플라스, 『벨 자』, 공경희 옮김, 마음산책, 2020, 290쪽.

12 힐데 브루흐, 『황금새장 속에 갇힌 소녀』, 이은희·기회란 옮김, 하나의학사, 1990.

13 https://en.wikipedia.org/wiki/Serotonin_syndrome

14 토머스 하디, 『테스 2』, 김명신 옮김, 더클래식, 2017.

15 이철호, 『미시입문』, 동인, 2007, 247, 249쪽.

16 "It's Art, Jim, but as We Know It", *Modern Painters*, 10(3), October 1997. http://www.bowiewonderworld.com/ownword.htm#Emin

17 기시미 이치로·고가 후미타케, 『미움받을 용기』, 전경아 옮김, 인플루엔셜, 2014, 134~135, 167~168쪽.

18 자크 라캉, 고바야시 요시키 엮음, 『라캉, 환자와의 대화』, 이정민 옮김, 에디투스, 2017.

19 기시미 이치로·고가 후미타케, 『미움받을 용기』, 전경아 옮김, 인플루엔셜, 2014, 62~63, 96쪽.

20 "Expert on Mental Illness Reveals Her Own Fight", *New York Times*, 2011. 6. 23. http://archive.nytimes.com/www.nytimes.com/2011/06/23/health/23lives.html

21 페터 슬로터다이크, 『너는 너의 삶을 바꿔야 한다』, 문순표 옮김, 오월의봄, 2020.

22 중앙일보, 「정신병원, 분위기 바꾸고 '생활 곁으로'」, 2002. 6. 18.

23 준비에브 브리작, 『난 아무것도 먹고 싶지 않아』, 최윤정 옮김, 황금가지, 1997,
    역자 후기 중에서.

24 중앙일보, 「〈인터뷰〉 하이텔에 '섭식장애클리닉' 개설 정신과의사 김준기씨」,
    1996. 8. 7.

25 https://www.beateatingdisorders.org.uk/uploads/documents/2017/10/
    the-costs-of-eating-disorders-final-original.pdf

26 https://www.hsph.harvard.edu/striped/

27 https://www.hsph.harvard.edu/striped/report-economic-costs-of-
    eating-disorders/

28 https://www.theguardian.com/society/2018/apr/22/the-cost-of-getting-
    well-in-australia-is-keeping-us-sick

29 https://ecantwell.tumblr.com/post/968996166/louise-gl%C3%BCck-on-
    her-struggle-with-anorexia-the

30 https://www.poetryfoundation.org/poetrymagazine/
    browse?contentId=30287

31 https://equip.health/articles/equip-launch-announcement

32 일례로, 호주 스윈번대학교 연구소(https://twitter.com/SWAN_Research_)에
    서는 거식증 연구에 '직접 겪은 경험'을 어떻게 통합시킬 것인가에 관해 꾸준
    히 연구를 진행하고 있다. 또한 플로리다대학 네브 존스 교수는 자신의 정신병
    경험을 토대로, '직접 겪은 경험'이 명목상으로가 아닌 실질적으로 통합되고 적
    용될 수 있도록 투쟁적일 만큼 열띤 정신병 연구에 임하고 있다.

33 Abigail Gosselin, "Philosophizing from Experience: First-Person
    Accounts and Epistemic Justice", *Journal of Social Philosophy*, vol 50(1),
    2019, pp. 45~68.

삼키기 연습

스무 해를 잠식한 거식증의 기록

ⓒ 박지니

초판 인쇄 2021년 8월 16일
초판 발행 2021년 8월 23일

지은이   박지니
펴낸이   강성민
편집장   이은혜
책임편집 진상원 ǀ **편집** 곽우정
마케팅   정민호 김도윤
홍보   김희숙 함유지 김현지 이소정 이미희 박지원

펴낸곳   (주)글항아리 ǀ **출판등록** 2009년 1월 19일 제406-2009-000002호
주소   10881 경기도 파주시 회동길 210
전자우편 bookpot@hanmail.net
전화번호 031-955-2670(편집부) 031-955-2696(마케팅)
팩스   031-955-2557

ISBN   978-89-6735-945-4   03810